Bernd Kessens

"...und an den Füßen eine goldene Uhr"

Bernd Kessens: "...und an den Füßen eine goldene Uhr"
Damme, taurino-verlag

ISBN -3-9805800-3-2

Postfach 1213, 49395 Damme
Telefax: 05491 / 1630 oder
Telefax: 0180505254687566
e-Mail: kessensdamme@t-online.de
www.taurino.de

Satz und Druck: Schwärter druckt GmbH, Hemmelte
Umschlagentwurf: Christa Kessens

Die Bilder im Buch sind von:
Christa Kessens
Pacco Brocca, Sevilla, Spanien

Die Landschaftsbilder entstanden beim Informationszentrum Goldenstedter Moor.

Für Gottfried, den alten Lateiner

Dank sagen möchte ich **Walter Schultze**, der mit der Chronik der Gemeinde Goldenstedt im Oldenburger Münsterland ein ausgezeichnetes Geschichtsbuch vorgelegt hat und das ich viele Male voller Begeisterung durchgelesen habe.

Die in dem Roman verwendeten Namen sind willkürlich gewählt. Ähnlichkeiten mit heute lebenden Personen wären rein zufällig. Der Roman spielt vor dem historischen Hintergrund der Jahre 1768 bis 1786 und ist eine erfundene Geschichte, die auf Wahrheit beruht.

1.

Der katholische Pastor Droste, der evangelische Meier Caspar Christian Lux, der Münsteraner Obervogt Unkraut, Gänsemann von der Todesangstbruderschaft, der evangelische Küster Gerhard Hermann Holtmann und zwei Untervögte schleiften einen Mann an den Haaren durchs Dorf, der laut herumschrie und sich mit Händen und Füßen gegen seine Verschleppung wehrte. Mit einer Rute in der Hand schlug der Pastor nach den Beinen des Festgenommenen, wetterte und schalt den Mann einen Antichristen und Lump, der sich nicht scheue, unschuldigen Mädchen den Kopf zu verdrehen.
Der Mann leistete erheblichen Widerstand, zerrte an seinen Fußfesseln, verfluchte den Kirchenprovisor und den lieben Gott, wofür er noch mehr Schläge bezog; doch es half nichts.
Die neugierigen Frauen von Goldenstedt traten aus ihren feuchten Lehmhäusern und dunklen Katen heraus, wischten sich in der Schürze die Hände trocken und mit heimlichem Behagen billigten sie die Festnahme des Bernhard Hermann Donnerkeil, der in den Augen aller nicht nur als Weiberheld die Gegend unsicher gemacht hatte, sondern auch als Gelegenheitsarbeiter und als Soldat in der Fremde herumgehurt und der als Fahrensmann und Kutscher im Dienst des Grundherrn Arkenau für so manche Untat im Dorf und in der Umgebung gesorgt hatte.
Als die Männer - im Schlepptau den Gefesselten - die Tür

zum Hause der Blanda Huntlosen aufstießen, lag diese mit angezogenen Beinen da auf einem Strohbett, mitten in der Diele, um der Hebamme Platz zu geben, die das Kind endlich holen sollte.
Blanda schrie bei jeder Wehe, und Donnerkeil starrte auf das Blut zwischen ihren Beinen und hielt sich die Augen zu; hielt sich die Ohren zu, wenn Blanda wieder zu schreien begann.
„Du hast sie gebockt!“, schrie der Pastor wütend.
„Und nicht nur einmal!“, blökte der Obervogt Unkraut dazwischen.
„Er muss zu seiner Sünde stehen“, bekräftigte Meier Caspar Christian Lux, und sein Wort hatte, obwohl evangelisch, Gewicht im Dorf, weil er als Mittler zwischen den Konfessionen galt.
Donnerkeil wollte flüchten, doch Blanda zeigte nun während der Wehenpause auf Donnerkeil, und weinend unter Schmerzen jammerte sie: „Er hat mich verführt. Er ist es gewesen. Er ist der Vater! Ganz allein!“
Donnerkeil schüttelte den Kopf, dann spuckte er vor ihr aus, wofür Meier Caspar Christian Lux ihm mit den Reisigen eines überzog, Donnerkeil ihn grimmig anstierte und dann in anmaßendem Ton entgegnete: „Mit hundert Männern ist sie ins Stroh gegangen. Warum sollte gerade ich der Vater sein?“
„Gib es zu!“, rief der Pastor, „gib deine Verfehlung zu und übernimm wie ein reuiger Christ endlich die Verantwortung. Wir haben nicht mehr viel Zeit!“
„Was heißt denn das, keine Zeit haben“, schrie Donner-

keil wild, „wir haben so manches Fuder Heu Zeit!“
„Wenn das Kind da ist, hat es keinen Vater. Also traue ich dich jetzt, damit das Kind nicht in Schande geboren wird. Du bist der Vater!“, entgegnete Pastor Droste.
„Es darf nicht in Todsünde geboren werden. Es kommt im Falle der Erstickung in den Vorhof der Hölle“, lamentierte Meier Caspar Christian Lux.
„Und nicht auf den Friedhof“, lärmte Obervogt Unkraut, „er liegt dann draußen bei den Heiden.“
„Warum sollte gerade ich der Vater sein?“, schrie Donnerkeil nun, und hätte er die Füße frei gehabt, jetzt wäre er in die Fremde gerannt.
Donnerkeil, ein großer, kräftiger Mann mit schwarzen Haaren auf den Armen wie einst der biblische Esau, ungefähr 28 Jahre alt, zerrte an seinen Fußfesseln, doch die Untervögte zogen an dem gekordelten Tau, so dass Donnerkeil stolperte.
Der katholische Pastor legte sich die Stola um den Hals, was wegen des Konfessionsstreites der evangelische Küster nur der brisanten Lage wegen duldete. Der Pastor flüsterte gebetsmühlenhaft einige lateinische Wörter und fasste Donnerkeil am Arm, um seine Hand in die Hand Blandas zu legen, die unter einer erneuten Wehe laut aufschrie, ihre Hand aber dem Pastor und dem künftigen Ehemann gierig entgegenstreckte.
Donnerkeil war bleich geworden, als er nun zwischen ihren Beinen den schwarzen, blutigen Kopf fingerbreit hervortreten sah. Er schüttelte den Kopf, schluckte mehrere Male, um sich nicht übergeben zu müssen, und diese

Schwäche nutzte der Pastor aus. Er verband mit der Stola Donnerkeils Rechte mit Blandas rechter Hand, flüsterte für Donnerkeil unverständliche lateinische Worte, und während Blanda unter der letzten Wehe immer wieder „Ja, ja, ja" rief, nickte auch Donnerkeil, vor Ekel und Angst, Schweiß auf der Stirn.
Er gab auf.
Und kaum waren die beiden Mann und Frau, „bis dass der Tod euch scheidet", da stieß Blanda mit einem Schwung das Kind aus, blutig, glitschig, verbeulter Kopf, lange schwarze Haare, roter Körper.
Meier Caspar Christian Lux fiel zu Boden und neigte in Andacht den Kopf so tief, dass er den Lehm berührte.
Donnerkeil ekelte sich, und dieses neue Menschenkind, so frisch und abscheulich, widerte ihn an, doch der Pastor zwang ihn auf die Knie. Sie dankten mit erhobenen Händen Gott für das Wunder der Geburt, der Küster schellte mit dem Glöckchen, die Hebamme hob den Säugling in die Höhe, und da der Kleine nicht schreien wollte, fasste sie mit dem Zeigefinger in seinen Mund, riss ihn auf und, das Ohr an den Mund legend, wartete sie. Als er immer noch nicht schrie, hielt sie den Kleinen vor Donnerkeils Mund, damit dieser in ihn hineinblies, um die Lunge zu weiten. Er schüttelte sich vor Widerwillen, und er wurde weiß im Gesicht, aber der Knutenschlag des Obervogt Unkraut belehrte ihn eines Besseren, „Vaterpflichten", und er blies hinein.
Dann erbrach er in der verräucherten Diele, stolpernd über zwei Hühner, erbrach alles in die offene Feuerstelle,

so dass das Feuer fast erstickte und der Rauch in Schwaden durch die Diele zog. Da endlich schrie das Kind. „Gerettet!“, sagte die Hebamme, machte ein Kreuzzeichen, wischte das Kind mit einem Linnentuch trocken, durchbiss mit scharfen Zähnen die Nabelschnur, legte das Kind zur Mutter ins Stroh und sagte: „Zwei Thaler, Donnerkeil. Bei der Taufe wird bezahlt! Du kannst es aus dem Taufgeld nehmen.“

Donnerkeil stand ohne Bewusstsein da. Die Untervögte hatten ihn von den Fesseln befreit, der Kirchenprovisor hatte die Heiratsurkunde präpariert, der Küster hielt sie dem stummen Donnerkeil zum Unterschreiben hin, der in seiner Not einen Haken wie einen Halbmond zeichnete, „ein gähnendes D“, bemerkte Caspar Christian Lux, dann kritzelte mit der Gänsefeder Blanda auf dem Blatt herum, drei schnelle Kreuze, und Augenblicke später war das Haus leer.

Nur der evangelische Meier Caspar Christian Lux schaute sich an der Ecke noch einmal um, ging zurück zum Fenster und schaute durch den glaslosen Blendladen.

Der einzige, der sich über den Nachwuchs im Nachhinein nicht freute, war der Pastor. Er hatte fest damit gerechnet, dass es ein Mädchen würde, nun aber war ein Junge herausgeschlüpft und würde die Schar der Protestanten im Dorf vermehren. Galt doch in diesem katholisch-evangelischen Dorf seit Alters her die Regel, dass die Töchter die Konfession der Mutter und die Söhne die des Vaters erhielten, wenn eine Mischehe existierte. Und Donnerkeil war evangelisch, oder eher gar nichts, Blanda

aber katholisch und ging brav zur Kirche.
Donnerkeil blickte auf Blanda und auf das scheußliche Bündel, „das soll ein Mensch sein?“, auf seine Hände, auf Blandas geädertes Gesicht, das sich durch die Anstrengungen beim Pressen so abscheulich verändert hatte und nichts mehr von der Anziehung besaß, mit der sie ihn damals fast täglich unter den Hocken auf dem Barnstorfer Esch verführt hatte. Sie hatte ihn verführt und er sie, und wenn sie ihn getroffen hatte und sie nicht gewollt hatte, hatte er sie genommen, und sie hatte es ganz gern gehabt, denn Donnerkeil hatte immer etwas dabei: Eine kleine, dünne Wurst, manchmal Grütze, ein Säckchen Roggen, einen viertel, manchmal einen halben Taler, ein Päckchen Kandis und hin und wieder sogar Süßes aus Bremen, wenn Donnerkeil mit dem Pferdefuhrwerk zurückkam.
Dass auch andere Männer sie beschenkten, schien Donnerkeil nicht zu stören; denn er fühlte sich seiner Sache sicher, nachdem sie davon erzählt hatte, dass sie nachher sich immer mit scharfem Essig reinige, und das beuge einer Schwangerschaft vor.
Hin und wieder hatte Donnerkeil Katzendarm über sein Glied gezogen, doch das machte ihm keinen Spaß, weil es so scheuerte, und deswegen vertraute er auf Blandas Essig. Erst als er in Bremen in einem Freudenhaus gehört hatte, dass Essig genau so viel helfe wie kaltes Wasser, das man anschließend trinke, war er voller Sorge nach Hause gefahren, hatte Blanda sofort aufgesucht, ihren Bauch betastet und sie eine Lügnerin genannt, die es nur darauf

absähe, ihn in die Venusfalle zu locken.
Blanda hatte in ihren Ärmel geschnupft und kleinlaut zugegeben, dass sie längst schwanger sei.
„Doch nicht von mir!", hatte er gewettert, „doch nicht von mir, sondern doch wohl von Junkers oder von Finken oder dem Meyer. Du tust es doch mit allen Männern im Dorf, ledig oder verheiratet!"
„Ich habe nur mit dir die Nacht verbracht", antwortete sie kleinlaut, „nur mit dir, und nicht mit einem andern!"
„Die Nacht? Hinter der Hecke und im Heu! Du lügst. Du willst nur mich, weil ich es dir am besten mache. Ich kenne doch solche Luder wie dich. Du willst mich, damit ich dich ernähre. Du willst mich, weil die andern alle noch weniger haben als ich oder schon verheiratet sind. Du bist eine aufgeplusterte Pute sondergleichen. Und nur deswegen bin ich zu dir gekommen. Doch nicht in der Absicht, dich zu freien. Doch nur um mich auszuruhen. Warum habe ich dir sonst Geschenke mitgebracht, du hinterhältiges Fraumensch! Bringt man seiner Frau Geschenke mit?"
Sie hatte geweint, und es gehörte zu ihrer Methode zu weinen; denn sie fühlte, dass Weinen Männer fromm machte und weniger böse. So schaffte sie es immer wieder, sich aus den Fallstricken der Eifersucht, der Schläge, des Schimpfens und der Ehrabschneidungen zu retten. Und damit hatte sie es auch geschafft, den katholischen Pastor Droste in ihrem Sinne zu beeinflussen und sich im letzten Augenblick verheiraten zu lassen, um der Schande im Dorf zu entgehen.

Einer Schande, die ein Abgrund war.
Daran dachte sie jetzt, doch Donnerkeil würgte weiter über der Feuerstelle, erbrach noch einmal, und als er sich erholt und daraufhin die Absicht hatte, sich aus dem Staube zu machen, erinnerte sie ihn an das bisschen Menschlichkeit in ihm, doch eine Frau und das Neugeborene nicht im Stich zu lassen.
Donnerkeil ließ sich auf diese Ehe ein, doch nur zur Probe, wie er insgeheim dachte. „Nur als Versuch." Dann würde er ihr entlaufen wie ein hungriger Hund nach Piemont und lieber in der Ferne herumstreunen als zu Hause vor dem Feuer zu liegen und den Rauch der Kate einzuatmen.
Nach zwei Tagen schon war Blanda wieder auf den Beinen; behutsam, aber stetig ihr Ziel verfolgend; sie verwöhnte Donnerkeil bereits am zweiten Abend so sehr, dass er den nächsten Tag ohne Groll überstehen würde. Denn in der Kirche, einer einzigartigen, sollte das Kessen, die Taufe, bald stattfinden.
„Wie das Luder heißen soll, ist mir gleichgültig", hatte Donnerkeil bei der Geburt gesagt, „es ist schon schlimm genug, dass er Donnerkeil heißt."
Die Nachbarn kamen der Nachbarschaftspflicht treu in das Haus der bis dahin alleinstehenden Frau, die keiner mochte.
„Sie riecht", sagte Culemann, ihr Schwager.
Blanda war von ihm, einem frömmlerischen Mann, aus seinem Haus geworfen worden, weil er ihre Laster nicht mehr ertrug, wie er behauptete. Sein Glaube würde schon

durch ihre Anwesenheit allein in den Grundfesten erschüttert werden. Culemann, bettelarm, hatte Blanda gebeten, beim Bauern Abelmeyer zu arbeiten und zu wohnen. Doch sie weigerte sich und sagte, sie liebe ihre Freiheit mehr, als sie die Armut fürchte, und deshalb hatte Culemann ihr in zwei Jahren am Rande des Dorfes eine windschiefe Lehmhütte gebaut, um seinen Frieden zu haben.

„Zwei Hühner müssen reichen, um nicht zu verhungern", hatte Culemann gesagt und ihr die flatternden Tiere in die Küche geworfen.

Blanda ging meist, wenn sie von Abelmeyers Hof nach Hause kam, zu ihrer Schwester Bertha, die Culemanns Frau war, erbat Brot, half im Haushalt mit, brach den Flachs, spann, war fromm für Monate, doch dann ließ sie sich einige Tage nicht sehen.

Die Nachbarn brachten am zweiten Tag nach der Geburt den Kilmerstuten mit, auch schwarzes Brot, falschen Kaffee, Muckefuck, einige Windeln, blau eingefärbte Tücher für die Wiege aus Korbgeflecht, ein Himmeldach von Blandas Schwester Bertha, einiges zum Essen; der Grundherr Arkenau ließ einen Sack Getreide vorbeibringen und zwei Thaler. Der freundliche Meyer Abelmeyer, zu dem sie gehörte, schickte einen Kürbis vorbei, und der Pastor fragte am dritten Tag an, wann endlich die Taufe stattfinden solle.

„Wer nicht innerhalb von drei Tagen getauft ist, kann schon dem Teufel gehören", erklärte er.

Donnerkeil, der Protestant, war wütend, war frech, wie

keiner im Dorf es auch nur in Gedanken gegenüber der Geistlichkeit wagte widerspenstig zu sein, und wollte ihn aus dem Hause werfen.

„Du willst doch nur deinen Taufthaler haben", rief er, „doch den geben wir dir nicht; denn wir lassen ihn am Sonntag taufen während der Messe, und das musst du ohne Geld machen!"

Blanda sagte, der Junge sollte Gerhard oder Hermann oder Christian heißen.

Donnerkeil sah auf das Bündel Mensch in der Ecke der Stube und sagte: „Er heißt Ranzen oder gar nichts!"

Blanda schlug die Hände über dem Kopf zusammen und klagte, man könne einen Jungen doch nicht wie ein Bündel, wie ein Knäuel oder einen Rucksack bezeichnen.

„Er heißt Ranzen", bestimmte Donnerkeil, und der Pastor verkündete es in der alltäglichen Frühmesse, die um sieben Uhr begann.

Das Dorf war wie immer, aber wegen der Taufe dieses Bastards am Sonntag fast vollständig auf den Beinen. Sie wollten unbedingt einen Blick in das Körbchen werfen, insbesondere diverse Männer, ob nicht doch eine blasse, verräterische Ähnlichkeit zwischen ihnen und dem Bankert, wie sie das Kind heimlich nannten, festzustellen war.

Die Kirche war voll von Leuten. Vorne hockten die Kinder auf dem Kauert, grob zusammengezimmerten Bänken, dahinter knieten auf der linken Seite des Mittelganges die katholischen Frauen, hinter ihnen saßen die evangelischen Frauen. Auf der anderen Seite die katholischen

Männer. Nur die evangelischen Männer saßen nicht in ihren Bänken, sondern standen hinter den Katholiken und drängten sich im Gang, weil sie häufig zu spät zum Gottesdienst erschienen. Wenn alle Christen des Dorfes am gemeinsamen Gottesdienst, dem Simultaneum mixtum, teilnahmen, der wohl einzigartig auf der Welt war, weil Protestanten und Katholiken ihn gleichzeitig feierten, war der Turm voll und der Mittelgang bis zur Hälfte gefüllt.
Das Dorf hatte sich in einem Jahrzehnte langen Streit auf einen katholischen Priester und einen evangelischen Küster geeinigt. Doch die Einigung musste sonntäglich erneuert werden, denn jede Konfessionsgruppe versuchte sich kleine Vorteile im Gottesdienst zu erkämpfen. Der Küster Gerhard Hermann Holtmann wollte nicht die katholischen Zeremonien und den Talar dulden, und Pastor Droste verbat sich immer wieder das Singen deutscher Kirchenlieder mit der Orgel. Und manchmal herrschten Variationen von Krieg. Kalter Krieg bis hin zum Krieg mit Faustschlägen und Waffen. Und tiefe Verachtung gegenüber der anderen Konfession.
Kurz vor dem „Ite, missa est" begann die Taufe. Der katholische Pastor dirigierte den evangelischen Küster, grauhaarig, der die besten Tage hinter sich hatte, zu sich, steckte den Weihwasserbesen ins messingfarbene Gefäß, verspritzte den Segen über alle und las die Taufformel vor.
„Ich taufe dich auf den Namen Ranzen Donnerkeil", rief Pastor Droste, „dein Vater Bernhard Hermann Donner-

keil und deine Mutter Blanda Donnerkeil, geborene Huntlosen, seien dir fromme, ehrfurchtsame Eltern."

Nur wenige hatten bereits die Kirche verlassen, die anderen warteten auf irgendein Ereignis, denn sie witterten, dass ein Ärgernis in der Luft läge. Sie sangen in deutsch „Fest soll mein Taufbund immer stehen", der Pastor, die Stirn runzelnd, weil er das deutsche Lied der Protestanten nicht mochte, hantierte mit der Stola, mit den Messinggefäßen und dem Gebetbuch herum, und der Junge, dieser rotbackige, kleine Säugling, schlief, schlief, als wolle er an dem Leben in dieser Welt nicht teilnehmen.

Nachdem der Pastor die Taufzeremonie beendet hatte, sprachen die Gläubigen Donnerkeil die Glückwünsche aus, der mit geneigtem Kopf dastand, lachten ihn froh und freudig, schadenfroh und mitleidig an und aus, gingen an dem Körbchen, in dem der Junge schlief, vorbei, warfen einen Pfennig als Gabe hinein, eine Zigarre steckte großzügig der Meier Caspar Christian Lux dem Donnerkeil ins Revers, einen kleinen abgeschabten Silberring für die Mutter verschenkte der katholische Kirchenprovisor Smedes Spiker, der wegen der Zwangsheirat vor einigen Tagen Gewissensbisse bekommen hatte. Einen ganzen Thaler warf mit der Geste der Großzügigkeit der evangelische Kirchenprovisor Bredemeyer hinein, und ganz zuletzt streute die liebeskranke Bulgen, die wie Blanda Huntlosen einen zweifelhaften Ruf im Dorf genoss, einige Pfennige und Blumen in die grobe Wiege hinein und grinste.

Als Donnerkeil am Nachmittag das Körbchen leerte, war

er erstaunt über die außergewöhnliche Hilfsbereitschaft des Dorfes. Denn 12 Thaler waren im Korb, was reichte, um ein Vierteljahr, vielleicht sogar vier Monate, leben zu können, ohne zu arbeiten, und unter den Füßen des Kindes lag - wohl versehentlich hineingefallen, wie Blanda meinte - eine goldene Uhr, auf deren Rückseite mittig die Buchstaben RD eingraviert waren und auf der noch viele andere unbekannte Buchstaben einer fremden Sprache, der Lateinischen wohl, standen.

2.

Als ich dieses unschätzbare Schriftdokument in die Hände bekam, war ich, Ranzen Donnerkeil, gerade 18 Jahre alt geworden. Ich lebte in dem mittlerweile erweiterten Haus meiner Eltern am Rande von Goldenstedt und war nach Ansicht meines Vaters Donnerkeil für die Welt nicht zu gebrauchen. Denn ich war schwächlich, war zu leicht, war kränklich, und wenn ich irgendetwas anfing, war bereits von Anfang an vorauszusehen, dass es schief ging.

Ich hatte in Goldenstedt, diesem Dorf der zwei Konfessionen, keinen Freund bis auf den katholischen Lehrer Friedrich Schiller, der mir das Lesen und Schreiben beigebracht hatte. Und da ich wissbegierig war, lernte ich recht schnell. Etwas zu wissen war meine einzige Waffe gegen die anderen in diesem ungleichen Kampf, in dem Stärke, Mut und Manneskraft vorne standen. In diesen Männerzuchten konnte ich nicht mithalten. Also lernte ich für den Kopf. Ich lernte heimlich, denn eigentlich hätte ich als Protestant in die evangelische Schule zum Küster Gerhard Hermann Holtmann gehen müssen, doch der war sehr ungeduldig, war trotz seiner Altersschwäche und Buckligkeit schnell mit der flachen Hand im Nacken seiner Schüler und machte sich wichtig. Außerdem hätte mein Vater Donnerkeil nicht einen Thaler dafür gegeben, dass seine Kinder etwas lernten. „Lernen ist wie weggeschmissenes Geld“, war sein

Grundsatz, und so dachten die meisten im Dorf, und nur wenige schickten ihre Kinder regelmäßig in die Lehmschule und in das Rektorat zwischen Tiepken und Pöttker gegenüber dem Kirchturm.

„Die meisten sind ohne Kenntnis von Buchstaben und Zahl", behauptete auch mein grauhaariger Freund und Lehrer Friedrich Schiller, der klug war, aber eine schwere Aussprache hatte und beim Reden spüttelte, so dass seine Schüler ihn hinter seinem Rücken verspotteten. Und deswegen meinten viele Eltern, auch einige katholische, dass ihre Kinder besser beim evangelischen Küster und Lehrer Gerhard Hermann Holtmann untergebracht seien, und schickten ihre Kinder zum Leidwesen des katholischen Pastors zu ihm. Obwohl die Katholiken im Dorf die Protestanten wie die Pest scheuten, machten sie hier unbegreiflicherweise eine Ausnahme. Deshalb war mein Lehrerfreund ein Lehrer ohne Anerkennung und ohne viele Schüler.

Das war mein Glück, denn wenn ich ihn aufsuchte, meistens nachmittags, war ich oft allein, und er lehrte mich Dinge, die vor mir ihre Geheimnisse preisgaben wie Blumen, denen man die einzelnen Blütenblätter abrupft. Von ihm wusste ich, dass der einstige Schweinehirt Francisco Pizarro der Herrscher über das Inkareich in Peru wurde. Und ich konnte nicht satt bekommen, wenn er über Christoph Columbus' erste Fahrt über den Atlantik erzählte. Und ich merkte mir jedes lateinische Fremdwort. Und wenn Pastor Droste drohte, mich zu kujonieren, so wusste ich, dass er mich

quälen und knechten wollte für eine Unachtsamkeit.
Als Friedrich Schiller starb, hatte er außer seinem Sohn, der das Lehreramt für die katholischen Schüler in Goldenstedt bereits erfolgreich übernommen hatte, keinen ernsthaften Erben für seine Aufzeichnungen über die Natur. Und da der Sohn an den persönlichen Aufzeichnungen seines Vaters nicht interessiert war, kam ich, weil ich Interesse anmeldete, in den Besitz all seiner Briefe, seiner Zeichnungen, seiner Meinungen, die er sich im Laufe des Lebens über die Menschen in Goldenstedt gebildet hatte.
Ich durchstöberte seine Aufzeichnungen und Dokumente, dann las ich in dem Abschnitt „Gemälde von Goldenstedt" langsam Blatt für Blatt und hatte nach einer Woche ein Sittenbild der Leute von Goldenstedt vor mir, das mir den Atem verschlug. Der Lehrer hatte wie ein allwissender Erzähler geschrieben, wie ein Vogel, der lauschte, wenn sich die Leute im Dorf unterhielten. Wie ein Spökenkieker, der im Flug der Vögel die Zukunft voraussah. Am meisten aber war ich bestürzt über meine eigene Geschichte, die ich in einem dünnen Bündel fand, das mit Schnüren zugebunden war. Als ich den Knoten aufzog, fiel mir schon beim ersten Blättern mein Name „Ranzen Donnerkeil" mehrfach auf, was mich zugleich erschreckte und erfreute. Denn ich hatte in meiner Winzigkeit nie damit gerechnet, dass irgendein anderer Mensch außer mir selbst überhaupt auch eine nur entfernte Achtsamkeit an mir haben könne, dass er meinen unbedeutenden

Namen auf ein Blatt Papier schrieb. Doch die Freude wich schnell einer Stutzigkeit und diese dann - wie in einem steilen Fall in die Finsternis - einer unaussprechlichen Angst, sogar einer Höllenangst.
Ich las, dass mein Vater Donnerkeil dazu gezwungen werden musste, mein ehelicher Vater zu werden, dass er sich gesträubt hatte bis zum letzten Augenblick, die Ehe mit meiner Mutter einzugehen, und dass er sie eine Pute genannt hatte.
Zuerst freute ich mich noch über das Glück, dass ich ehelich geboren worden war und nicht unehelich wie die zurückgebliebene Schnött Marlies, die von den großen Jungen des Dorfes angespuckt wurde und die Dinge mit ihr machten, die ich hier nicht aussprechen möchte. Doch als ich dann las, dass eine Uhr im Taufbett gefunden worden war und dass sich Friedrich Schiller dafür verbürge, dass alles stimme, was er niedergeschrieben, erfasste mich die ungeheure Angst, die mich bis heute noch beherrscht, diese Höllenangst; denn in den nächsten Monaten war ich manchmal nicht Herr meiner selbst. Was ich gelesen hatte, war wie das allmähliche Versinken des Geistes im Moor von Goldenstedt und war gleichzeitig wie das Aufblitzen eines frevlerischen Gedankens.
Ich verschnürte alle Briefe des Lehrers, weil ich täglich nur einen von diesen ungeheuerlichen Briefen verdauen konnte, verschloss sie in meiner Ledertasche, die mir der wohlhabende Meier Caspar Christian Lux aus unerklärlicher Freundlichkeit geschenkt hatte, und diese ver-

steckte ich auf unserem Boden unmittelbar neben dem Roggenspeicher, der immer von meinem Vater abgeschlossen wurde. Denn Getreide war knapp, und fehlte auch nur ein Pfund, würde eine Mahlzeit fehlen.
Zuerst ging ich zur Schwester meiner Mutter, zu Tante Bertha, die ja nach Meinung des Lehrers Schiller die goldene Uhr gefunden haben sollte. Sie lebte in Goldenstedt „zwischen den Brücken“ und war die Ehefrau von Culemann, einem strenggläubigen Katholiken, den mein Vater hasste.
Culemann war manchmal der Untervogt von Obervogt Unkraut, von Beruf war mein Onkel Stellmacher, lebte auf dem Brink, hatte nicht viel zu beißen und musste deswegen auch oft für die Meyer des Dorfes oder für einige Bauern arbeiten, damit er seine Familie über die Runden brachte. Ich mochte ihn nicht, weil er immer versuchte, mich zum katholischen Glauben zu bekehren und mich von dem evangelischen Glauben meines Vaters abschwören zu lassen. Außerdem hatte er nur noch wenige schlohweiße Strähnen auf dem Kopf, die ihm in den Nacken fielen, wenn er seine speckige Mütze absetzte. Dann wurde auf seinem Kopf ein Höcker sichtbar, der wie ein Schwamm rot gefärbt war. Am schlimmsten aber war sein Atem, ein stinkender Atem, der mir bei seiner Missionierung mit Spucke ins Gesicht flog.
„Dein Vater ist doch der lebende Beweis, dass die Protestanten eigentlich große Frevler sind!“, hatte er mir öfters vorgehalten. „Protestanten stinken aus allen

Löchern. Dein Vater ist eine gottlose Kreatur."
Das wagte er mir ins Gesicht zu sagen, er, der selber erbärmlich aus dem Munde stank, und er glaubte an seine Worte, doch ich verteidigte meinen Vater, auch wenn ich nie oder fast nie erlebt habe, dass er selbst je ein gutes Wort für mich einlegte.
Zum Glück war der zahnlose Culemann nicht da. Tante Bertha, die einigen kränkelnden oder milchlosen Frauen als Amme im Dorf diente, stand in der Küche und schälte Kartoffeln. Sie schälte die Schalen so dünn, dass sie durchsichtig waren.
Als sie mich sah, steckte sie mir eine ungeschälte, kalte, gekochte Kartoffel von gestern zu, die ich abpellte und hinunterschlang; denn den Tag über war das Essen eng bemessen. Und da ich wegen meiner Rückenschmerzen nicht arbeiten konnte und mich deshalb auch kein Bauer einstellen wollte, musste ich mich tagsüber umsehen, dass ich satt wurde. Denn mit dem Tod von Friedrich Schiller hatte ich meinen Gönner verloren, gerade auch zu den Mahlzeiten, die er hin und wieder mit mir geteilt hatte.
„Hast du die goldene Uhr gefunden?", fragte ich Bertha geradeheraus.
Sie wusste anscheinend nicht, wovon ich redete. Und als ich ihr erklärte, sie sei doch vor 18 Jahren bei der Taufe diejenige gewesen, die die Taufgeschenke eingesammelt hätte, erinnerte sie sich wieder.
„Ja, ja, die Uhr, die goldene Uhr", sagte sie, „die habe ich tatsächlich nach der Taufe zu deinen Füßen gefun-

den. Trägt jetzt schon an den Füßen goldene Uhren, habe ich damals gesagt, wie wird das erst später mit Hals und Kopfe sein. Und dein Vater hat geantwortet, ein Strick wird ihm umgebunden werden, diesem Lausehund. Ich habe ihn heftig ausgeschimpft, so etwas zu sagen. Denn wer Schimpf über den Neugeborenen innerhalb der ersten Lebenswoche verbreitet, wird selbst Schimpf ernten. Doch er hält nichts von den Bräuchen. Du kennst ihn ja. Er ist ein ungläubiger Mensch."

„Bertha, von wem war die Uhr? Wer hat sie meinen Eltern geschenkt?"

Da lachte Bertha, so laut sie konnte. „Geschenkt? Wer hätte deinen Eltern eine Uhr geschenkt! Keiner. Niemand nicht! Nur ein paar Thaler und Groschen kamen von den Nachbarn. Aber eine goldene Uhr verschenkt man nicht. Man verliert sie."

„Und wer hat sie verloren?"

„Wer? Was weiß ich? Wer hat denn schon eine Uhr? Niemand außer dem Pastor, den Vögten, dem Küster, vielleicht noch den Kirchspielvögten, wer besitzt schon eine goldene Uhr? Vielleicht hat auch einer der Meyer eine goldene Uhr. Vielleicht der Bredemeyer, der Kolkmeyer oder der Meier Caspar Christian Lux. Wer sollte sonst eine Uhr besitzen? Der Abelmeyer? Die Zeit spielt für uns kleine Leute keine große Rolle, weißt du. Wenn die Hähne krähen, stehen wir auf."

„Aber trotzdem war eine im Taufwagen."

„Sie muss versehentlich hineingefallen sein. Das meinte

Christa Kessens

deine Mutter jedenfalls. Und dein Vater meinte es auch. Er verbot uns, darüber zu reden. Er wollte sie behalten und nicht als Fund melden. Er wollte eine Zeit darüber verstreichen lassen und dann wollte er sie versilbern. Niemand im Dorf weiß bis heute darüber Bescheid. Ich hab's für mich behalten, weil ich es für Sünde hielt, die Uhr nicht zum Pastor Droste zu bringen. Nur meinem Mann, dem Culemann, hab ich es erzählt, und der würde vor Scham den Mund nicht öffnen und etwas verraten, um bloß nicht in den Verdacht eines Diebstahls zu geraten, gottesfürchtig wie er ist. Darum wird deine Mutter schon Recht gehabt haben. Einer der Kirchenbesucher ist am Taufbett vorübergegangen, hat hineingeblickt, und dabei ist ihm die Uhr versehentlich aus der Westentasche in das Bett gefallen."
„War es eine besondere Uhr?"
„Nicht dass ich wüsste!"
„Was stand auf der Uhr? Gab es Buchstaben?"
„Buchstaben? Daran kann ich mich nicht erinnern. Aber warte einmal, ich habe doch was gesehen. Oder täusche ich mich?"
„Erinnere dich!"
„Nein, ich weiß es nicht. Aber ich kann mich erinnern, dass es ein warmer Sonntag war, dass es seit Wochen nicht mehr geregnet hatte."
Sie war gesprächig, ja geschwätzig und so weitschweifig, dass ich sie unterbrechen musste, weil ich unbedingt nun mit meiner Mutter sprechen wollte. Natürlich hatte sie keine Buchstaben gesehen, denn Buchsta-

ben waren für sie das Gebetbuch des Teufels, weil sie nicht lesen konnte. Das wusste ich von Culemann.
Ich rannte zu meiner Mutter. Würde sie bestätigen, was Bertha mir soeben mitgeteilt hatte? Doch vor dem Gespräch mit meiner Mutter hatte ich Angst; denn sie war meistens zu streng, war hart zu mir und manches Mal ungerecht.
Ich trat zu ihr in die Küche, wo sie am Tisch stand und in einer Schüssel Geschirr wusch. Sie beachtete mich nicht. Erst als ich sie fragte, ob in meinem Taufbett eine goldene Uhr gelegen habe, blinzelte sie und sagte harsch: „Wer hat dir diesen Unsinn erzählt?"
„Deine Schwester Bertha", erwiderte ich.
„Die redet zu viel. Die ist in allen Dingen überspannt. Und nun lass mich mit deinen Fragen in Ruhe!"
„Ich möchte es aber genau wissen", warf ich ein.
„Kinder, die nicht arbeiten, haben nichts zu fragen! Scher dich davon!"
„Ich habe hier noch einen Hinweis, dass Bertha nicht lügt. Auch der katholische Lehrer hat geschrieben, dass eine goldene Uhr in meinem Taufbett lag."
„Und woher will er das wissen? Ist er vielleicht dabei gewesen, dieser Spinner. Gottlob, dass er nun tot ist und den Kindern keinen Unsinn mehr erzählen kann."
„Er schreibt die Wahrheit und keinen Unsinn", widersprach ich.
„Soll ich lachen? Bei der Schulbereisung hat selbst der Schulrat ihn einen Versager genannt. Das Dorf hat sich geschüttelt vor Lachen und lässt die Kinder lieber beim

Evangelischen unterrichten. Auf einen solchen Quacksalber will ich nicht hören!"
„Ich kann dir vorlesen, was der Lehrer verfasst hat. Und dann kannst du selbst urteilen, ob es stimmt!", sagte ich und zeigte ihr die handschriftlichen Notizen, die sich in meiner Ledertasche befanden. Sie blickte misstrauisch auf meine Tasche und schnalzte mit der Zunge, ein Zeichen dafür, dass sie neugierig geworden war. Ich hob die Blätter in die Höhe und wartete einige Augenblicke. Da meine Mutter nicht richtig lesen, sondern nur mühsam buchstabieren konnte, verlangte sie, dass ich ihr die Schrift vorlas, was ich schweren Herzens tat, weil von mir die Sprache war.
Der Lehrer hatte das Folgende geschrieben:
„Ranzen Donnerkeil lag wie ein Häuflein Dreck in den Ecken des Hauses herum, hungrig, da Blandas Milch nicht ausreichte oder sie sich nicht hinreichend um ihn kümmerte. Er verschluckte sich und hüstelte, hatte Fieber, erholte sich, und immer lag er zusammengekrümmt wie eine Katze in seinem Bettchen. Wäre nicht die Schwägerin Bertha im ersten Jahr des öfteren gekommen und hätte ihn an die Brust gelegt, er hätte die Kälte des Hauses, seine Feuchtigkeit und die Unfreundlichkeit des Vaters wohl nicht überstanden. Anfangs hatte Ranzen Donnerkeil, als er die neue Milch schmeckte, verwundert innegehalten, doch dann gierig getrunken; und es lag wohl an Berthas riesigen Brüsten, die leer zu trinken anscheinend beiden ein Vergnügen bereitete."
Ich hatte gerade das Vorlesen beendet, da lachte meine

Mutter so laut, wie ich es noch nie gehört hatte. Sie lachte, und manchmal meinte ich, es sei ein Schreien oder gar schon Weinen. Dann schlug sie mit dem Holzvorleger auf meinen Rücken und schrie: „Was macht sich dieser unkeusche Lehrer Gedanken über meine und Berthas Brüste. Mir sind sie groß genug und deinem Vater auch. Der Lehrer ist ein Lügenbaron. Ich werde seine Notizen verbrennen. Her damit!"

Doch ich raffte sie schnell zusammen und verließ das Haus, um in den nahen Wald zu dem Findling zu gehen. Dort hielt ich mich immer auf, wenn ich Sorgen hatte und mich von der Prügel meiner Eltern erholen musste. Ich kletterte in eine Buche, die ein dichtes Blätterdach besaß und dort einen guten Sitz ausgebildet hatte, wo die Äste sich verzweigten, fast wie ein Sessel, wie ihn der strenge Grundherr Arkenau besitzt. Dort saß ich dann, heulte mich aus, verfluchte die Welt, meine Brüder, meine Eltern, nur Marie nicht, meine um zwei Jahre jüngere Schwester. Sie war meiner Mutter im Wesen ähnlich. Sie hatte einen schlanken Körper, war so groß wie die meisten Jungen, hatte blonde Haare und ein weiches Herz. Aber auch sie war mir wegen einiger Launen nicht immer wohlgesonnen.

Als ich am Abend wieder verstohlen zurück ins Haus kam, stellte ich unvorsichtigerweise die Ledertasche an die Wand. Mein Vater, dessen schwarze Haare ihm wild in die Stirn fielen, saß am Tisch und schlürfte die faserige Brennnesselsuppe, versetzt mit Geesekohl. Einige Kartoffeln dazu. Darüber freute sich mein Vater am

meisten; denn in seiner Jugend war die Kartoffel noch eine unbekannte Frucht. Nirgendwo wuchs sie im Bistum Münster. Der Lehrer hatte mir erzählt, Seefahrer hätten sie von Südamerika mitgebracht, und da sie hier so gut wachse, habe der Bischof von Münster verfügt, sie überall anzupflanzen. Das habe er dem König von Preußen abgesehen. Die Kartoffel habe den Hunger zwar nicht beseitigt, meinte der Lehrer, aber ihn gemildert. Und so aß mein Vater nun Kartoffeln. Er verschlang sie, und aus dem Augenwinkel zwischen seinen Haaren hindurch beobachtete er mich.
Meine Mutter musste ihm etwas Schlechtes über mich erzählt haben; denn als ich an ihm vorbeiging, um auf die Diele zu kommen, schlug er mir mit der Rechten in den Nacken und sagte: „Bedank dich bei Bertha!"
Im gleichen Augenblick sah ich, dass meine Mutter mit einem Eimer Wasser, den sie draußen aus dem Brunnen hochgezogen hatte, ins Haus kam, zur Ledertasche ging, sie öffnete und das Wasser in einem Schwall hineinschüttete. Die Hälfte der Notizen schwamm hinaus, und meine Mutter stellte sich mit nackten Füßen darauf, stampfte und grinste, und mein Vater lachte aus tiefer Kehle.
Ich lief entsetzt zur Tasche, entriss sie ihr mit den restlichen Blättern und floh nach draußen.
Es war inzwischen schon dunkel geworden. Ein leichter Wind ging über die Heide und die Wiesen und verlor sich in unserem Wald. Ich hielt die wenigen verbliebenen Blätter einzeln in die Luft, um sie zu trocknen.

Doch fast die ganze Nacht saß ich draußen, aus Angst vor meinen Eltern und aus Angst um meine Blätter; denn ich hatte erst von diesem wichtigen Stapel, der von unserer Familie handelte, wenige Seiten gelesen.

3.

Als ich mir am nächsten Tag die Aufzeichnungen des Lehrers im Hellen ansah, durchfuhr mich ein Schrecken. Das Papier, meist schon getrocknet, zerbröselte, sobald ich es anfasste. Ich nahm das erste Blatt, es zerbrach unter meinen Fingern. Die Buchstaben zerrannen wie Wasser im trocknen Boden. Und das Wissen, das in den Wörtern steckte, löste sich in Nichts auf. Andere noch feuchte Blätter klebten mit anderen zusammen, und wenn ich sie voneinander lösen wollte, dann zerriss sehr schnell eins ums andere. Die Blätter waren mit der Tinte der Galläpfel von Eichen beschrieben, also nicht langlebig. Wenn die Sonne darauf scheinen sollte, dann verblich die schwarze Farbe schnell. Das Papier war einfaches Bogenpapier, sehr dünn, billig. Teilweise hatte der Lehrer alte Zeitungen genommen und die Ränder vollgeschrieben, um sich Notizen zu machen. Das waren die kostbarsten Hinweise auf die Leute in Goldenstedt und auf mich. Er hatte viel über mich geschrieben. Er hatte meinen Namen Ranzen Donnerkeil hundertmal geschrieben und so wunderbare Worte gefunden, als sei ich ein Held, ein armer Held zwar, ein kleiner Junge, ein geschlagener, aber immer schimmerte durch die Zeilen hindurch: Ranzen Donnerkeil ist ein Mensch.
Das ehrte mich so, dass ich mich in diesen Momenten allen überlegen fühlte.

Nur mein Vater war mächtiger als ich. Er war groß, stark, unwiderstehlich, war gut im Denken und schnell im Arbeiten. Wenn eine Fuhre Holz nach Bremen geschafft werden musste, dann schickte der reiche Meier Caspar Christian Lux oder der schweigsame Abelmeyer oder der Grundherr Arkenau am liebsten meinen Vater, weil die anderen zu dämlich waren. So hatte mein Vater mir das erklärt. Einmal war er erst nach einem Monat aus Bremen zurückgekehrt, und als er wieder im Hause war, begann der tägliche Streit. Er hatte nichts an Geschenken mitgebracht wie früher, nicht mal einen vieleckigen Klumpen Kandis, was meine Mutter verdross, aber er hatte neue Ideen mitgebracht, neue Gedanken, die ich nicht wage laut auszusprechen; denn der Pastor Droste hätte sie auf den Index gesetzt oder hätte meinen Vater Donnerkeil der Inquisition oder den Gendarmen ausgeliefert und die Familie dazu. Doch mein Vater redete tollkühn, wie ihm der Schnabel gewachsen war. Und obwohl ich seine Nähe fürchtete, habe ich von keinem Menschen in meinem ganzen Leben mehr erfahren als von meinem hassgeliebten Vater.

Er war an allen Dingen interessiert. An Frauen mit schlechtem Ruf leider auch, aber auch an meiner Mutter wie an einer liederlichen Person, und er machte Dinge mit ihr vor unseren Augen, dass wir uns glühend schämten. Ich hatte in meinem Leben außer der verwirrten Schnött Marlies nie eine Frau bloß gesehen, nur den Bauch meiner Mutter habe ich mitansehen müs-

sen. Denn manchmal, wenn mein Vater müde zurückkam, mit Dreck beschmutzt, voller Schweiß, voller Dreck an den Händen, dann stellte er sich einfach hinter meine Mutter, zog ihr das Kleid hoch und lachte, bis auch sie lachte. Meine Mutter war ihm hörig wie eine Leibeigene. Sie liebte ihn, aber ich hatte immer das Gefühl, er liebe sie nicht. Aber das Gefühl trog. Es war eher anders.
Er arbeitete Tag und Nacht, von morgens bis abends, und fragte ich ihn nach seiner Fron, dann winkte er mit der Hand ab, versetzte mir hin und wieder einen Schlag in den Nacken, bis ich schwieg. Der Lehrer - ich weiß nicht, woher er die Berichte besaß; er musste Goldenstedt gut beobachtet haben - hatte darüber Folgendes geschrieben:

„Donnerkeil kümmerte sich nicht um Frau und Kinder. Er ernährte sie, wie es seine christliche Pflicht war, aber er ließ sie gewähren. Sein Tag bestand darin, unentwegt Arbeit gegen Geld oder Naturalien zu suchen, Holz zu schlagen, es zu schälen und dann zu sägen.
Das war ein grässlicher Vorgang, weil das Sägen des Holzes über einer Sägekuhle passierte. Um Bretter zu sägen, wurde das Holz längs über ein Loch, das die rechteckige Größe eines Grabes hatte, geschoben. Unten im Grab stand im Nebel der Sägespäne der Ärmste oder der Niedrigste aller Säger. Er hatte die schwarze Karte, die Pechkarte gezogen, denn er stand unter dem Baum in der Kuhle und zog das lange Sägeblatt nach unten, während

oben sein Kompagnon das Sägeeisen wieder in die Höhe zog. So ging das den ganzen Tag, ohne viel Unterbrechung, ohne lange Pausen, und bei jedem Zug der Säge durch das Holz fielen die Späne nach unten in die Kuhle, segelten in das Hemd Donnerkeils, auf die Mütze, in die Haare, in die Augen und in den Mund, den Donnerkeil geöffnet halten musste, um bei dieser Anstrengung genügend Luft atmen zu können. Wenn er dann abgemattet nach Hause kam, enttäuscht, wieder zu wenig Geld für diese Fronarbeit verdient zu haben, machte er sich in seiner wahnsinnigen Vorstellung, zu kurz gekommen zu sein, an Blanda heran, und wenn sie nicht da war, trat er seinen Ältesten, um an ihm all den Ärger abzulassen, den andere ihm aufgebürdet hatten.“

So hatte der Lehrer es in seine literarische Chronik hineingeschrieben, und er hatte alles gut beobachtet. Es war nicht alles genau so passiert, wie es auf den trockenen, brüchigen Blättern stand, aber es öffnete mir die Augen, dass es Ursachen für die Wut des Vaters gab, die nicht in ihm lagen, sondern außerhalb. Das war etwas Unglaubliches.
Ich witterte meinen Vater schon, bevor er mit seinen Holzschuhen leicht an den Stein unseres Weges trat, der zum Haus führte, um sie vom Dreck des Weges zu reinigen. Ich machte mich dünn, was mir im wahrsten Sinne des Wortes keine Schwierigkeiten bereitete, hatte ich doch außer Haut nichts auf den Rippen. Ich ging meinem Vater aus dem Wege, um ihn nicht aufzuregen, und

holte der Vater aus, um mir eine Ohrfeige zu versetzen, flüchtete ich mich in eine Ohnmacht. Ich war oft krank, und wenn der Rücken hart wurde, war ich bis in die Zehenspitzen gelähmt, denn die Schmerzen waren wie spitze Nadeln.

Das kümmerte keinen.

Meine Mutter liebte ich, doch auch sie war mir nicht freundlich gesonnen. Zwar war sie manchmal, wenn sie weinte, fürsorglich, nahm mich in den Arm. Aber wenn sie lachte, so ausfallend lang und ausgiebig lachte, nahm ich mich auch vor ihr in Acht. Denn dann war meistens ein fremder Mann in der Nähe, der keine Notiz von mir, dem kleinen Donnerkeil, nahm.

Ich litt immer an Hunger. Ich konnte nicht genug kriegen, und ich hatte das Gefühl, dass meine Muskeln an den Beinen und Armen sprechen konnten und um Essen baten.

Als ich ungefähr fünf geworden war, habe ich zum ersten Mal, soweit ich weiß, Fleisch gegessen. Und daran erinnere ich mich bis heute fast täglich, und dieser Geschmack auf der Zunge war unvergesslich, denn das Fleisch hatte meine Beine zum Schweigen gebracht. Eine ganze Woche hatten sie geschwiegen, hatten nicht gefragt, wann es etwas zu essen gäbe, sondern hatten ruhig vor mir gelegen, ohne rastlos zu sein.

Denn eines Tages war ein kleiner Mann gekommen, in guter Kleidung, und er trug einen gefalteten Zylinder in der Hand, hatte wie ein Beamter des Diepholzer Amtsvogt eine Schriftrolle in der anderen Hand, trug einen Koffer, betrat das Elternhaus, öffnete den schwarzbraunen Koffer, holte in Papier eingewickelt eine gebratene Taube heraus, reichte sie mir, dem Jungen, der gierig hineinbiss, hineinbiss, sich verschluckte, wiederkäute, und aß und aß, bis die Knochen weiß geleckt waren, bis das Mark aus den Hohlräumen ausgesogen war, bis der Knorpel des Brustbeines aufgezehrt war, bis von der Taube bis auf die Beine nichts mehr übrig war.

Ich, Ranzen Donnerkeil, empfand solche Dankbarkeit mit dem schwarzen Mann, dass ich in die Diele lief, um mich zu bedanken. Doch der Mann saß nicht mit meiner Mutter am Tisch, wo alle sitzen, die zu Besuch kamen.

Ich rief meine Mutter, die aber nicht antwortete, und als ich in die Kammer kam, lag dort ein fremder, kleiner Mann, fast nackt auf dem frostigen, lehmigen Boden, und meine Mutter kniete vor ihm.

Ich wurde wie eine Katze aus der Kammer gescheucht, und voller Verwirrung lief ich in den Wald zu der Stelle, wo ich die Vögel sprechen hören konnte. Dann sprach ich, das Ohr auf den Findling gelegt, mit ihnen und sang ihnen die Lieder vor, die ich von meiner Mutter oder vom Küster in der Kirche gehört hatte.

Nun saß mein Vater an dem Tisch, stopfte sich die Kartoffeln mit der Suppe in den Mund, kaute laut und schmatzte, gab meiner schlanken, leicht verstörten Schwester Marie die Anweisung, aus der Miete vor dem

Haus eine Steckrübe zu holen, als ich ihn fragte: „Kannst du dich noch an meine Taufe erinnern?"
Er zog die Stirn in Falten und kaute weiter. „Wo ist der Rübenschnaps?", fragte er.
„Meine Taufe", sagte ich, „gab es da nicht eine Uhr, eine goldene Uhr?"
„Wo ist der Rübenschnaps?", wiederholte er, als habe er gar nicht zugehört. Aber meine Mutter, die hinter ihm stand, legte verräterisch den Zeigefinger lotrecht auf den Mund, damit ich schweige. Und ich schwieg, aber am kommenden Morgen schon würde sie mir Rede und Antwort stehen müssen.
Kaum war am nächsten Morgen mein Vater verschwunden, Marie war zum Bauern gegangen und meine Mutter schrubbte den Tisch mit einem Stein blank, fragte ich sie. Sie wollte mir wie immer über den Mund fahren, doch ließ ich mich diesmal nicht abspeisen. Ich war plötzlich so selbstbewusst in meinem Leben, dass ich sogar meiner Mutter Widerworte gegeben hätte. Ich stand vor ihr, sie aber mit hochgezogen Augenbrauen, mit diesem vorgerückten Kinn, sie blickte mich zum ersten Mal an, als sei ich erwachsen.
Wie oft hatte sie mich beim Waschen unter Wasser gedrückt, in den Brunnen, wie oft hatte sie mir Sand auf Wunden geträufelt, als sei Sand Medizin. Wie oft hatte sie mir die Kruste von meiner Wunde an den Beinen gekratzt, was ich nicht wollte, sie aber darauf bestand, als bräuchten Wunden frische Luft zum Heilen.

Jetzt sagte sie drohend: „Du fragst im Beisein von Donnerkeil nie wieder nach der Uhr!“

Dann hantierte sie mit dem Messer, mit dem sie Brot schnitt, herum und stach es in den Tisch und ließ es hin und her federn.

Liebte sie mich gar nicht?

Ich schwieg in Verschüchterung, suchte aber im Geist jeden Flecken im Haus ab, der sich für ein Versteck eignete. Ich kannte jeden Punkt in unserem Haus, die Waschküche, die Diele, ich sah den Unrat, den Roggen auf dem Speicher, die Milchkanne, das Butterfass, die Holzschuhe, die Truhe an der Wand, die seit meiner Geburt nicht verrückt worden war. Ich lief zu ihr, zog sie von der Wand ab, und tatsächlich, ich entdeckte einen Beutel, aufgehängt auf einen Holzsplinten. Ich riss den Beutel vom Holznagel, öffnete ihn, und ich konnte es nicht glauben.

Meine Mutter entriss mir mit einem Ruck den Mehlbeutel, aber ein Blick hatte mir gereicht. Etwas Goldenes schimmerte aus dem staubigen Mehlbeutel hervor, eine Uhr, und es waren einige Briefe in dem Beutel, obwohl meine Mutter fast nicht lesen konnte, und es klimperte Kleingeld im Sack.

Meine Mutter drückte den Mehlsack an ihre Brust, sah wie ein Geist des Fegefeuers aus, ihre Lippen zitterten, und fast kleinlaut flehte sie: „Sag Vater nichts oder es gibt Weltuntergang!“

„Es stimmt also doch, was der Lehrer über die Uhr und Bertha geschrieben hat?“

„Es stimmt“, nickte sie und drehte sich um.
„Bleib!“, bat ich und schluckte. „Stimmt auch dies?“, fragte ich und las ihr aus den Notizen des Lehrers vor:

“Als das erste Jahr vorüber war und Ranzen Donnerkeil, dieser Wicht, zum Erstaunen aller immer noch lebte und nicht wie viele andere an Fieber oder Husten wie ein schwindsüchtiger Hund verendet war, ging das Geld der Eheleute zur Neige. Wäre die Todesangstbruderschaft nicht mit einigen heimlichen Spenden nur an die Mutter gewesen, wovon der Vater nichts wusste, sie wären verhungert. Donnerkeil arbeitete als Waldarbeiter beim Grundherrn Arkenau; doch das brachte zu wenig ein, dass man davon leben konnte. Und als er das erkannte, begann er wieder wie vor der Zwangsheirat rumzusaufen. Er versoff nicht den Verstand, aber einen Großteil des sauer verdienten Geldes. Und als Blanda das merkte, dass kein Geld zum Leben da war, versuchte sie auf altbewährte Art zu Geld zu kommen. Sie ging in den Wald, um Blaubeeren zu sammeln; sie arbeitete als Melkerin auf dem Hofe Ebeling, und wenn sie abends zum Melken an den Rand der Mark ging und von einem Knecht, der die Milchkannen trug, begleitet wurde, legte sie sich schon mal gegen eine kleine Vergünstigung auf ihn. Doch mied sie die Liebe, denn schwanger werden wollte sie nur von ihrem Mann. Denn sie wusste genau, dass er sie verprügeln und verstoßen würde, sollte sie ein Kind zur Welt bringen, das nach Jahren dem Nachbarn oder dem mit einem Pferdewagen umherziehenden Kaufmann ähnelte.“

Meine Mutter war bleich geworden. Ihre Augen gingen wirr hin und her, als sei ihr Geist auf der Flucht. „Das stimmt nicht“, flüsterte sie, „das ist Sünde“, sagte sie immer wieder.
„Es steht noch mehr in den Briefen des Lehrers“, fuhr ich fort.
„Lies es vor! Nein, wirf es weg! Doch, lies!“, sagte sie, als sei sie verhetzt, „aber es stimmt nicht. Nur Lügen! Nichts als Lügen! Kein wahres Wort!“
Ich nahm das Blatt und legte es auf den Tisch und begann zu lesen, was der Lehrer wie einen Roman, fast wie das alte Testament, verfasst hatte, und beim Lesen blickte ich in den Pausen immer wieder auf, um in den Augen meiner Mutter zu lesen, ob es stimmen könne, was mein Lehrerfreund Friedrich Schiller fabuliert hatte. Ich las langsam und mit übertriebener Betonung die Worte des Lehrers:

“Ranzen Donnerkeil gedieh wider Erwarten gut.
„Er kämpft sich durch“; sagte Blanda.
„Er ist eine Missgeburt“, sagte Donnerkeil, der mit großer Abneigung seinen milchgierigen Sohn betrachtete. Der Sohn war ihm zuwider, weil er stank, und als Blanda meldete, sie erwarte zum zweiten Mal Nachwuchs, war er sogar froh, endlich bald ein anderes Gesicht im Hause zu haben als diesen kleinwüchsigen, herumschreienden, rotgesichtigen Knirps, der nicht liegen wollte, wo er sollte, der nicht hörte, was er befahl, der anders roch als er oder Blanda und vor dessen Scheiße in den Windeln er

zurückschauderte.
Donnerkeil und Blanda gehörten zu den Untersten des Dorfes. Sie waren frei und nicht von den Grundherren abhängig wie die hörigen, leibeigenen Bauern; sie waren auch keine Heuerleute mit zwei Hektar Land hinter dem Haus, das zum Ernten und Leben reichen musste. Sie waren frei wie der Vogel in der Luft, doch ihre Freiheit hatte keinen Wert, weil sie mit ihr nichts anzufangen wussten. Denn was war Freiheit, wenn kein Geld da war, das ihnen die Freiheit schmackhaft machte. Sie gehörten zur untersten Klasse ihres Dorfes, zum Stand der Pauperes, der Armen, von denen die meisten auf ein Almosen der Kirche, der Todesbruderschaft oder der Bauern angewiesen waren.
Die Armen hatten kein Eigentum, sondern hatten sich als Kötter am Rande des Moores oder der Mark in einer Kate angesiedelt oder wie Donnerkeil am Randes des Dorfes in einem verlassenen Stall, das Blandas Eltern, Culemann und ein Gönner, der namentlich nicht bekannt war, notdürftig zum Fachwerkhaus umgebaut hatten.
Dort hausten sie. Das Holz zum Heizen schlugen sie im Wald hinter dem Haus; doch der Bauer Johann Schelen, dem das Holz gehörte, hatte Donnerkeil sogar verboten, die dürren Äste und Stämme im Herbst zu sammeln und ein Winterlager anzulegen. Erst im dritten Jahr der Heirat wurde der Bauer nachsichtig und ließ Donnerkeil gewähren. Er wurde im nächsten Jahr sogar freundlich und brachte jeden dritten Monat eine halbe Flasche

selbstgebrannten Roggenschnaps mit, den der unwürdige Donnerkeil am Sonntag, während die anderen in die Kirche gingen, zu leeren begann.
Als Blanda das dritte Mal schwanger wurde, fluchte Donnerkeil, als sei sein Leben verwirkt. Er wollte keine Blagen, keine Mäuler mehr stopfen; denn schon jetzt war es schwierig, die Familie über den Winter zu bekommen.
„Halt deine Beine zusammen!", schrie er seine Frau an.
„Aber du willst doch täglich!", schrie sie ihm entgegen.
„Lass dir etwas anderes einfallen", brüllte er, „das nächste Kind schlage ich tot!"

Hier an dieser Stelle, bei diesen Sätzen zitterte meine Mutter und klopfte mit ihren weißen Knöcheln auf das Holz des Tisches. Sie zitterte wie Pappellaub und mit großen Augen blickte sie mich an und flüsterte: „Es ist unheimlich. Es ist verhext. Wie kann der Lehrer das nur wissen? Er war nie dabei."
Ich blickte selbst schamrot auf den Tisch, denn solche Wörter auf einem Bogen Papier waren wie Frevel, waren wie ein Verstoß gegen das Wort des Pastors; doch sie standen da und waren nicht wegzuwischen.
„Pferdepeitschen!", schluchzte meine Mutter.
„Was meinst du?", fragte ich.
„Pferdepeitschen", wiederholte sie.
„Was ist mit den Pferdepeitschen?", wollte ich wissen.
„Sie tun weh wie Pferdepeitschen."
„Was?"
„Verbrenne es!", schluchzte meine Mutter, „verbrenn

die unkeuschen Wörter!"
Und ich stand auf, um den Feuerstein zu holen. Doch als ich zurückkam, starrte meine Mutter auf das Blatt und buchstabierte Wort für Wort und sagte dann bittend, aber ängstlich, als horche Obervogt Unkraut an der Tür: „Lies weiter, aber leise! Lies nicht so laut, sonst hört es noch jemand!"
Ich räusperte mich, legte den Stein beiseite und begann zu lesen. Und ich höre immer noch die spitzen Schreie der Überraschung und des Entsetzens meiner Mutter, das Schluchzen vor Scham, ich roch ihre Aufgeregtheit bei diesen Sätzen:

"Blanda jammerte, doch sie kannte ihren gewalttätigen Mann, der abends, wenn er von der Arbeit im Wald nach Hause kam, sich hinter sie stellte, ihr das Kleid hochzog und Dinge machte, die sie nicht zu beichten wagte; denn was sollte der Pastor denken, wenn sie erzählte, was dieser Mann mit ihr tat und bekennen musste, dass es ihr nicht missfiel. So achtete sie auf seinen Atem, und wenn der immer schneller ging, entwand sie sich ihm im letzten Augenblick, nur um nicht bei erneuter Schwangerschaft totgeschlagen zu werden.
Beide Eltern schlugen Ranzen Donnerkeil, beide schrieen dabei, der Vater schlug kurz und kräftig mit bleich werdendem Gesicht, die Mutter prügelte ihn mit der flachen Hand oder mit einer Rute, das Gesicht immer aufgeregter, und die Stirnadern quollen dann hervor.
Darum hielt sich Ranzen Donnerkeil zurück, versteckte

sich, dachte über die Unsichtbarkeit nach, über die Geschichte mit der Tarnkappe, die ihm einer der Männer, die Mutter besuchten, erzählt hatte. Man setzte sich eine Mütze auf und war plötzlich für jedermann unsichtbar, und das Schöne war, dass man selber in demselben Raum blieb und sogar einen Stock nehmen und damit zurückschlagen konnte.

Rache war schön. Er träumte von Rache, von Vergeltung, und er würde es eines Tages allen zeigen: Den Eltern, vor allem dem Vater, dem Bauern, der ihnen kein Holz geben wollte, und dem Bauern Meersmann, der eine ganze Kanne Milch vor seinen Augen ausgegossen hatte, weil er behauptete, sie sei den Kühen schwarz abgemolken worden.

„Du bist ein Dieb", hatte Meersmann gerufen, „ein gemeiner Hund, der klaut!"

Als die Milch in die Erde versickerte, verkrampfte sich Donnerkeils Magen, und Schweißperlen traten auf seine Stirn; denn das Essen von einem ganzen Tag zerrann wie die Illusion von einem paradiesischen Leben.

Als er das vierte Brüderchen bekommen hatte, starb gerade das zweitälteste. Keiner weinte darum; denn er erlebte, dass der Tod ein Begleiter des Menschen war, der Gevatter Tod, der Taufzeuge, der kam, wenn es Zeit war. Als der sechste Bruder geboren wurde, waren bereits drei gestorben. Und es schien seiner Mutter gar recht zu sein, und sein Vater hatte keine Eile, dem Pastor anzuzeigen, dass der kleine Hinnark von ihnen gegangen war. Der neue Bruder bekam denselben Namen, und nach zwei

Jahren wusste kaum einer noch, dass der letzte Name Ersatz für einen früheren gewesen war.
„Es ist wie bei den Meisen“, sagte sein Vater, „die bekommen zehn Junge, und zwei überleben. Warum sollte es bei den Menschen anders sein?“
Der Vater wilderte in den Wäldern und im Moor herum. Überall lagen seine Fallen, und wenn sich ein Kaninchen darin verfangen und unter schlimmen Schmerzen zu Tode gekommen war, dann war der breitschultrige Vater zur Stelle. Mit diebischer Freude betrachtete er den kleinen Gewinn, den er dem Grundherrn Arkenau abgerungen hatte.
Wildern war verboten. Dürres, von den Bäumen abgefallenes Holz zu sammeln, war verboten. Fische aus den Bächen zu angeln, Bickbeeren im Walde zu suchen, Honig in der Heide zu ernten; es war verboten; denn jede Laus, jedes Korn, jeder Tannenzapfen, jede Hocke, jedes Rebhuhn, jeder Aal, jede Eiche, jede Taube in der Luft, sie gehörten dem Grundherrn.
Der Grundherr war Herr über den Grund und über alles, was darauf wuchs und gedieh. Alles war sein Eigentum, sogar die Menschen, die auf seinem Grund lebten. Sie waren hörige Bauern, denn sie gehörten dem Grundherrn.
Dieses zu wissen, war das Glaubensbekenntnis der Zeit, und Donnerkeil, aufsässig, verstieß gerne dagegen. Denn dann fühlte er sich fast gleich mit dem Grundherrn, dass er ihm das Eigentum streitig gemacht hatte.
Als er nun das Kaninchen aus der Falle zog, schnitt er

ihm die Kehle durch, doch das Blut lief nicht mehr ab, da es schon wegen der Leichenstarre geronnen war. Das störte Donnerkeil nicht. Er zog dem Tier das Fell über die Ohren, schlitzte ihm den Bauch auf, die Eingeweide fielen heraus, und als es endlich zum Braten fertig war, steckte er es auf eine Eichengabel, zündete das Feuer an und ließ es schmoren und braten. Das geschah weit weg von seinem Haus. Und es musste sein; denn wenn er Fleisch in seiner Kate briete, würde der Geruch von gebratenem Fett und Fleisch aus den Tür- und Fensteröffnungen herausströmen und sich unter den Nachbarn verbreiten wie Balsam. Der Geruch verriet den Wilddieb. Der Wilddieb war ein Frevler, weil er die seit Ewigkeit her verbürgten Rechte des Grundherrn nicht achtete. Und Donnerkeil wusste nur zu genau, dass es kein größeres Verbrechen gab, als gegen das Recht des Eigentums zu verstoßen. Mord und Totschlag wurden von den Behörden verfolgt, aber noch gründlicher wurden Eigentumsdelikte verfolgt, war doch das Eigentum des Grundherrn das Fundament für die Existenz dieses Dorfes.

Die Familie Donnerkeil wurde ins Moor geschickt, um dort das Kaninchen zu verspeisen. Jedem wurde eingebläut, darüber zu schweigen. Und jeder schwieg bis auf den mageren Ranzen Donnerkeil, der es mir, dem Lehrer, lieber beichtete als dem Pastor oder dem Küster. Am liebsten aber mochte er Schmitt Sefa, die ihn hin und wieder ins Haus rief, ihm die Pfanne hinstellte, Brot darein tunkte und ihm zu essen gab."

Ich legte den Zettel beiseite. Meine Mutter weinte, sie wollte sich nicht wieder beruhigen, als ich ihr die Aufzeichnungen des alten Lehrers vorgetragen hatte. Sie verbarg ihr Gesicht hinter den Augen und flüsterte wirre Worte wie „Wahrheit, Lüge, Übertreibung, Rache, Verdrehung, Schande, Unkeuschheit," sie weinte, und selbst als ich ihr die Hand auf den Rücken legte, ließ sie sich nicht beruhigen.

„So soll das wirklich und tatsächlich gewesen sein?", flüsterte sie, schüttelte wirr mit dem Kopf, fuhr sich mit gespreizten Fingern durch ihre blonden Haare, stand auf und lief wie gejagt aus dem Haus in die Wiesen. Den ganzen Tag über habe ich sie nicht mehr gesehen. Doch war sie immer noch so geistesgegenwärtig, den Mehlbeutel mit der Uhr und den Briefen mitzunehmen.

Dass unser Haus ein anderes war als andere Häuser, habe ich täglich im Dorf erfahren. Manchmal riefen Leute „Bastard" hinter mir her, manche spuckten verächtlich vor mir aus, einer hat mich sogar angepinkelt, manche jagten mich weg, und einige meiner Altersgenossen durften nicht mit mir spielen, weil ihre Eltern ihnen den Umgang mit mir und unserer Familie verboten hatten. Aber auch die protestantischen Kinder waren nicht besser. Bisher hatte ich die Ursachen dieses Verhaltens nur ahnen können, nur ahnen, weil ich es nicht wahrhaben wollte, doch seit ich diesen verheerenden Brief studiert hatte und meine Mutter in Bestürzung davongerannt war, habe ich im Kopfe allmählich

erfasst, dass unser Haus unchristlich war.
Unchristlich war eine Todsünde, eine Sünde, die uns in die Hölle brachte, und deswegen wurde man aus der Gemeinschaft verstoßen und aus dem Dorf getrieben in die Heide; denn dort lebten die Heiden. Und für einen solchen hielt man meinen Vater. (Und es sollte bald so geschehen!)
Ich hatte in den Notizen des asthmatischen Lehrers - Gott hab ihn selig - Ungeheuerlichkeiten und Gedanken und unausstehliche Worte gelesen, die keiner in Goldenstedt auch nur dachte oder denken konnte. Ich glaube, keiner in Goldenstedt konnte sich überhaupt vorstellen, dass ein Mann und seine Ehefrau in diesen liederlichen Tönen miteinander sprachen und Dinge taten, die in den Augen fast aller abscheulicher waren, als wenn der Teufel in Gestalt eines Klumpfußes den schwarzen Witwen des Dorfes den hässlichen Wind aus seinem Maul entgegenblies.
Auch ich war entsetzt, aber ich war diesen barschen und ungehörigen Ton meines Vaters gewohnt. Ich kannte die Lästerung, weil ich sie täglich hörte. Dann werden die Berge runder und die Messer stumpf.
Aber die Gläubigen in Goldenstedt kannten das Geschelte nicht, und hätten sie es gekannt, sie hätten Vater und Mutter steinigen und zum Dorf hinaustreiben müssen zu dem Schandpfahl, an dem die Bulgen für Kommunionsmissbrauch für einen Tag festgebunden worden war. Und ich weiß, dass Gänsemann von der Todesangstbruderschaft uns geächtet und zusam-

men mit dem frommen Meier Caspar Christian Lux uns das Dach über dem Kopf angezündet hätte, was der Verbannung aus der Gemeinschaft der Christen aus der Gemeinde gleichkam. Nur wer ein Dach über dem Kopf hat, ist ein Christ, der andere gehört zum fahrenden Volk und ist diebisch.
Ich gewann die Einsicht, wenn ich sie alle in diesem Dorf von meinem Platz in der Buche betrachtete und über einen Kamm schor, dass der Mensch ohne Ziel irgendwohin treibt, nach Westen, nach Osten, woher der Wind gerade bläst.
Zum ersten Mal kam bei mir nun der Verdacht auf, wenn meine Mutter so ist, wie sie ist, und mein Vater so ist, wie er ist, kann ich dann der Sohn meiner Eltern sein?
Dieser Verdacht dauerte nur einen Wimpernschlag, weil ich diesen ungeheuerlichen Gedanken nicht länger denken konnte. Denn es gab diesen Gedanken eigentlich nicht, weil die Tatsache der Unkeuschheit in Goldenstedt nicht existierte. Die Welt war christlich und gläubig, war fromm und tief gottesfürchtig. Jeder andere Gedanke hätte mich derart verunsichert, dass ich irr geworden wäre vor Schmerzen. Darum schob ich diesen unheilvollen Gedanken mit den Händen aus meinem Kopf heraus und verbannte ihn ins Moor, dort wo die Geister im Schilf wohnen.
Doch jeden Abend, wenn ich im Stroh lag, kehrten diese Geister zurück. Manchmal in Träumen. Sie quälten mich mit Forkenzinken, stießen mir ins Fleisch und in

die Rippen; dann wachte ich schweißnass auf, trank kaltes Brunnenwasser und versuchte wieder einzuschlafen, was aber nur selten gelang. Stundenlang lag ich wach und dachte: Ist mein Vater mein Vater? Meine Mutter meine Mutter? Mein Rücken war kalt wie das Wintereis auf den Tümpeln.

Tagsüber wenn meine Mutter im Garten beschäftigt war, suchte ich das Haus nach dem Mehlbeutel mit der goldenen Uhr ab. Ich musste die Uhr finden und wollte die Briefe lesen, die in dem Säckchen waren. Doch meine Mutter hatte sie gut versteckt. Im Haus war der Beutel nicht aufzufinden. Jeden Winkel hatte ich durchsucht, jede Fuge zwischen den Dielen auf dem Boden durchstöbert und jedes Astloch geöffnet. Nirgendwo war die Uhr zu finden.

Dann machte ich einen entscheidenden Fehler.

Es war kurz vor Ostern. Die Karwoche hatte begonnen, der mürrische evangelische Küster Gerhard Hermann Holtmann hatte auf Befehl des Pastor Droste die Kreuze in der Kirche gegen seinen Willen und gegen seine protestantische Überzeugung mit violetten Tüchern abgehängt. Jedes Jahr schimpfte er über die entwürdigende Arbeit, wie er sagte. Er wolle dieses katholische Allerlei nicht mehr mitmachen. Er sei schließlich evangelisch, und es sei an der Zeit, die evangelischen Sitten einzuführen, wie es früher im Augsburger Religionsfrieden möglich war. Immer mehr dränge sich der katholische Pastor Droste in den Vordergrund und wolle ihm seine protestantischen Rechte beschneiden.

Ich setzte mich in die letzte Bankreihe und beobachtete den Küster Gerhard Hermann Holtmann, der leise den Pastor Droste verwünschend seine Arbeit tat. Dann begann er die Kirche auszufegen. Daraufhin füllte er das Öl im Lämpchen für das ewige Licht nach und brummte: „Auch nicht evangelisch. Nur katholisch!"
Zwei vom österlichen Fasten ausgezehrte Frauen schlurften durch den Mittelgang der Kirche und legten ihren Kopf auf die Kommunionbank.
Der Küster, der sich immerzu schnäuzte, hatte trotz meiner niederen Herkunft einige Sympathien für mich. Das fühlte ich. Auf jeden Fall hielt mich der Küster nicht für einen Nichtsnutz wie die andern alle. Er fragte mich also am Gründonnerstag, ob ich ihn begleiten wolle, die Hühnereier, einen Teil seiner Pröven, einzusammeln. Wir gingen durchs Dorf, holten vom Schmied Dünnreb Snessek zwei Eier, vom Gastwirt Klostermann drei Eier, die seine Hühner gerade gelegt hatten und noch warm waren, und als wir die Runde gemacht hatten, war der Korb voller Eier. Wir präparierten sie, indem wir sie hart kochten und dann mit Farbe anmalten. Wir pressten Klee und Gras aus, zerrieben es und erhielten genügend grüne Farbe. Rote Farbe erhielten wir von der Roten Beete, gelbe Farbe aus Zwiebeln und Tee, violett aus Rotkohl. Diese Eier, die jeder Kirchenbesucher haben wollte, sollten Ostern nach der Heiligen Messe verteilt werden; denn die Gründonnerstags-Eier hatten eine große Heilkraft und schützten vor Krankheit das ganze Jahr über. Deshalb

wurden sie ja auch eingefärbt, um sie von gewöhnlichen Tageseiern zu unterscheiden.
Am Nachmittag gingen wir in den nördlichen und östlichen Teil von Goldenstedt, um die Eier von den Bauern zu holen. Die Bauern waren ja verpflichtet, dem Pastor und dem Küster viermal im Jahr den Pröven (=Präbenda) zu zahlen, wozu je nach Größe des Hofes und Erbesqualität mehrere Scheffel Roggen und Hafer, ein wenig Schinken, Eier, hin und wieder ein Huhn, abzugeben waren.
Wir kamen zu Thiemanns Hof in Tange. Der junge Bauer war schwer erkrankt. Er hatte sich eine Forke in den Fuß gestochen, und an seinem rechten Bein lief schon ein blauer Streifen von der Wunde hinauf bis zum Knie. Alle waren sehr besorgt, und ich sah es sofort: Er war des Todes, doch ich schwieg.
Ich freute mich, Lüke, die gleichaltrig war, zu sehen. Wir hatten uns früher einige Male vor der Schule gesehen, aber wenig miteinander gesprochen. Das war auch nur schwer möglich, weil ich nur einmal die Woche die Schule am Samstag besuchen durfte, wenn sie umsonst war. Meine Eltern gaben kein Schulgeld her. „Schule ist Unsinn!“, hatte mein Vater ja gesagt.
Lüke erzählte mir von ihrem kranken Vater, und es rührte mich, in welch besorgtem Ton sie das tat. Ich mochte sie gern, aber dass sie Augen für mich haben könnte, einen evangelischen Christen, den Sohn eines gotteslästernden Vaters, schwach, mit Rückenpein, war ausgeschlossen. So hörte ich zu, ohne mich in Glanz zu set-

zen. Ich beobachtete sie innig. Ich blickte am meisten auf ihren Mund und ihre hellen Zähne, deren oberster Schneidezahn einen hellweißen Fleck hatte.
Sie tat mir so leid, weil sie heute noch lachte. Ich ahnte das Schicksal bereits.
Es gab keinen Medikus in Goldenstedt, nur den Schmied Dünnreb Snessek, der den Pferden die Hufe beschnitt und den Kühen die Klauen. Er kannte sich mit Salben aus und riss den Bauern die Zähne aus, aber hier würde er nicht helfen können, befürchtete ich. Zu kräftig schon war der lange Strang, wie wir die Venen nennen, blau geworden. Lükes Vater würde sterben.
Dann erzählte Lüke von ihren drei Brüdern, ihren zwei Mägden und von ihrem Knecht Ratten Paul, der so viel arbeitete wie ein Pferd, aber ein Quartalssäufer war und dann den Verstand verlor.
Mich lockten solche Manneswürden sehr, weil ich in meiner Lebensfurcht meinte, eine enge Verwandtschaft mit diesen Gestalten zu haben, die der Wind allein schon aus der Lebensbahn werfen kann. Lüke beschrieb Ratten Paul so anschaulich, dass ich ihn vor mir sah. Diesen vierzigjährigen Mann, der von kleiner Gestalt war, mit wettergegerbter Haut im Gesicht, mit rissigen Händen, fleißig, unermüdlich, gehorsam. Der aber soff, wenn er Schnaps bekam, der dann sturzbetrunken auf dem Feld liegen blieb und vor einigen Jahren erst am Morgen auf schneebedecktem Acker kurz vor dem Erfrieren gefunden wurde. Ratten Paul war ein friedlicher Mensch, war sanft, war ein bisschen dumm, konn-

te den ganzen Tag schweigen, aber nach zwei, drei Monaten begann er zu kochen, dann sprudelte es aus ihm heraus, dann erzählte er einen ganzen Tag lang, und wer ihm dann in die Quere kam, dem fuhr er jähzornig entgegen. Durch nichts und keinen ließ er sich dann stören.

Lüke stieß mich plötzlich an. „Ranzen, wo bist du mit deinen Gedanken?“

Ich hatte mich ganz in Ratten Paul hineinversetzt, so dass ich meinte, einige seiner Charakterzüge selbst an mir zu erkennen.

Lüke lachte, nahm dann ihr Kopftuch ab, und hervor quollen ihre blonden langen Haare. Keine Zöpfe! Einfach blonde Haare, die herunterfielen. Sie musste anders denken als andere, wenn sie keine Zöpfe trug. Sie war schlank. Dann pfiff sie auf zwei Fingern, und der Hund, der vor der Dielentür gelegen hatte, stürzte heran, sprang an meine Beine und begeiferte mich, wovor ich mich ekelte. Ich zeigte offen meine Angst, und Lüke hielt den Hund im Genick fest.

Ich habe vor fast allen Tieren Angst, vor Kühen, vor Gänsen, vor Pferden, vor Eseln, sogar vor Hähnen. Der große, bunte Hahn von Garlich Breuer ist mir vor gar nicht langer Zeit auf den Kopf gesprungen und hat mich mit den Sporen getreten. Vor Gänsen laufe ich davon, ich ekle mich vor ihren hechelnden Kehlen mit der schlangenförmigen Zunge und dazu das unerträglich schrille Geschrei. Und selbst mein Freund und Lehrer Friedrich Schiller hat mich nicht besänftigen kön-

nen mit der Geschichte, Gänse hätten das Capitol gerettet, weil sie mit ihren Schreien Rom vor dem Feind gewarnt hätten. Blauschwarze Dohlen, die immer in der Nähe der Weiden bei der Hunte auf den Feldern herumhüpfen, springen mich an. Ich ziehe das Unglück an. So ängstlich bin ich.
Der Küster trat aus dem Haus, einige Eier im Korb. „Noch warm, echte Gründonnerstags-Eier!"
Wir verabschiedeten uns. Und obwohl in unserer Gegend niemand dem anderen beim Verabschieden die Hand gab, nur bei der Ankunft, gab uns Lüke die Hand, selbst mir, und es durchlief mich heiß. Ihre Mutter Lina Thiemann beobachtete uns von der Dielentür aus. Hätte ich nicht gewusst, sie ist die Mutter, hätte ich sie für Lükes Schwester gehalten.
In bester Stimmung machten wir uns auf den Nachhauseweg. Der Küster war zufrieden, denn ein Zehntel der Eier waren für ihn, und ich dachte an Lüke, die mir die Hand gegeben hatte und nicht ein schlechtes Wort, sondern gar keines - und das war ungewöhnlich - über meine Eltern verloren hatte.
In dieser Stimmung, dieser vorösterlichen Stimmung, wurde ich redselig und vertraute mich leider dem Küster Gerhard Hermann Holtmann an. Ich erzählte ihm von der goldenen Uhr und den Briefen des Lehrers. Zuerst hörte er zu, sehr andächtig; mitfühlend wie ein Totensager; doch als ich den katholischen Lehrer erwähnte, wurde er missmutig. Denn auch er war Lehrer und unterrichtete die evangelischen Schüler aus Gol-

denstedt, gleichgültig ob sie nun zum Bistum Münster gehörten oder zum Kurfürstentum Hannover. Als ich so ehrfurchtsvoll vom verstorbenen katholischen Lehrer sprach, reagierte er ärgerlich. Denn er missachtete ihn. Und er war eifersüchtig. Denn ich war von den wenigen Malen, die ich zur Schule durfte, fast nur zum katholischen Lehrer gegangen. Ich entwand mich dieser heiklen Lage, indem ich vorgab, meine Eltern hätten mir keinen Schulbesuch aus geldlichen Sorgen gestattet, was ja auch stimmte. Gerhard Hermann Holtmann, dem das Leben wie mir böse mitspielte -er war gichtig- war auf jeden Schüler angewiesen, denn danach bemaß sich auch sein Gehalt. Je mehr Schüler, desto mehr monatlicher Lohn. Und da im Sommer wegen der übermäßig anfallenden Arbeit fast keiner zur Schule gehen konnte, war er auf das winterliche Unterrichten angewiesen.
Um ihn nicht weiter zu kränken, versuchte ich sein Vertrauen wiederherzustellen und erzählte dann alles, was mit der goldenen Uhr zusammenhing. Ich verschwieg, dass der Lehrer mein Elternhaus als Hurenhaus dargestellt hatte, aber ich erwähnte, dass auf dem Deckel der Uhr die Anfangsbuchstaben meines Namens R D eingraviert seien. Aber ich erzählte nicht von meinen Zweifeln, dass jemand meinen Namen bereits vor meiner Taufe hatte kennen müssen.
Er befragte mich sehr scharf, fragte nach unseren Lebensverhältnissen, nach der Ehe meiner Eltern, er war neugierig, und ich gab so viel preis, wie ich wollte.

Christa Kessens

Doch ärgerte ich mich, überhaupt die goldene Uhr erwähnt zu haben; denn damit war ich in die Falle getappt.
Er wollte wissen, wo ich die Notizen des Lehrers aufbewahre, und da log ich klugerweise, dass die meisten vernichtet seien, weil meine Mutter mit Wasser einen Anschlag auf sie verübt habe.
„Dass sie alle vernichtet sind, kann ich nicht glauben", sagte er aus den Augen blinzelnd, als erwarte er ein Abenteuer, „wenn du noch einige Aufzeichnungen wiederfinden solltest, bringe sie vorbei!"
Ich versprach es, dachte aber nicht daran, seiner Aufforderung zu folgen.

4.

Das Hochamt am kommenden Sonntag wurde um zehn Uhr gefeiert. Die Kirche war wie immer übervoll. Die Katholiken waren die frömmeren, das fühlte ich, und das müsste auch, wenn er aufrichtig wäre, der protestantische Küster ehrlicherweise zugeben. Sie saßen in den vorderen Bänken, kamen pünktlich, waren aufmerksamer, redeten nicht, sondern blickten voll innerer Erwartung auf den Priester, besonders die Frauen. Sie blieben auch, ohne dass sich irgendeine dagegen auflehnte, solange in der Kirche, bis alle Männer gegangen waren. Dann erst waren sie an der Reihe. Nur Schmitt Sefa war einmal mit ihrem Mann Bernhard auf die Männerseite gegangen. Doch ein scharfer Blick des Pastor Droste und sein offensichtliches Zögern, die Messe zu beginnen, hatten gereicht, dass sie die Bank wechselte. Und einmal war Schiwecks Ulla eher aus der Kirche gegangen als die Männer, aber ein Schlag auf die Finger durch Obervogt Unkraut, der wie ein General hinten in der Kirchentür die Gläubigen kontrollierte, hatte genügt, dass sie im Turm wartete, bis sie dann gemeinsam mit allen anderen Frauen die Kirche verließ.

Meine Mutter und meine Schwester Marie waren wie ich immer sonntags in der Messe, aber mein Vater ging nicht oder nur selten in die Kirche, um die er am liebsten einen weiten Bogen machte. Er misstraute der Kirche und sagte das jedem unaufgefordert, er schimpfte über sie, und ich wunderte mich, dass er diese törichte Tollkühnheit besaß. Denn wer auch nur in der Öffentlichkeit ein schlechtes Wort über die Kirche redete, war geächtet. Er war aus der Gemeinschaft der Gläubigen ausgestoßen. Doch meinen Vater verdross das nicht. Er war auch nicht furchtsam, er fürchtete den Teufel nicht, weil er einfach behauptete, es gäbe ihn gar nicht.

„Und weil es ihn nicht gibt, warum sollte ich mich fürchten?", lachte er. „Eines Tages wird die Kirche den Teufel abschaffen und die Heiligen auch, und Christophorus am allerersten", spottete er, „alles nur Legende."

Mehrere katholische Bauern hatten ihm schon einmal aufgelauert und wegen gotteslästerlicher Reden verprügelt; der Obervogt Unkraut von Goldenstedt hatte ihn exerzieren und ausprügeln lassen, aber sie hatten den Willen meines Vaters nicht gebrochen, stattdessen aber den Keim der Auflehnung in ihm genährt. Selbst der plumpe Überredungsversuch des Meier Caspar Christian Lux, meinen Vater mit einem halben Thaler pro Monat zu bestechen, damit er schweige, fruchtete nichts. Erst als ihm vier vermummte Männer eines Nachts die Haare vom Kopf schnitten und ihm einige Schmisse zufügten, war er eine Zeit lang ruhiger, fast still. Doch als die Wunden vernarbt waren, begann er wieder seine aufrührerischen Reden zu schwingen.

Die Messe hatte schon angefangen, als sich noch einige Protestanten, mit den Holzschuhen schurrend, in die

Kirche drängten.
Pastor Droste zelebrierte wie gewohnt nach genau mit den Protestanten ausgehandeltem Ritus den Gottesdienst, ließ den Küster nach dem lateinischen Introitus das deutsche Lied „Kommt, Gläubige, zur Kirche!“ singen, und dann sollte die Predigt beginnen. Doch kaum stand Pastor Droste oben auf dem Predigtstuhl, hob er die Hand, um dem evangelischen Küster das Zeichen zu geben, mit dem Orgelspiel aufzuhören. Doch der bestand hartnäckig darauf, seine drei Strophen zu Ende zu spielen, wie es jeden Sonntag geschah. Alle Protestanten sangen laut das Lied mit, und wie ich sehen und hören konnte, auch viele Katholiken. Denn unsere Lieder wurden in deutsch gesungen, und jeder verstand sie, und es machte Spaß, aber die lateinischen Silben klangen wie Kauderwelsch, wie mein Vater Donnerkeil schimpfte.
Pastor Droste bekam einen roten Kopf, weil der evangelische Küster sich nicht an seine Anweisung hielt, und als das Orgelspiel geendet hatte, begann Pastor Droste eine Predigt, die er aus dem Stegreif hielt; denn er blickte nicht ein einziges Mal auf sein Manuskript. Er schimpfte während der ganzen Zeit lautstark, mit drohendem Zeigefinger, und manche katholischen Frauen senkten den Kopf. Doch dann kam ein Satz, der uns Protestanten empörte, und uns in dieser Kirche, die eine Simultankirche war, fast um den Verstand brachte. Bisher hatten wir einen Gottesdienst gefeiert, der entsprechend den katholischen und evangelischen Teilen

ausgewogen war, aber nun rief Pastor Droste von der Kanzel herunter: „Nur die katholische Kirche ist die allein seligmachende!“
Es war plötzlich still, ganz still. Niemand räusperte sich. Keiner schnupfte. Und als hätte der Satz seine unumstößliche Gültigkeit, wiederholte Pastor Droste vom Predigtstuhl, uns alle überragend, diesen verheerenden Satz: „Nur die katholische Kirche ist die allein seligmachende!“
Die Katholiken und besonders die schwarz gekleideten Mitglieder der Todesangstbruderschaft erhoben sich freudetrunken von den Bänken und schauten uns triumphierend an. Gänsemann, der ein vorstehendes Kinn hatte, klapperte mit den Zähnen, als klatsche er Beifall, und klopfte zusätzlich mit den Knöcheln auf die Bank. Doch kaum war das Wort ein zweites Mal aus dem Mund des Pastors hervorgedrungen, fasste Gerhard Hermann Holtmann, der als Küster auch unser Organist war, wie ein Triumphator in die Tasten der Orgel und trat die Pedalen so stark, dass Pastor Droste auf seinem Predigtstuhl ins Wanken geriet und nicht weiter predigen konnte. Als der Küster das protestierende Orgelspiel schloss, schlug der evangelische Kirchenprovisor Bredemeyer genüsslich einmal in die Hände; der kräftige Pastor schien verstört zu sein, und erst nach einer kurzen Zeit der Sammlung predigte er weiter, ein wenig ruhiger und bedächtiger, und er wiederholte auch den provozierenden Satz von der allein seligmachenden Kirche nicht wieder, wusste er doch, dass er gegen eine

laute Orgel nicht anpredigen konnte. Die lutherischen Gläubigen waren hocherfreut und grinsten während der Predigt; denn zum ersten Mal gab es heute einen selbstbewussten Küster, der dem Pastor aufs Maul schaute und nicht jedes Wort durchgehen ließ.

Die Katholiken hingegen waren böse, fühlten sich durch das Grinsen in ihrer Andacht gestört und in ihrem Glauben verunglimpft und forderten später, wie ich erfuhr, in einer Geheimkonferenz den Pastor auf, die Protestanten nicht mehr zum Gottesdienst zuzulassen. Doch daraus wurde nichts. Das simultaneum mixtum, von dem mein Freund Friedrich Schiller schwärmte, es sei einzigartig auf der weiten Welt, blieb bestehen.

Nur Obervogt Unkraut führte Böses im Schilde. Einige Tage später hatte der evangelische Kirchenprovisor Bredemeyer das Nasenbein gebrochen, aber dieser behauptete nicht, obwohl es jeder wusste, dass es der Obervogt Unkraut gewesen war.

Als wir uns alle wieder beruhigt hatten, sollte ein weiterer Skandal an diesem Sonntag während der Messe passieren. Ich stand recht ungünstig, und meine Augen suchten immer wieder Lüke Thiemann, die mich beim Eintritt in die Kirche mit einer winkenden Hand begrüßt hatte, was ich für ausnehmend mutig fand. Alle Katholiken senkten nämlich den Kopf beim Eintritt in die Kirche.

Ohne irgendeinen Zwischenfall ging die Messe ihren Gang. Bis zur Kommunion. Ich dachte schon, gleich kommt das „Ite, missa est“, und dann geht es nach Hause, doch es kam anders. Pastor Droste ging während der Kommunion an der Frau vorbei, die Bulgen hieß und die ich schon oft wegen ihrer Freisinnigkeit beobachtet hatte, und gab ihr keine Hostie; er ging an ihr vorbei, ohne sie anzublicken. Statt dass die Bulgen nun zurückging, weil es selbst dem Küster, der auf dem Chorstuhl saß, noch nicht einmal aufgefallen war, blieb sie absichtlich an der Kommunionbank knien, doch der Pastor überging sie zum zweiten Mal. Sie blieb trotzdem einfach knien. Als die Kommunion beendet war und Pastor Droste schon den Kelch in den Tabernakel auf dem Altar zurückgestellt hatte, kniete sie immer noch, und jedem, selbst dem unaufmerksamen Kirchenbesucher fiel nun auf, dass Pastor Droste der Bulgen die Kommunion verweigert hatte. Sie wartete, und ich bewunderte insgeheim ihren Mut, dort zu knien und alle Augen auf sich zu spüren. Ich hätte das niemals ausgehalten.

Dann endlich kam der katholische Kirchenprovisor und führte die Frau, die sich nicht wehrte, zurück in die Kirchenbank, und sie lachte. Ich glaubte, dass sie lachte. Sie schien selbstsicher genug zu sein, so zu scheinen, als irrten sich alle außer ihr. Aber dann bemerkte ich, dass ihr Lachen gefroren war vor innerem Wahn.

„Das ist die Bulgen! Was die wohl wieder will“, flüsterte jeder.

„Ich würde sie mit Schimpf davonjagen“, tuschelte Abelmeyer.

„Sie bekommt die Kommunion nicht aus katholischen

Händen!“, sagte der evangelische Kirchenprovisor Bredemeyer, der neben mir stand.
„Warum nicht?“
„Sie ist eine Dirne und liegt den ganzen Tag mit den lutherischen Männern im Bett herum!“, grinste Abelmeyer und blickte Bredemeyer bedeutungsvoll an.
„Mit den Lutherischen?“, fragte ich zweifelnd, “warum nur mit den Protestanten?“
„Weil die Katholiken katholisch sind! Die tun so was nicht!“, grinste der evangelische Kirchenprovisor, und ich blickte in das rotgeäderte Gesicht dieses Mannes, der mir plötzlich in der Kirche die Hand auf die Schultern legte, worauf ich sehr stolz war; denn Bredemeyer war der einflussreiche evangelische Kirchenprovisor, und unter seinem Schutz auch nur für Augenblicke zu stehen, machte mich sogleich größer, fast unantastbar.
Die Messe war zu Ende. Ich blieb lange sitzen, um noch einen Blick von Lüke zu erhaschen; doch sie war schon gegangen. Dann war die Kirche leer.
Ich blieb und beobachtete Pastor Droste. Er ging hinter den Altar, um sich umzukleiden, immer noch mit hochrotem Gesicht, während der Küster die Kerzen am Altar löschte, den Inhalt des Klingelbeutels dem Pastor nach Münzen geordnet auf dem Tischchen neben dem Altar hinzählte und nach dem ewigen Licht schaute. Sie blickten sich feindselig an.
Ich erlebte nun eine Auseinandersetzung, die im Angesicht des Kreuzes zwischen Pastor Droste und dem Küster Gerhard Hermann Holtmann geführt wurde.

Sie stritten um den rechten Ton und um das Recht, Recht zu haben, wie mir schien. Beide waren laut, der große Pastor, gesund, und der bucklige Küster, gichtbrüchig, sie gingen ungestüm wie junge Hähne aufeinander los, bis endlich aus dem Fach unter dem Tabernakel Pastor Droste einige Schriftstücke auf die Kommunionbank legte, darin herumblätterte und sagte: „Die Kirche ist seit immer katholisch und münsterisch."
„Sie war ab 1543 lutherisch", entgegnete Gerhard Hermann Holtmann wacker.
„Sie ist katholisch. Wäre sie evangelisch, säße hier ein protestantischer Messpriester und nicht ich", sagte Pastor Droste.
„Sie wurde erst wieder katholisch, als das Bistum Münster wieder katholisch wurde. Das war 1613. Aber in Goldenstedt dauerte die Vormacht der Lutherischen noch einige Jahre länger, wohl bis 1650, weil der katholische Pastor nicht seinen Dienst antreten konnte", erwiderte der Küster und setzte leise hinzu, „weil er ein Trinker war."
Ich erschrak, weil ich tatsächlich nun wegen einer derartigen Unterstellung annehmen musste, es könne zu einer Schlägerei kommen.
„Wir wollen die böse Geschichte ruhen lassen", schlug Pastor Droste ruhig vor, „seit hundert Jahren und mehr haben sich die Landesherrschaften darauf geeinigt, dass in diesem Gebiet eine katholische Kirche mit einem katholischen Pastor und einem evangelischen Küster

besteht. Das sagt alles über den Vorrang Münsters in dem Gebiet und in der Religion aus. Ganz davon abgesehen, dass Goldenstedt zweimal mehr Katholiken als Protestanten hat. Wir müssen in Frieden miteinander auskommen, obwohl eigentlich die Herrschaft Diepholz in Goldenstedt zwischen den Brücken nichts zu suchen hat."

Der Küster protestierte: „Das Gebiet ist umstritten und gehört zu gleichen Teilen Diepholz und Vechta. So hat es mir der Vogt Ompteda von Diepholz erklärt. Und er weiß, was er sagt."

„Durch dauernde Wiederholungen wird die Sache nicht richtiger. Du siehst daran, dass die Kirche Münster allein gehört, dass Münster alle Reparaturen bezahlt, während ihr euch weigert zu zahlen. Dieses Gebiet zwischen den Brücken ist münstersches", sagte mit schon energischerer Stimme Pastor Droste. Und er hob die Nase in die Luft, und ich deutete die Geste, dass ein Wutausbruch bevorstehe.

„Wir zahlen die Reparaturen an unserer Glocke. Die Glocke gehört uns", wandte Gerhard Hermann Holtmann ein.

„Das ist falsch. Wir haben den Klöppel bezahlt, als er brach", sagte Pastor Droste streng.

Da las der Küster vor, was er immer bei sich trug und was ihm der Amtsvogt Magius zugesteckt hatte: „Die kleine Glocke ist 1643 gegossen. Es befindet sich der Name des evangelischen Pastors Henricus Mauwe daran; daher leidet es keinen Zweifel, dass diese Glocke

Eigentum der evangelischen Gemeinde ist. Stricke, Klöppel, Schuh und Gehänge werden ebenfalls aus dem diesseitigen Kirchenaerario gestanden. Womit bewiesen wäre, dass die Besitzverhältnisse eindeutig lutherisch waren."

Pastor Droste wurde böse. „Das, was du sagst, stimmt nicht. Die frischen Rechnungen weisen nach, dass ihr nur die Glockenschmiere und die Stränge zahlt. Im übrigen gehört eine der beiden alten Glocken uns. Ich kann dir das beweisen!"

Zu meiner Überraschung legte nun Pastor Droste dem Küster die Hand auf den Arm. Sie schwiegen.

Dann sagte Pastor Droste: „Die Protestanten haben einen zu großen Anteil am Simultaneum mixtum. Ihr beansprucht fast die Hälfte des Gottesdienstes, wo ihr nur ein Drittel der Gläubigen stellt, und eure Gläubigen sind nicht so fromm und andächtig wie unsere."

Da unterbrach ihn der Küster: „Wie könnt Ihr dieses behaupten, wo doch jeder hört, dass meine Lieder lauter und klarer gesungen werden als die Eurigen!"

„Das liegt doch daran, dass ich in lateinisch die Gebete vortrage und ihr in deutsch singt. Man kann doch nicht Kaninchen mit Hasen vergleichen."

„Aber sie kommen aus derselben Familie."

„Wenn ich mit dem Introite ad altare dei beginne, darfst du wie immer zwei lateinische Verse vom Kyrie fons bonitatis singen. Dann Orgelspiel bis zum Gloria. Wenn ich das Gloria in excelsis anstimme, singst du mit deinen Protestanten >Allein Gott in der Höh sei Ehr<.

Aber Ostern nicht dieses Lied, sondern dann singst du >Erstanden ist der heilige Christ< und Pfingsten >Komm, du Schöpfer, heil'ger Geist< und Weihnachten bis Heilige Drei Könige >Christum, wir sollen loben schon< Gleich nach meinem Credo singst du dein Lied >Wir glauben all an den einen Gott<, aber nur den ersten Vers."

Hier unterbrach ihn der Küster und bestand darauf, auch den zweiten Vers zu singen. Ein Vers könne nicht auf einem Bein stehen. „Zwei Verse erst ergeben ein Paar, wie in der Ehe, und die ist geheiligt; unter zwei Versen ist das Lied kein Tagwerk."

„Das kommt nicht in Frage, denn er passt inhaltlich nicht zu meinem Credo", berichtigte ihn Pastor Droste und sagte: „Dann kommt mein agnus dei und meine communion. Während dieser Handlungen darfst du je zwei deiner Verse singen."

„Aber von beliebigem Gesange!"

„Meinetwegen, doch dann darfst du nach der Predigt bei deinem Gesang nicht die Orgel dazu spielen!", erklärte der Pastor.

„Aber alle anderen Gesänge will ich mit der Orgel begleiten", warf Gerhard Hermann Holtmann ein.

„Aber während der Fastenzeit muss die Orgel schweigen!"

„Dafür will ich sie aber in der Adventszeit spielen!", forderte der Küster wacker.

„In der Adventszeit wird keine Orgel gespielt. Das hat der letzte Küster auch nicht getan", erklärte Pastor Droste.

„Das kann ich nicht dulden. Die Katholiken nehmen sich immer mehr heraus. Das ist nicht gerecht!“, ereiferte sich der kleine Küster, dessen Gesicht vor Aufregung glühte.
„Wenn du mit meinen Vorschlägen hinsichtlich der Orgelei nicht einverstanden bist, verpflichte ich einen katholischen Organisten. Dann spielst du gar keine Orgel mehr und dein Gesang geht in meiner Kirche unter!“, bestimmte der Pastor, und als der Küster mit zitternden Lippen sein Recht einfordern wollte, drohte der Pastor: „Und keine Widerworte!“
Ich spürte, dass Gerhard Hermann Holtmann, der nicht nur wegen des Alters zitterte, zu ängstlich war. Das bißchen Mut, das er hin und wieder zeigte, war von der Länge eines Blitzes und erleuchtete die Kirche nur für Augenblicke. Ansonsten blieb das Simultaneum mixtum dunkel und einseitig.
Das Ultimatum, dass ein zusätzlicher katholischer Organist kommen könnte, musste den Küster Gerhard Hermann Holtmann erschreckt haben. Denn dann wäre er eines Großteils seiner Arbeit beraubt und hätte keine Waffe mehr in der Hand, um die meineidigen Predigten des Pastor mit dem Orgelspiel zu ersticken. Darum willigte er schluckend ein.

(Und was die beiden kirchlichen Vertreter in dieser Stunde besprachen, war der Inhalt einer Vereinbarung, die bis 1850 Gültigkeit hatte, als man in der Gaststätte Klostermann beschloss, das Simultaneum mixtum aufzuge-

ben, weil die Protestanten nun eine eigene Kirche hatten. Dieses Simultaneum mixtum war nicht ein Idyll, sondern eine Notlösung, in der beide Parteien einen unerbittlichen „Kalten Krieg“ führten und darauf achteten, dass keiner auch nur ein Wort des Gottesdienstes mehr für sich beanspruchen durfte als der andere.)

Pastor Droste schien mir mit dem Verhandlungsergebnis zufrieden, denn die Mehrheit der Lieder war, obwohl deutsch, katholischen Ursprungs. So musste der Küster drei Lieder in sein Gesangbuch hineinschreiben. Und wenn der Küster, dieser zweifelnde Mensch, stolz darauf war, sein unmittelbar von Luther abstammendes Lied „Wir glauben all an den einen Gott“ sei sein großer protestantischer Beitrag zum Simultaneum mixtum, so gönnte der Pastor ihm diesen vermeintlichen Sieg. In Wirklichkeit verhielt es sich so, dass dieses Lied nur eine Übersetzung des apostolischen Glaubensbekenntnisses ist. Darauf also brauchte der Küster, der natürlich nur einige lateinische Brocken verstand, nicht eingebildet zu sein, wie ich später in einem Gespräch mit Pastor Droste erfuhr. Er rieb sich die Hände.
Als der Küster die Kirche verließ und nach Hause ging, glaubte ich an seinem festen Schritt zu erkennen, er habe einen kleinen Sieg errungen, doch als ich abends alles auf einem Blatt Papier noch einmal nachrechnete, den Wert des Lateinischen, die Lieder katholischen und lutherischen Ursprungs, seinen Gesangsanteil, sein Orgelspiel, dann musste ich blass geworden doch fest-

stellen, dass der vermeintliche Sieg eher einer Niederlage gleich kam.

Kaum hatte der Küster die Kirche verlassen, folgte ich ihm.

Vor der Kirche standen immer noch die Gläubigen, sie redeten und gestikulierten, und ich dachte schon, es hätte sich ein offener Krieg zwischen den Konfessionen entwickelt. Doch die Ursache der Versammlung war eine bunte Gauklerfamilie, die in Goldenstedt Station machte und einige Kunststücke vorführte. In zehn Jahren war kein fahrendes Volk in Goldenstedt erschienen, und nun umringten wir sie mit offenem Mund. Ein Pferd, das den Wagen mit den Tüchern und der Bühne zog, erregte mein Erstaunen, weil es rechnen konnte. Es war nicht klüger als Ratten Paul, aber schneller im Kopfrechnen; denn wenn der Zirkusdirektor fragte 3 + 4, dann fing das Tier sofort mit dem rechten Fuß zu stampfen an, sieben Mal. Das Pferd löste sogar ohne Fehler eine Aufgabe über zehn, wofür Ratten Paul Striche in den Sand machen musste, wie ich es einmal beobachtet hatte, als er die Reihen von Rüben und blauem Kohl auf dem Esch zusammenzählen sollte. Dieses Pferd hob für einen Zehner das rechte Hinterbein, dann zählte es mit dem Vorderbein weiter.

Alle Leute umstanden dieses Gespann und klatschten Beifall, doch plötzlich wurde es zunehmend leiser. In dem Haus des Vogts hatte sich eine Tür geöffnet, und Obervogt Unkraut ließ seine Daumen an dem Hosen-

band hoch und nieder gleiten. Ich konnte den Anblick nicht ertragen.
Mich faszinierte in der Gauklertruppe ein anderer Mann, dessen Namen ich sogar erfragte. Er hieß Gottfried Krebeck, der Latein sprechen konnte, und es klang wie eine Botschaft aus einer anderen Welt; nicht wie aus einer anderen Welt, wie aus einem anderen Universum. Ich blickte diesem Lateiner ins Gesicht, in seine Augen und achtete auf seinen Mund, der in der Lage war, kunstvoll für mich unaussprechbare Silben zu fabrizieren.
Aber wenn ich mich umschaute, dann konnte ich auf Obervogt Unkraut blicken und gegenüber der Kirche in Abraham Spikers Haus schauen, durch dessen Tür die Hühner in die Küche liefen und den Lehmboden vollschissen. Jetzt kam die Hebamme, wischte sich in der Schürze die Hände ab, jagte die Hühner aus der Küche, schimpfte und schimpfte und würde darauf warten, dass die Wehen das Kind hinaustrieben.
Obervogt Unkraut strebte nun wie ein Pfau dem Kirchplatz zu. Da er größer als andere war, überblickte er die neugierigen Menschen wie von einem Hochsitz am Heiderand. Dann schaffte er sich Platz, stellte sich vor den Herrn der Gaukler und rief: „Ihr seid Zigeuner!“
Doch der langhaarige Mann, eher schmächtig, wenig stark, blickte ihn aus mitleidsvollen Augen an, als erbäte er die Genehmigung, in Goldenstedt die Nacht verbringen zu dürfen. Und ich sah, wie der Obervogt Unkraut den Mund aufriss, ich sah die schreckliche

Zahnlücke, und ich hörte im Voraus, was er schrie: „Vogelfreies Volk, euch sollte man an die Zigeunerstöcke und Schreckpfähle stellen und auspeitschen.“ Das vermutete ich, würde Obervogt Unkraut nun hinausschreien, doch der langhaarige Mann, dieser Gaukler, der mit dieser Art von Amtleuten wohl seine Erfahrung hatte, öffnete behände einen kleinen Holzbottich, ein Fass, und als er den Deckel beiseite nahm, sahen wir darin Gaben des Weihnachtstisches: Heringe, eingelegte Heringe der Nordsee.
Unterwürfig zog der Langhaarige einen an der Schwanzflosse heraus und reichte ihn dem Obervogt Unkraut, dem das Wasser im Munde zusammenlief wie uns allen. Er biss in den Hering, schmatzte und genoss, und dann reichte ihm der Langhaarige liebedienerisch das Fässchen, das Obervogt Unkraut unter den Arm klemmte und mit geraden Schritten zurück ins Haus ging. So erkaufte sich der Gaukler zwei Nächte in Goldenstedt, verdiente einige Groschen und Thaler und seinen Frieden.
Als ich abends mit den großen Ereignissen dieses Tages ins Bett fiel, war ich müde, doch noch vor dem Abendgebet überdachte ich den Tag, rechnete das Simultaneum noch einmal durch, dachte an den Küster, dessen Sieg eine Niederlage war, dann erst schlief ich ein. Ich lag neben der Diele, dort wo eigentlich ein Pferdestall vorgesehen war. Aber da wir uns kein Pferd leisten konnten, hatte ich mir den Stall zur Kammer umgewandelt. Ein Zimmer für mich ganz allein. Das hatte

kaum einer in Goldenstedt, denn alle schliefen zu zweit in ihren Betten oder im Durk, teilten die Zimmer mit ihren Geschwistern, doch da meine drei jüngeren Brüder bereits bei den Bauern arbeiteten, war ich als Kranker zurückgeblieben und schlief allein in meiner Kammer.

Gegen Morgen wachte ich auf. Ich hörte ein Pochen an der Dielentür und wartete. Ob jemand meinem Vater wegen einer Arbeit Bescheid sagen wollte? Dann war es wieder ruhig. Ich fiel in einen leichten Schlaf, doch als sich knarrend die Tür zu meiner Kammer öffnete und ein kühler Windzug hineinströmte, wurde ich wach.

„Vater, bist du's?", fragte ich.

Stille.

Ich spürte, dass etwas in der Luft lag. Ich spürte eine Ungeduld, wie ich sie bei jungen Fohlen beobachtet hatte, die darauf warteten, dass sie mit einem Stück schwarzes Brot aus der Weide gelockt werden sollten. Ich konnte nicht wieder einschlafen. Im Gebälk unseres kleinen Hauses vernahm ich ungewöhnliche Geräusche. Die Fensterläden klapperten im Wind. Einige Mäuse trippelten über die Dielen des Bodens. Ich konnte nicht unterscheiden, ob ich wach war oder schlief. Auch als die Morgensonne längst durch die Ritzen meiner Pferdekammer schien, stellte ich nicht fest, dass etwas Ungeheuerliches passiert sein musste. Ich träumte im Halbschlaf von meinem großen Erbe, den Notizen des Lehrers, die ich in der getrockneten Ledertasche in der Höhle meiner Buche versteckt hatte. Meine Mutter - so

stellte ich es mir im Traum vor - lief mit einer Wachsfackel durch den Wald, mit einer brennenden Fackel im brennenden Hemd und versengte, was ihr in die Quere kam. Und je schneller sie sich meinem Versteck mit den wertvollen Aufzeichnungen des Lehrers näherte, desto ungestümer begann mein Herz zu klopfen, es klopfte so schnell, so laut, dass es aus mir auszubrechen drohte, und in dem Augenblick, in dem sich schon mein Brustkasten öffnete, wurde ich wach: Schweißnass die Stirn, mein Herz schlug wild, die Tür meiner Kammer wurde aufgestoßen, und vor mir - verschwommen in meinen nassen Augen - die Teufelsfigur unseres Dorfes: Obervogt Unkraut, der gleichzeitig Bürgermeister- und Polizeipflichten wahrnahm, hinter ihm der katholische Kirchenprovisor, dahinter Culemann und dahinter Poggenschloot, der alte Kautabak kauende Nachbar, der das Gras konnte wachsen hören.
Bevor ich meine Sinne ordnen konnte, stürmte Obervogt Unkraut auf mich los, schüttelte mich, als sei ich eines Verbrechens schuldig, riss mich vom Strohsack und schrie: „Wo ist deine Mutter?“
Und im Hintergrund hörte ich aus dem Gemurmel der anderen heraus: „Das Weibsbild ist ausgeflogen.“
Allmählich klärte sich die Sache auf.
Der alte Poggenschloot hatte ein frei laufendes Pferd und zwei Reiter gesehen, die am Ende des Dorfes auftauchten und die Pferde in die Luft rissen. Sie ritten Rappen und hatten schwarze Kleider an. Und als Poggenschloot später von den Vögten nach seinem Verdacht

gefragt wurde, vermutete er spekulierenderweise, die Reiter gehörten zu den schwarzen Männern und Frauen der Todesangstbruderschaft von Goldenstedt oder Wildeshausen.
Die Reiter drangen in das Haus Donnerkeils ein, rissen die Tür auf, und als sie Blanda entdeckten, warfen sie wohl ein Netz, das man später fand, über sie, fesselten sie, und weil sie nicht zu schreien aufhören wollte, steckte einer ihr ein Tuch in den Mund, so dass sie fast erstickte. Sie banden sie aufs Pferd, und innerhalb weniger Augenblicke ritten sie mit der entführten Blanda nach Osten zum Dorf hinaus.
Das hatte der alte Poggenschloot beobachtet, und er schien mächtig stolz auf sich zu sein.
Ich hatte anfangs einen furchtbaren Schrecken bekommen, fragte, ob Donnerkeil schon davon wisse, dann aber stellte ich ernüchtert fest, dass meine entführte Mutter mir nicht so leid tat, wie Kindern entführte Mütter leid tun müssten.
Eine halbe Stunde, nachdem gerade erst die Münsteraner Vögte mich verhört und verlassen hatten, kamen die Hannoveraner Vögte, allen voran Vogt Ompteda, der Diepholzer, der wissen wollte, ob die Leute aus Vechta meine Mutter gefangen genommen hätten. Ich erklärte ihnen den Fall.
Die Diepholzer forderten ihr Recht, diese Untersuchung zu führen, weil doch meine Mutter im Hannoverschen Goldenstedt geboren, zwar katholisch, aber vom Blut Hannoveranerin sei, und somit falle die Ent-

führung in ihr Revier. Es gehe nicht an, dass ein Hannoveraner Untertan von Vechta oder Münster in Besitz genommen werde.
So stand ich ohne Mutter da, ich Ranzen Donnerkeil, ich evangelisch, weil mein Vater evangelisch war. Er münsteranisch, obwohl er von Geburt im protestantischen Hannoverschen ansässig gewesen war. Meine Mutter war katholisch und münsterisch, obwohl sie mitten im hannoverschen Teil Goldenstedts lebte.
Da sollte einer den Verstand behalten!

5.

In den nächsten Tagen nach Ostern überstürzten sich die Ereignisse. Wir hatten keine Ruhe vor den aufdringlichen Fragen der Leute. Mein Vater fluchte zu Hause herum, weil es kein Essen gab. Er schrie nach Blanda, aber auch am dritten Tag blieb sie verschwunden, bis er mich in seiner Not beauftragte, die Todesangstbruderschaft zu befragen und auch Erkundigungen bei den Diepholzer und Vechtaer Behörden einzuziehen.
Er selber ging zur Arbeit auf den Feldern des Bauern Osting, beim Köhler und beim Pferdekötter; denn es waren wie immer kein Geld und kein Essen im Haus. Meine Brüder, die bei den Bauern arbeiteten, ließen sich zu Hause gar nicht mehr sehen. Nur Marie, die auf dem Hofe Hermann Klone beschäftigt war, schlief hin und wieder bei uns und brachte uns eine Kanne Milch mit.
Unser Haus schien verwaist und leer, weil die Mutter fehlte, und das Haus sei verwunschen, wie der alte Poggenschloot zum Besten gab. Dass er mit seinen Spökenkiekereien der Wahrheit sehr nahe kam, ahnte ich bis dahin noch nicht.
Am Morgen warf mich Donnerkeil aus dem Stroh, ich sollte etwas zu essen besorgen - und er machte eine mir unbekannte Handbewegung - während er zum Bauern Osting ging, um wenigstens so viel Geld und Speis zu verdienen, dass wir den morgigen Tag überstehen konn-

ten. Am Abend kam er nicht heim, was mich sehr besorgte. Ich war nun allein zu Haus, denn auch Marie kam nicht. Es war meine erste Nacht allein in diesem zugigen Haus, während das Aprilwetter mit Hagel auf das Stroh schlug. Es blitzte, und überall sah ich den Teufel ins Haus schlüpfen. Und hätten wir ein Vieh gehabt, der Teufel hätte die Kuh besetzt und hätte in ihr gehaust und uns mit seinem Atem der Sünde angesteckt. Das erzählten ja schon hinter hohler Hand viele Leute über meinen Vater, dass er röche wie der Teufel in der Düngergrube.

„Was überlegst du?", fragte ich, als Vater am nächsten Tag abends müde am Tisch saß.

„Du gehst morgen mit aufs Feld", entgegnete er knapp.

„Was ist geschehen?"

„Der münstersche Untertan und katholische Kirchenprovisor Culemann, leider auch mein Schwager, wofür ich nichts kann, der in Goldenstedt zwischen den Brücken lebt, arbeitet nun schon zwei Tage mit mir auf den Feldern zusammen. Er ist ein Narr."

Mehr sagte mein Vater nicht, ging in die Kammer, warf die Decke zurück, als läge Mutter darunter, ich hörte ihn schimpfen von treulosen Frauen, dann war Ruhe.

Am Morgen musste ich ihm zur Hand gehen, doch kaum hatte ich eine Eichenbohle in das Loch gestellt, renkte ich wieder meinen Rücken aus und war wie gelähmt. Ich beobachtete Culemann, meinen Onkel, den Schwager von Donnerkeil. Er blieb manchmal plötzlich während des Gehens stehen und furzte dann, was so geräuscherbärmlich klang, als käme Land mit. Ihn quälte die schreckliche Wurmkrankheit, und mein Vater hatte ihm einmal Alkohol hinten hinein gegossen, weil er so verzweifelt war. Culemann war ein Brinksitzer, was bedeutetet, dass er in Goldenstedt selbst ansässig war und am Rande des Brinks in der Nähe der Kirche eine kleine Werkstatt unterhielt, die Fachwerke machte. Hin und wieder versuchte er sich auch im Holzschuhmachen, was aber den alten Trumme, den Schuhmacher, in Zorn versetzte. Culemann hatte ein zu geringes Einkommen, so dass er dem Freibauern Brenckhorst auf den Feldern half. Da er sich gut auf das Einfriedigen der Ackerflächen verstand, war dies in der Regel seine Arbeit.

(Anders als heute wurden früher die Eschflächen gegen das Vieh, das zum Teil frei herumlief, und gegen Wild eingezäunt.)

Culemann war ein gottesfürchtiger Mann, der keinem etwas zu Leide tat, regelmäßig den Gottesdienst besuchte, seine Abgaben zahlte und stolz darauf war, Untertan des Bischofs von Münster zu sein.

Darum war es für ihn eine Strafe, dass der Freibauer Brenckhorst ihm seinen Schwager Donnerkeil, der sich um den richtigen Glauben keinen Deut kümmerte, wie jedermann in Goldenstedt behauptete, als Helfer zugeteilt wurde. Und alles nur, weil mein Rücken nicht auf den Wirbeln saß. Mein Vater war zornig, dass ich nicht mit anpackte.

Culemann verabscheute Donnerkeil, dem er vorwarf,

lasterhafte Gespräche nur zu dem Zweck zu führen, um die Kötter und Feuerstetter, die gezwungen waren, auch außerhalb ihres Besitzes Arbeit zu suchen, weil sie sonst nicht überlebt hätten, aufzustacheln und ihnen ihre Feigheit zu zeigen. Donnerkeil schimpfte über den Bischof von Münster und über alle und jeden. Dass mein Vater Donnerkeil besonders schlecht aufgelegt war, lag auch wohl daran, dass Blanda entführt worden war, im Dorf aber erzählt wurde, sie sei auf und davon gelaufen mit einem Mann, der reich war.
„Ist wahr, was die Leute über Mutter erzählen?“, fragte ich, als er eine weitere Bohle von dem Haufen holte, auf dem ich mich ausruhte.
„Wer fragt, kriegt dumme Antworten“, schrie er, seine Gurgel zitterte, und die Falten seines Halses wurden feucht vor Schweiß. Er blickte mich an, strich sich die schwarzen Haare unter die Mütze, zupfte an seinem dunklen, kräftigen Schnurrbart, der bis in das Kinn überging, dann schnäuzte er sich und warf die Bohle auf seine Schulter.
„Kannst du mir nicht helfen?“, fragte ich.
„Wer Hilfe braucht, hat keine verdient!“, schnauzte er mich an.
Es war ein Frühlingstag nach dem Hagel der vergangenen Nacht. Die Sonne schien schon kräftig vom Himmel und wärmte den Boden, auf dem ich nun saß und mir die Leute anschaute.
Die Schafherden zogen mit Schäfern und Hütejungen durch die Mark und Heide an den Rand des Golden-

stedter Moores. Die Leute grüßten, indem sie „Moin“ sagten oder einfach stumm die rechte Hand hoben. Thomes schrie vom Bock herunter: „Hat sie dir Hörner aufgesetzt?“

Ich überhörte die Beleidigung und blickte verstohlen zu meinem Vater, dessen schwarze Augenbrauen sich wütend wölbten.

Das Essen wurde auf freiem Feld eingenommen. Der Bauer arbeitete tatkräftig mit, und außer Culemann und Donnerkeil waren weitere sechs Personen auf dem Feld, die mit Äxten aus dem nahen Wald die Äste abschlugen, Gesträuch dazu, es verflochten, so dass sie Buschken erhielten und diese um die Gewanne stellten, damit der Roggen, den man im November einsäen und im Sommer ernten wollte, gegen Hirsche, Rehe und Wildschweine geschützt war.

Sie verdienten wenig. Meist nur einige Steckrüben pro Tag, einen Fünftel Scheffel Roggen oder Hafer, ganz selten Geld. Das Essen mussten sie selber stellen, und trotz der matten Frühjahrssonne kam rechte Stimmung nicht auf. Denn jeder wusste, dass der Verdienst schmal war und dass man nichts für den Winter zurücklegen konnte. Jeder hatte eine Familie zu Hause, gearbeitet wurde bis in den sinkenden Abend hinein, und es verging nicht eine Woche, in der nicht an einem Tag gehungert wurde; denn womit sollte das teure Brot bezahlt werden? Wer keine Kuh hatte, war arm dran, denn was sollten die Kinder morgens trinken, wenn sie geweckt wurden. Sie tranken Tee, doch von Tee bekam

Pacco Brocca, Sevilla, Spanien

man keine Muskeln. Und so war es kein Wunder, dass die Sterblichkeit im Dorfe groß war. Die Menschen waren klein, starben an geringen Krankheiten, und wenn jemand sich die Forke in den Fuß stieß, starb er an Blutvergiftung oder am Wundstarrkrampf. Wer nicht vorsichtig mit seiner Gesundheit umging, war schnell ein Freund des Todes. Und eine Frau, wenn sie starb, wurde durch eine neue ersetzt. Eine Zeit, als eine Frau weniger wert war als eine Kuh.

Dann pfiff der Freibauer Brenckhorst zum Vesperbrot, das als einziges gestellt wurde. Eine Magd war mit einer Kanne Milch und einer Kanne Tee und einigen Broten gekommen. Jeder bekam ein Brot und begann zu kauen.

Ich merkte, dass Culemann aus seinen schiefen Augen meinen Vater anstarrte. Den ganzen Tag hatte er die Nörgelsucht von Donnerkeil schon ertragen müssen.

„Verfluchtes Leben!", sagte Donnerkeil.

Culemann wusste all dies, aber er nahm sein ihm von Gott gegebenes Schicksal an. Und als er nun ein Kreuzzeichen über seinen Stuten machte, verhöhnte Donnerkeil ihn und nannte ihn einen abergläubischen Pfuscher.

Der Freibauer wollte den Streit schlichten, doch Donnerkeil, jähzornig, schimpfte weiter: „Unsere Not ist unverschuldet. Wir arbeiten von morgens bis abends, und hungern die ganze Nacht. Wenn Gott gerecht wäre, dann würde er uns Sterntaler vom Himmel schicken!"

Das war Culemann zu viel. Er schluckte mehrere Male

und wollte Donnerkeil die Faust in den Mund stoßen, damit dieser die Gotteslästerung beende, doch zögerte er noch, weil Donnerkeil nun seine Hasstirade noch lauter fortsetzte: „Wir zahlen schon unser Leben lang unsere Abgaben. Und wer bekommt sie? Diejenigen nehmen unsere Abgaben, die sie gar nicht nötig haben. Sie haben Überfluss an allem. Sie sind die Eigentümer der Ländereien, kassieren den Zehnten und den Hundertsten, kümmern sich nicht um uns Arme, sondern spucken auf uns und wollen mit uns nicht zu tun haben. Dabei heißt es, vor Gott sind alle Menschen gleich. Warum ändert Gott diese Ungleichheit nicht? Warum erbarmt er sich nicht der Not auf dieser Welt und warum hält er nur mit den Reichen. Wäre er ein Gott der Armen, dann müsste ich jetzt nicht hier im Schweiße meines Angesichtes auf diesem Acker hocken und in diese Furche pissen. Wenn ich scheißen muss, habe ich kein Klo, sondern muss aufs Feld gehen. Wenn das alles so ist, wie ich es hier sage, dann kann es keinen Gott geben!"

In diesem Augenblick schlug Culemann zu, doch Donnerkeil fing seine Hand leicht auf, blieb sogar ruhig, sagte: „Dann ist der Gott, an den du glaubst, ein Gott der Reichen, und nicht deiner!"

Da schlug Culemann noch einmal zu. Da erst wehrte Donnerkeil sich, und eine heftige Prügelei begann, die Donnerkeil nach kurzer Zeit gewann.

Zum Schluss rief Donnerkeil: „Dein Bischof von Münster kann mir gestohlen bleiben. Dir helfen auch nicht

die münsterschen schelmischen Hahnenfedern."
Doch hier irrte mein Vater Donnerkeil, denn die münsterschen Hahnenfedern - das sind die Reiter im Auftrage des Drosten aus Vechta - fackelten noch am gleichen Tag in der Nacht nicht lange, sondern ergriffen auf Befehl des Obervogtes von Goldenstedt, Unkraut, den Frevler Donnerkeil und brachten ihn aufs Amtshaus nach Vechta.
Obervogt Unkraut hatte die Mannschaft selbst angeführt und gegen Donnerkeil alle Härte angewandt, weil dieser Münsteraner im gesamten Kirchspiel Goldenstedt mit seinen Stänkereien gegen Gott und den Bischof schon öfter aufgefallen war. Er hatte dafür gesorgt, dass ihm die Fesseln ins Fleisch schnitten. Dann wurde er, nachdem ihm auch die Füße gebunden worden waren, aufs Pferd gesetzt. Doch da er wegen der Fesseln auf dem unruhigen Pferd kein Gleichgewicht halten konnte, fiel er unter dem hämischen Gelächter des Obervogts Unkraut vom Pferd und musste den Weg nach Vechta im Trab mit den Kavalleristen machen.

Nach drei Tagen erst kehrte Donnerkeil zurück, zerknirscht, verschwitzt, geschunden, mit einer weiteren Beule am Kopf, die Hände wund, weil man ihm Fesseln angelegt hatte. Er stierte zu Boden. Und ohne Haare.
Als er mir von seinem Widerstand gegen Obervogt Unkraut und seine Schergen berichtete, war ich ein wenig stolz auf ihn, auf meinen Vater. Er war ein kluger Mann, dessen Bedeutung keiner im Dorfe erkannte.

Wer außer dem Pastor Droste, dem Küster Gerhard Hermann Holtmann und einigen Freibauern wagte ein Wort der Klarheit?
Aber wie er im Schein des Lichts vor mir saß, kauernd, wahrscheinlich an Blanda denkend, schien er wie vernichtet zu sein. Als habe er in dieser Welt schon aufgegeben. Meine Schwester Marie, die gekommen war, flüsterte: „Weck ihn, damit er im Liegen schlafen kann!"
Doch ich weckte meinen Vater nicht, wohl aus Angst. Er schlief oft im Sitzen, und einmal erklärte er mir, wer im Sitzen schläft, ist vor den Teufeln sicher. Und als ich ihm zur Antwort gab, er habe doch immer behauptet, Teufel existierten nicht, antwortete er, leider gäbe es immer wieder einmal einen Widerspruch zwischen Behauptung und Erfahrung.
Die Kerze brannte in der Diele, der Rest der Holzkohle verglomm im Feuer, und Donnerkeil war nun vor dem Feuer eingenickt, als plötzlich gegen die Dielentür geschlagen wurde. Da man sie nicht abschließen konnte, standen ebenso plötzlich zwei Uniformierte im Raum, stürzten sich auf Donnerkeil, rissen ihn vom Feuer fort und schlugen auf ihn ein.
Da meldete sich von draußen unverkennbar aus der dunklen Nacht Obervogt Unkrauts Stimme: „Wir haben dich zwar freigelassen, aber wir werden es nicht mehr dulden, dass du am Dorfrand von Goldenstedt lebst. Schon morgen wirst du ins Moor ziehen und dir eine Hütte bauen. Und tust du es nicht, werden wir dir den Hahn aufs Dach setzen, damit er laut kräht."

Ich spürte, sie würden uns das Dach über dem Kopf anzünden, und sie nähmen es dieses Mal ernst. Sie verließen das Haus, und ich, Ranzen Donnerkeil, wunderte mich über meinen Vater, der gekrümmt am Boden lag und sagte: „Ranzen, sie sind die Stärkeren. Wir ziehen ins Moor! Aber er wird noch an uns denken, dieser Obervogt Unkraut! Unkraut muss man irgendwann ausreißen."

Marie zitterte, und sie legte sich neben mich in mein Strohbett, sie drückte sich an mich, und damit ich ihren Schmerz fühlte, legte sie meine Hand auf ihre Brust, auf ihr Herz, das raste.

6.

Da fast keiner in Goldenstedt flüssig lesen konnte, bestellte mich Pastor Droste zum Messdiener, weil der Küster Gerhard Hermann Holtmann erkrankt war. Damit war auch dem Gesetz genüge getan; denn ich war ja evangelisch, und der katholische Pastor brauchte einen evangelischen Diener. Im Morgengrauen ließ er mich durch seine Haushälterin, die die Schwester des Pastors war, aus unserem Haus herausholen.
Es wurde für mich eine denkwürdige Nacht. Denn ich schlief nie wieder in unserem Haus am Rand von Goldenstedt, und ich verliebte mich untröstlich in Lüke Thiemann.
Ihr Vater war erkrankt, und der Pastor Droste war gerufen, ihm die letzte Ölung zu geben. Und wer die letzte Ölung in Goldenstedt bekam, hatte tatsächlich die letzte Ölung bekommen. Denn anschließend starb er. Als ob die letzte Ölung den Tod beschleunigte.

In der Nacht oder schon fast im Morgengrauen wurde ich also vom Gebell des Pastorenhundes geweckt. Ich sprang auf, um nachzusehen, und die Haushälterin winkte ungeduldig mir zu, in die Kleider zu steigen, Pastor Droste müsste zu einem Versehgang nach Tange. Dort sei der eigenbehörige Bauer Thiemann schwer erkrankt und erbitte den christlichen Beistand in Form der letzten Ölung in den letzten Stunden seines Lebens.

Wir kamen noch im letzten Morgengrauen bei Thiemann an, durch das Dunkel und den Dunst geleitet von dem Knecht, der die Fackel vor uns her getragen hatte. Der noch junge, dahinsiechende Bauer lag schwitzend im Kopfkissen, über ihm zwei Federdecken. Der Pastor tat das einzig Richtige. Er warf die Decken vom Sofa, so dass der Mann abkühlte und zusehends langsamer atmete.
„Ich werde sterben!“, flüsterte der Kranke, und seiner Frau Lina flüsterte er immer wieder ins Ohr, so laut, dass es jeder in der Kammer hören konnte: „Und versteck das Geld, Lina, damit der Junker Steding es nicht kriegt!“
Ich war schon einige seltene Male Zeuge eines letzten Ganges gewesen, einer Krankenölung. Der Pastor las, nachdem er sich eine lila Stola umgelegt hatte, einige Verse aus der Bibel vor, zu der alle Umstehenden nickten. Dann betete der Pastor mit allen den Rosenkranz, den ich kannte, aber eigentlich nicht billigte, weil er einen gespenstisch grausamen Eindruck auf mich machte. „Der du bist mit Dornen gekrönet worden, der du bist ans Kreuz genagelt worden!“ Diese Sätze wühlten mich beim Krankenbesuch in der Nacht auf, und sie machten mir Angst. Gekreuzigt, gegeißelt, ans Kreuz geschlagen! Musste der Pastor durch dauernde Wiederholung schrecklicher Worte die Pein der Kranken noch mehr steigern? Reichte es nicht aus, einige gütige Worte zu sprechen, dem todkranken Hausherrn die Hand auf die Stirn zu legen und ihm die Kommunion zu rei-

chen?
Doch der Pastor betete ununterbrochen den Rosenkranz, und in dem engen Raum antworteten die bleiche Frau Lina, die fassungslosen Kinder, darunter Lüke, Ratten Paul und die zwei Mägde immer mit denselben Sätzen, die für uns Protestanten wie Beschwörungsformeln klangen.
Als wir am Morgen ohne Frühstück das Krankenbett verließen, wurden dem Pastor sechs Eier und ein kleines Stück geräuchertes Nagelholz - etwas außergewöhnlich Kostbares - in die Hand gedrückt. Ich stand schweigend daneben, denn ich ging leer aus. Ich hielt zwar auch die Hand auf, gerade ich hatte die Last des Talars getragen, das Weihwasser und im Kelch die Hostie, doch an mich dachte in dieser katholischen Familie keiner.
Im Angesicht des kranken Mannes wollte ich nicht mein Recht einfordern, doch schmerzte mich schon jetzt, mit welcher Nichtachtung mein mitternächtliches Engagement betrachtet wurde.
Aber die Anwesenheit Lükes entschädigte mich für alles. Ich hatte den Eindruck, dass sie mich so oft anblickte wie ihren todkranken Vater. Sie betete teils mit geschlossenen Augen. Manchmal hustete sie, weil aus der Diele der Rauch mit jedem heftigen Windzug in die Krankenkammer gesogen wurde. Auch der Bauer Thiemann schnappte nach Luft. Wie ein Fisch mit schnarrender Kehle. Ich musste aus dem Gebetbuch einige Antworten vorlesen, einige Gebete zusammen

mit Pastor Droste sprechen und den Kelch in die Höhe halten, dann senken, dann das weiße Linnentuch abnehmen, damit Pastor Droste eine Hostie herausnehmen konnte. Auch an die anderen wurden Hostien verteilt, nachdem sie erklärt hatten, seit mehr als sechs Stunden nüchtern gewesen zu sein. Lüke öffnete ihren Mund und Pastor Droste legte das weiße Hostienbrot auf ihre Zunge.

Noch nie hatte ich in meinem Leben geküsst, obwohl die Jungen nur davon sprachen, wenn sie sich unter der Huntebrücke trafen. Einmal hatte Dirken Eduard vor aller Augen die verwirrte Schnött Marlies geküsst, vor den Augen der Dorfjugend unter der Brücke. Er hatte gezeigt, dass ein Kuss nicht mit den Lippen, sondern mit der Zunge geküsst wird. Die meisten fanden das eklig. Wohl auch deswegen, weil Schnött Marlies ziemlich hässlich war und einen runden Kopf hatte, der seit dem fünften Lebensjahr nicht weiter mitgewachsen war. Sie war in unseren Augen verrückt, aber harmlos.

Lüke ließ die Hostie auf der Zunge zergehen. Sie legte die Hände vor ihr Gesicht, dann schüttelte sich ihr Körper, sie zitterte, als sie ihren Vater sah, und ich tat das Unglaubliche. Ich legte einfach meinen Arm um sie und drückte sie, so wie ich heute Nacht Marie in den Arm genommen hatte. Sie lehnte sich an mich, als ruhe sie sich aus, doch Pastor Droste wehte mit der Stola durch mein Gesicht, das zu unterlassen.

Seit der Sekunde war ich verliebt, ich Ranzen Donnerkeil, der sich keine Hoffnungen auf irgendeinen Men-

schen in der Welt machen durfte.
„Du Schwächling, du Missgeburt, du Versager!“, das waren die Worte meiner Brüder. Ich hörte sie, aber ich revanchierte mich oft, indem ich ihnen etwas von Amerika erzählte, von einem Land, in dem Milch und Honig flossen. Und wenn ich dann die Büffel über die Prärien ziehen ließ, über Flächen, die so groß sind wie das Große Moor zwischen Goldenstedt und Diepholz und noch größer, und wenn ich dann rote Menschen, sogenannte Indianer, so gelenkig hinstellte, dass sie fast Flügel bekamen, um damit auf die Büffel zu springen und auf ihnen bis nach vorne zum Leittier durchzulaufen, dann schwiegen sie mit offenem Mund, und meine Rache hatte sich in Genugtuung verwandelt. Ich phantasierte aus Notwehr.
Als wir uns auf dem Rückweg befanden, sprach ich den Pastor Droste an, ob wir nicht mindestens das Nagelholz teilen könnten. Doch der antwortete nicht. Als wir uns kurz vor Goldenstedt befanden, fragte ich noch einmal und sagte: „Ich bin noch jung und ich brauche mehr zum Leben als Hochwürden, weil ich noch im Wachsen bin.“
Da erwiderte der Pastor Droste: „Wir sind Stellvertreter Gottes auf Erden und sollten uns um das Weltliche weniger kümmern als um das Seelenheil Schwerkranker.“
Darauf entgegnete ich, ich wäre bereit, die Eier und das Nagelholz zu tragen, wenn der Pastor die kirchlichen Gefäße übernehmen wolle.

Pastor Droste sagte: „Erinnere dich an die Pflichten eines Messdieners und nicht an die Verdienstmöglichkeiten eines Händlers!"
Ich merkte, dass ich nicht gleichberechtigt war. Ich sprach den Herrn Pastor mit Hochwürden an, und Hochwürden duzte mich, als sei das das Selbstverständlichste auf der Welt.
Mittags schon kam durch die Magd die Botschaft, der Bauer Thiemann sei in Gott entschlafen, und die Bäuerin sage Dank für den Trost der Kirche.
Der eigenbehörige Bauer Hinnark Thiemann war am kalten Fieber, dem Kollbrand, einer Blutvergiftung, gestorben. Vor ein paar Tagen noch kräftig und guter Laune bei der Heuernte, und nach ein paar Tagen schon auf dem Rücken in die Kirche, und von da unmittelbar ins Grab.
Am gleichen Tag übernahmen zwei Gevatter in verbeulten, verstaubten Zylindern das „Doonseggen". Der Leichenbitter rief in die Häuser: „Hinnark Thiemann lässt begehren. Morgen zehn Uhr Beerdigung!" Auch den Bienen und den Haustieren wurde der Tod des Hausherrn angesagt. Der erste Nachbar klopfte an den Bienenstock und rief: „Euer Herr ist tot!"
Das durfte nicht versäumt werden, sonst würden die Bienen den Stock verlassen oder eingehen.
Während ich am Wegesrand saß und den Vögeln lauschte, bahrten die Nachbarn den Toten in der Diele auf, in der das häusliche Leben sich abspielte. Denn immer musste einer zugegen sein, damit nicht Katzen

oder gar Hunde den Toten anfielen. Der erste Nachbar übernahm die Totenwache ja nur aus diesem Grund. Es wurde Schnaps dabei getrunken, um des Nachts mutiger gegen Gespenster zu sein. Einer der Nachbarn streute einige Roggenkörner auf den Boden der Diele als Zeichen, den bösen Geist zu bannen, damit das Glück nicht mit dem Hausherrn hinausgetragen werde. In Goldenstedt fand die Beerdigung der münsterschen Untertanen am Vormittag um zehn Uhr statt, für die Lüneburger am Nachmittag um drei Uhr.
Wo würde Lüke nun sein?

Als ich nach Hause kam, stand dort ein Ackerwagen, darauf unser gesamter Hausstaat. Ich wollte nicht glauben, was ich sah. Aber zwei Reiter und der Obervogt Unkraut selber hatten mit dem Wink eines Kolbens meinem Vater wohl die Entscheidung erleichtert, seine Zelte im Dorf Goldenstedt abzubrechen. Das Pferd hatte er vom Nachbarn geliehen. Meine Brüder halfen mit, und als sie mich sahen, verfluchten sie mich, den Taugenichts, dass ich mich den ganzen Vormittag gedrückt habe. Dass ich schon seit drei Uhr in der Nacht auf den Beinen war, zählte für sie nicht. Ich musste mich abseits von ihnen halten, damit einer mir nicht unversehens einen Tritt gab. So hassten sie mich, und sie behaupteten unentwegt, ich röche wie eine Kuh aus dem Arschloch, und ihr Gelächter in meinen Ohren war wie Hiebe. Gegen diese ungehobelten Menschen kam ich

nicht an.
Gegen Mittag war alles aufgepackt, und das Pferd setzte sich in Bewegung in Richtung Osten, wo es nur einen einzigen Weg gab: Den Weg ins Moor!
Diesen Weg nahm keiner freiwillig. Nur die Händler gingen ihn bei klarem, gutem Wetter, um schneller über den Bohlenweg nach Diepholz zu kommen.
Erst als ich hinter dem Ackerwagen herging, wurde mir klar, dass unsere Familie verbannt war. Weil unbeliebt, weil gehasst, vielleicht sogar wegen der aufrührerischen Worte meines Vaters gefürchtet, wurden wir ins Moor abgeschoben, dorthin wo das Nichts ist. Dort, wo die Gespenster Fleisch annehmen und in der Adventszeit in die Dörfer strömen. Dort, wo Leichen gefunden wurden. Dort, wo das Ende der Welt war, wo das Gewicht des Moores die Schultern niederdrückte.
Würde meine Mutter wiederkommen? Würde sie uns finden?
Vater verstieg sich in die gottlose Behauptung, die auch im Dorf herumging, sie sei nicht, wie der alte Poggenschloot behauptete, entführt worden, sondern sei weggelaufen zu einem Beamten. Wenn er sie auch nur noch einmal in die Finger bekäme, würde er ihr für den Verrat die Rippen brechen. Doch wusste ich nicht, wie ernst er seine Worte meinte.
Ich hing, jetzt wo sie fehlte, doch an meiner Mutter. Nicht in dem Maße, dass ich nun verzweifelte, aber doch in dem Gefühl, dass unserem Haus die Stimmung und das Lachen abhanden gekommen waren. Es war

Winter geworden, obwohl der Frühling gerade erst begonnen hatte.
Ich liebte sie mit einer spröden Liebe, und ich wollte von ihr die goldene Uhr haben und das Geheimnis darum herum aufdecken. Denn mit der Uhr hoffte ich auf eine Wende in meinem Leben. Täglich peinigten mich die Gedanken, was ich in Zukunft machen sollte. Ich war doch untauglich für die Arbeit, wurde nur noch kurze Zeit als Fressbalg, wie Donnerkeil sagte, zu Hause geduldet, und eines Tages würden sie mich weiter ins Moor oder in die Stadt schicken. Und was dort mit den Bauernjungen geschah, wusste ich aus den Erzählungen anderer. Die Kinder von Goldenstedt erlebten dort harte Fron. Nur Arbeit, rissige Hände, betrogen um die wenigen Thaler, die Nächte in zugigen Notquartieren, und kehrte einer zurück, dann war er mall im Kopf. Dann schlug er an die Brust oder wie Többen Marie, die sich in ihrer Seelenpein auf den Bauch schlug, und als das Kind geboren wurde, war es schwarz, als habe der Beelzebub selber seinen Feueratem über sie ausgespieen.
Was sollte nur aus mir werden?
Gerhard Hermann Holtmann sagte, es wird schon werden; Gott verlässt keinen, und gerade für die Schwächsten hat er ein besonders gutes Herz. Doch mit jedem Jahr, das ich älter wurde, zweifelte ich mehr und kam nicht los von dem Gedanken, dass mein Weg in die Aussichtslosigkeit und nicht in die Zukunft führte. Ich müsste Küster werden. Doch wer schlüge mich vor, den

Sohn von Donnerkeil?
Während ich das dachte, fuhren wir immer weiter ins Moor hinein. Obervogt Unkraut rief: „Weiter! Noch nicht weit genug! Weg aus meinen katholischen Augen!“
Vor uns tauchte nun ein windschiefer Schafstall auf. Hier hielten wir. Wir packten unsere Habseligkeiten vom Wagen, und die Reiter und der Obervogt Unkraut lachten hämisch, als sie in Richtung Goldenstedt davongaloppierten.
Mein Vater war ein Mann der Tat. Er dachte, wenn es Zeit zu denken war. Aber er gebrauchte seine Hände, wenn Arbeit erledigt werden musste. Da ich für nichts tauglich war, musste ich das Pferd ausspannen und im Moor weiden lassen und aufpassen, dass es sich nicht selbständig machte.
Um mich herum nur Moor. So weit das Auge reichte. Um mich Stille. Stille in den Ohren. Vor mir einige Tümpel, darinnen grün werdende Birken, einige vertrocknete und abgestorbene Birken. Einige Erlen. Die Erica begann zart violett zu erblühen. Eine Lerche stieg in die Luft, blieb in der Sonne stehen und zirpte hell den sirrenden Ton.
Einige Frösche. Hin und wieder bei Wind knackte ein Baum. Eine große weite Landschaft, unberührt vom Menschen, erstreckte sich vor mir wie ein Mantel, in den ich fallen konnte und der mich wieder aufschleuderte, so dass ich wie ein Vogel von oben die vielen Gräser, die Käfer, die Fliegen und hin und wieder die sprin-

genden Kaninchen erblickte.
Die Wasserflächen schimmerten in verschiedenen Farben, blau, grün, sogar rötlich. Ich warf einen Zweig ins Wasser, und die Ringe der Lache liefen von innen nach außen und brachen sich im Ufer des braunen Torfes.
Wir waren so weit vom Obervogt Unkraut ins Moor hinausgetrieben worden, dass links und rechts des schwimmenden Moorwegs, an ganz feuchten Stellen mit Eichenbohlen gesichert, noch kein Mensch Torf abgebaut hatte. Hier waren wir allein.
Hier sollte ich nun leben. Was sollte ich den ganzen Tag denken? In dieser Leere? Machte die Leere der Landschaft auch den Kopf leer, und wenn der leer ist, das Herz leer und dann ist es vorbei?
Mein Vater würde wie bisher weiter zu den Bauern gehen, meine Brüder leisteten die Fron bei hörigen Bauern, Marie würde diesen weiten Weg ins Moor nie oder nur selten allein unternehmen, und meine Mutter, die ich nun in meiner Einsamkeit mehr brauchte als je, war in den Händen irgendwelcher Machenschaften. Und keiner kümmerte sich in Goldenstedt darum, weil sie zu wenig wog auf der Waage der Mildtätigkeit.
Ich stand allein mit der Frage, wer die Anfangsbuchstaben meines Namens auf den Deckel der goldenen Uhr hatte gravieren lassen? Dahinter stand eine unverkennbare Absicht. Wer machte mir oder meinen Eltern ein solches Geschenk; denn an Zufall glaubte ich nicht mehr, wie mein Vater es angedeutet hatte. Als sei ein Versehen passiert!

Warum überhaupt war meine Mutter entführt worden. Irgendeine Ursache musste doch vorhanden sein, um sie zu verhören, um sie auszufragen, um von ihr etwas zu erfahren, was nur sie wissen konnte.
Bisher hatten von der Uhr in Goldenstedt nur Bertha, Culemann, die beide aus Scham schwiegen, und meine Eltern und ich Kenntnis. Nicht einmal meine Brüder wussten davon.
Und dann erst, hier im Moor auf dem dampfenden Torfboden, entdeckte ich, dass der Küster aufgrund meiner Unvorsichtigkeit davon erfahren hatte. Aber ein Küster kann doch meine Mutter nicht entführt haben. Aber er kann es weiter erzählt haben, und vielleicht ist ein Gerücht daraus geworden.

Die erste Nacht in der Kate, diesem Schafsstall, war fürchterlich. Von unten war es feucht und klamm, unbekannte Geräusche durcheilten den Stall; als ein Birkhuhn schrie, dachte ich im ersten Augenblick an eine Teuflin, mein Vater lag schnarchend neben mir, als ginge ihn das alles nichts an, obwohl er mit seinen Stänkereien uns die Vertreibung aus dem Paradies Goldenstedt eingebrockt hatte.
Er stand mit der Sonne auf und ging, ohne zu essen. Auch ich aß den ganzen Tag nichts. Ich schlürfte Wasser aus dem Tümpel vor dem Haus. Es gab keinen Brunnen. Es war wie zu Zeiten von Christi Geburt.
Am Abend brachte Vater seinen Widersacher und Schwager Culemann mit. Sie hatten sich wieder vertra-

gen. „Pack schlägt sich, und Pack verträgt sich!“, schoss mir durch den Kopf.
Das Haus, das sie in den nächsten Tagen im Moor aus selbstbehauenen Stämmen und Fachwerk, das Culemann hergestellt hatte, errichteten, war klein, stand abseits, hatte kein Klo, verfügte nur über vier kleine Räume, davon war einer für ein Schwein da. Die Stämme hatte der Meier Caspar Christian Lux zur Verfügung gestellt mit den Worten, wir könnten in seinem Holz leben. Er hatte mir eigenartig buhlerisch zugenickt und ermuntert: „Es wird schon werden, Ranzen. Der liebe Gott lässt manchmal gebratene Wachteln vom Himmel fallen.“
Mein Vater tippte mit dem Zeigefinger an die Stirn und schund sich, den Stall, der unser Haus werden sollte, wasser- und winterfest zu machen. Er mühte, ja quälte sich morgens und abends, dazwischen plagte er sich bei den Bauern. Doch manchmal stand dieser starke, raue Mann am schnurgeraden Weg und blickte gegen die Sonne nach Westen, und ich vermutete, er wartete auf Blanda.
Tagsüber war ich allein. Nur wer über den Bohlenweg nach Diepholz wollte, kam vorbei, grüßte - doch nicht jeder, wenn er uns Donnerkeils erkannte - und ging weiter.
Ich, Ranzen, der ich mit Donnerkeil zusammen die Stämme für das Haus gesägt und als Kantholz beschlagen hatte, vertrieb mir häufig die Zeit mit Nichtstun und Nachdenken im Moor. Meistens lernte ich Kir-

chenlieder auswendig und summte sie vor mich hin, durchstreifte die Büsche, stach mit Stangen so tief ins Moor, bis ich auf weißen Sand traf und zeichnete auf, wo der Torf am besten war, damit mein Vater ihn stechen konnte. Ich fing hin und wieder ein Kaninchen, das wir nun zu Hause essen konnten, weil keiner den Bratenduft hätte riechen können. Ich fing auch Rebhühner, indem ich Körner und Köder unter ein aufgestelltes Sieb legte. Wenn nun die Vögel und auch Fasane die Körner pickten, zog ich mit einer langen Schnur den Stock, der dafür sorgte, dass das Sieb aufgerichtet stand, hinweg. Und so ergatterte ich hin und wieder kleine Vogelbraten, manchmal sogar eine Wildtaube. Doch wenn die Stille des Moores mich zermürbte, ging ich nach Goldenstedt oder schlich an Thiemanns Hof in Tange heran, um aus der Ferne Lüke zu sehen.

7.

Der Tag war scheußlich. Es regnete. Der Boden schwamm. Wohin ich auch trat, ich fühlte unter mir die Erde, als sei ein kleines Erdbeben im Gange. Als ich Goldenstedt erreichte, war kein Mensch auf der Straße. Der Himmel war von dunklen Wolken verhangen, dann prasselte ein letzter Aprilschauer nieder, vermischt mit Graupel und Hagel. Ich wurde nass, aber ich freute mich, nicht allein im diesigen, nebligen Moor zu sein, wo die Wolken mit der Landschaft verklebt zu sein schienen.

Ich suchte Gänsemann von der Todesangstbruderschaft auf. Er öffnete grimmig die Tür, ließ mich draußen im Regen stehen und brachte so wenig mildtätiges Verständnis auf, dass ich jedes Wort, das er sprechen würde, für das Gegenteil von Wahrheit aufnahm. Er brummte sich Silben in den Bart, die so platt klangen, dass ich sie kaum verstand. Ich fiel mit der Tür ins Haus und fragte, ob etwas an dem Verdacht des alten Poggenschloot stimmen könne, meine Mutter sei von der Todesangstbruderschaft entführt worden.

Er schlug entrüstet auf seine Knie, schüttelte den Kopf, als habe er einen Wahnsinnigen vor sich und schloss die Tür.

Ich ließ mich weiter nass regnen.

Als ich ums Haus ging, blickte ich durchs Fenster und beobachtete Gänsemann, der an einem Tisch saß und

irgendetwas schrieb. Das allein machte ihn nach meiner Meinung schon verdächtig; denn in Goldenstedt schrieb außer Pastor Droste und dem Küster, vielleicht noch den Vögten und den Meyern, niemand.
Die Todesangstbruderschaft war ein Bündnis von frommen Frauen und wenigen frommen Männern. Das wusste ich aus dem Gerede des Dorfes. Pastor Droste mochte die Bruderschaft nicht, denn sie verselbständigte sich nach seiner Meinung, und wenn er nicht aufpasse, dann werde sie eines Tages noch Taufen abhalten und Begräbnisse selbst regeln.
Die Mitglieder, meistens an Sonntagen in schwarzer Kleidung, was nicht auffällig war, weil die meisten Frauen schwarze Kleider trugen, wechselten sich ab im Kirchenbesuch. Täglich war mindestens ein Mitglied in der Kirche anwesend. Die Bruderschaft sammelte Geld für die Bedürftigen des Dorfes, aber nur für katholische. Die protestantischen Obdachlosen waren für sie Faulenzer, die die Güte Gottes ausnutzten und sich auf Wunder des Himmels verließen statt sich zu regen.
Die Todesangstbruderschaft mochte die müßiggängerischen Protestanten nicht und hatten schon einige Male den Antrag gestellt, der Pastor möge am Sonntag noch eine zusätzliche Heilige Messe feiern, damit sie allein in der Kirche seien und nicht dieselbe Bank mit den Lutherischen teilen müssten.
Gänsemann, der Ordensbruder der Bruderschaft, saß mit gebeugtem Kopf an seinem Tisch und schrieb. Vielleicht schrieb er nur einen Brief an einen Verwandten;

doch ich war misstrauisch geworden und wollte unbedingt einen Blick in sein Schreiben werfen. Doch wie konnte ich an sein Schreiben herankommen?
Spontan klopfte ich noch einmal an der Haustür, rannte zum rückwärtigen Fenster, und tatsächlich sah ich, dass Gänsemann sein Zimmer verließ. Aber konnte ich denn eine teure Glasscheibe einschlagen, das Fenster öffnen und das Schreiben entwenden? Ich hatte zu viele Bedenken.
Ich stand nun schon seit einer Stunde regennass draußen. Die Eiche, die noch kein Laub hatte, schützte mich nur wenig. Da kam mir der Zufall zur Hilfe. Die blödsinnige Schnött Marlies kam mit einer Kanne Milch über die Straße. Sie vertraute jedem, und jeder konnte mit ihr machen, was er wollte. Sie war der Spielball der Jungen des Dorfes, und ich weiß, was andere mit ihr angestellt haben, weil sie wissen wollten, ob Mädchen im Stehen pinkeln können.
Ich schlug ein Kreuzzeichen, um mich von der Sünde, die nun stattfinden sollte, loszusprechen, und leitete eindringlich in mehreren Wiederholungen Schnött Marlies an, dass sie an die Tür Gänsemanns klopfen sollte, auf die Straße rennen, sich die Milch über den Kopf gießen und sich dann mit Purzelbäumen zum Ufer des toten Baches hinunterrollen sollte.
Ich hielt das für einen waghalsigen Vorgang, und er verfehlte seinen Zweck nicht. Als der fromme Gänsemann die herumtorkelnde Schnött Marlies sah, folgte er ihr zum Bachufer.

Ich schlüpfte ins Haus und stahl den Bogen Papier und den Stapel, der darunter lag, und noch weitere Blätter, entwendete alles, dessen ich habhaft werden konnte.
Ich komme mir schlecht vor bei Taten, die das Gesetzbuch verbietet. Ich habe Gewissensbisse bei Sünden, die ich begehe, obwohl ich weiß, dass ich sie nicht verhindern kann.
Ich stehe zwischen zwei Polen:
Denen der Kirche, des Pastors, der Sitten unseres Dorfes, dieser gewaltigen geistigen Kraft, die Recht hat, weil eine kolossale Mehrheit sich nicht irren kann.
Und ich bin auf der anderen Seite dem Pol meines Vaters ausgesetzt, diesem eisigen Pol, der genau abwägt, der alles, was mit Illusion zu tun hat, an der Realität prüft. Der Dinge sagt, die, würde man sie befolgen, die Welt auf den Kopf stellen würden. Ganz Goldenstedt würde von heute auf morgen auf dem Kopfe stehn. Das glaubt keiner, es klingt ketzerisch, klingt teuflisch, ist aber wie eine Rechenaufgabe: 2 plus 2 ist fünf. So rechnen die Goldenstedter, sagt mein Vater, der nun in der Heide lebt. Und ich bin sein Sohn, und ich habe seine Gedanken kennen gelernt, und wenn ich sie abwäge mit dem, was Pastor Droste und der Küster sagen, dann braucht mein Vater nicht unbedingt Unrecht zu haben.
Mein Vater sagte, als ich vor Angst mit den Zähnen knirschte, weil ich meinte, eine Teufelin führe breitbeinig an einer Birke vor unserem Schafstall im Moor hoch und runter und wolle mich zu sich holen, es sei Einbildung, weil du die Einbildung von dem dämlichen

Küster Gerhard Hermann Holtmann bekommen hast, der in allen verwunschenen Geräuschen irgendeinen Teufel agieren sehe. Tatsächlich aber ist es eine im Wind sich wiegende Birke. Und weil ich es nicht glauben wollte und weil mein Vater schon angetrunken war - sonst hätte er niemals diese Geduld mit mir bewiesen - ging er mit einem Span nach draußen und zeigte mir die Teuflin. Eine einfache weiße Birke, die sich an einer anderen scheuerte.
Warum dachte ich daran, als ich den Bogen Papier in den Händen hielt?
Ich durchblätterte den Stapel Papiere, las schnell, dann fand ich zuunterst einen Brief, eine Copia, las einmal, zweimal, las immer wieder; dann rannte ich zu Bredemeyer, dem evangelischen Kirchenprovisor, bei dem mein Vater heute arbeitete. Bredemeyer war reich, war klug, fast verschlagen, war verwitwet, und das hatte ihn aus der Bahn geworfen. Er hatte seine Frau, wie mein Vater erzählt hatte, über alles geliebt, aber nun soff er abends herum und hielt sich oft bei der Frau auf, die Bulgen hieß. Pastor Droste hatte ja bekanntlich der Bulgen am Ostersonntag die Kommunion verweigert.
Mein Vater scheute keine Arbeit. Er war kräftig, war stark, hatte einen guten Überblick, war mutig, und er war viele Male in Bremen gewesen. Nur ihn konnte man nach Bremen schicken, das meinten die, die in Bremen Holz ablieferten, allen voran Abelmeyer, Meier Caspar Christian Lux, der Landmeier und die Grundherren.

Ich las Donnerkeil leise den Brief vor, den Gänsemann von der Todesangstbruderschaft geschrieben und der in dem Stapel der anderen Blätter gelegen hatte, und ich erwartete, dass er die Forke wegwürfe und mit mir auf die Suche nach meiner Mutter ginge.
Er sagte: „Lies ihn noch mal vor!"
Und ich wiederholte die Zeilen, und er sagte: „Geh du hin, und fordere unsere Mutter. Aber mach es geschickt!"
Der alte Poggenschloot hatte also doch keine Sehstörungen gehabt, wie Obervogt Unkraut behauptet hatte. Es gibt zu viel Falschheit in der Welt.
Ich war der einzige, der folgern konnte, warum Blanda Donnerkeil entführt worden war. Sie war die Mutter eines Sohnes - und der war ich - der einen Vater haben könnte, der nicht in Donnerkeil zu sehen war.
Obwohl ich diesen Gedanken schon längst hätte haben müssen, kam er mir erst jetzt bewusst und setzte sich in meinem Kopf fest, obwohl ich mich dagegen sträubte.
Ganz Goldenstedt müsste nun eigentlich Kopf stehen, weil etwas geschehen war, was nicht geschehen konnte.
Wir sangen in der Kirche „Ave Maria, gratia plena" und erbaten die Gnade Gottes, und es war trotzdem eine Todsünde geschehen.
War ich tatsächlich nur der Sohn von Blanda und nicht auch der Sohn von Donnerkeil, meinem Vater, der nicht mein Vater war, der mich misshandelt hatte, der mir aber auch die Hand auf den Kopf gelegt hatte, wenn ich krank war? Und der mir Gedanken in den Kopf

gepflanzt hatte, die man fünfzig und hundert Jahre später in Goldenstedt noch nicht verstehen würde.
Mein Gott, Donnerkeil!
War in diesem fürchterlichen Umstand der Grund der Entführung zu finden?

Ich muss hier eine Unterbrechung machen. So schnell rast mein Herz.

Verehrter Leser! Ich schreibe ein Tagebuch, das der Entdeckung meiner Selbst dient und der Aufrichtung meiner Seele vom Boden. Aber, verehrter Leser aus dem Jahre 1786, dem Jahr, in dem Friedrich der Große, dem wir die Einführung der Kartoffel verdanken, den ich bewunderte, weil er ebenso flöten und Klarinette spielen konnte wie Preußen regieren, verehrter Leser, kann Er sich vorstellen, dass ich einer Entdeckung auf der Spur war, die mir den Boden unter den Füßen wegriss? Die mir die Ruhe aus dem Leib raubte! Dass ich der Sohn eines Vaters sein sollte, den ich nicht kannte. Dass mein Vater nicht mein Vater war! Eine Ungeheuerlichkeit. Ein wirklicher Abgrund. Eine Todsünde voller Beflecknis meiner Mutter, und ich ein Bankert!
Wen frage ich?
Wer hilft mir?
Kann sich überhaupt jemand vorstellen, nicht der zu sein, der man ist?
Bin ich der Sohn eines Lehrers, nicht eines Tagelöhners? Bin ich der Sohn eines Vogtes, nicht eines Ver-

bannten? Bin ich der Sohn eines Priesters, nicht eines Heiden? Bin ich der Sohn eines Beamten, nicht eines Gezerrten? Vielleicht der Sohn eines vorüberfliegenden Händlers? Eines Knechtes?“ Welche Ungeheuerlichkeit!

Der Sohn vielleicht des Küsters, den die Katholiken in unserem Dorf der Trunksucht wegen aus dem Amt treiben wollten?

Die Todesangstbruderschaft war mit im Spiel. Überall gab es diese Bruderschaften. Auf dem Bogen hatte ich lesen können, dass Ranzen Donnerkeil, der ich ja bin, sich in der Gegend herumtreibe und jedermann ausfrage, wo seine Mutter geblieben sei. Aber bisher habe er, nämlich Gänsemann, noch nicht die Vögte und die anderen Honoratioren der Umgebung um Auskunft gebeten. Er habe noch nicht erfasst oder er habe keine Kenntnis darüber, dass die vierteljährliche heimliche, vertuschte Zahlung einer Handvoll Thaler an das Haus Donnerkeil die tiefere Ursache im Makel der Geburt des Ranzen Donnerkeil habe.

Und erst jetzt erinnerte ich mich, dass ich hin und wieder Gänsemann oder eine dieser frommen Frauen von Goldenstedt in unserem Haus am Dorfrand gesehen hatte. Sie kamen zu Besuch, plauderten ein bisschen mit meiner Mutter und gingen dann, bevor mein Vater nach Hause kam. Und fragte mein Vater meine Mutter, was tagsüber Neues passiert sei, verschwieg sie diese seltenen Besuche. Nur einmal antwortete ich vorlaut, dass Cordes Elfriede da gewesen sei, und mein Vater hatte die Stirn gerunzelt und „Dieses alte Weibsbild!“ in den Bart gebrummt, während sich meine Mutter vor unseren anständigen Kinderaugen an meinen Vater in unkeuscher Weise heranmachte, um ihn in seinen Gedanken - wie ich erst heute weiß - von dieser schwarzen Frau der Todesangstbruderschaft abzulenken.

Ich hatte in dem Brief, der in dem unteren Stapel gelegen hatte und eine Copia gewesen war, gelesen, dass Gänsemann offiziell die nächst höhere Organisation der Todesangstbruderschaft einschalten wolle, wenn Blanda Donnerkeil nicht umgehend wieder ins eigene Haus zurückgebracht werde.

Im ersten Augenblick dachte ich daran, die Behörde in Diepholz oder in Vechta einzuschalten, doch sie hätten meine Briefe konfisziert, hätten sie als gefälscht oder gestohlen bezeichnet, und ich wäre wegen übler Nachrede zum Karreschieben nach Nienburg verurteilt worden, was schlimmer war als echter Kerker über ein Jahr.

Ich überlegte genau, an wen ich mich wenden könne. Und da meine Mutter Hannoveranerin war, läge die Ursache der Entführung eher in Diepholz als in Vechta. Oder war es gerade umgekehrt?

Ich wollte gerade nach Diepholz gehen, als ich vom Knecht des Pastor Droste ins Pfarrhaus bestellt wurde.

Ranzen Donnerkeil zur Audienz beim Pastor Droste im Pfarrhaus!

Der Empfang war ungewöhnlich freundlich, und auf dem Teller, den die Schwester des Pastors vor mich stellte, war eine Scheibe Nagelholz. Ein gutes Zeichen, dachte ich, aber auch eine Verlockung, um mich so zu stimmen, dass ich schwieg. Ich musste in der Küche warten, der Pastor lese gerade noch das Brevier, sagte die Haushälterin, deren Gesicht wegen seiner Falten wie ein getrockneter Winterapfel aussah.

Ich wartete, und die Zeit verlor sich um mich herum. Wie zu Hause so setzte ich mich auf den Stuhl, zog die Füße an und stellte sie auf das Sitzbrett, legte mein Kinn zwischen die Knie und sagte mir: Wenn ich leben will, muss ich mein Leben in die Hand nehmen. Was bringt es, so zu leben wie mein Vater, der täglich sich plagt und nichts verdient und dann von einem schnellen Tod dahingerafft wird wie Hinnark Thiemann, der bald beerdigt wird. Wenn ich nicht nur in diesem Dorf überleben will, sondern auch ohne Hunger und Angst leben will, muss ich so denken wie mein Vater, aber das dann auch tun, was der denkt. Mein Vater redet, aber er handelt nicht entsprechend seinen Worten. Er denkt, aber der Grundherr lenkt. Ich werde der sein, der das umsetzt, was mein Vater draußen in der Welt herumposaunt.
Ich kannte die Wutpredigten meines Vaters auswendig. Und wenn er richtig in Zorn geriet, wenn er wie eine Wildsau wurde, musste ich mich ducken, dann hörte ich Dinge, die keiner im Dorf hören durfte, denn sonst hätte man den Vater als Ketzer oder als Teufel verbrannt. Mein Vater war nicht gebildet, er konnte nicht

Christa Kessens

schreiben wie ich und kaum lesen. Aber er kannte wegen seines Gedächtnisses die Bibel auswendig und den Katechismus, und immer wieder entdeckte er Sätze, die einander widersprachen, und die erzählte er dem Pastor Droste und dem Küster. Mein Vater kannte die katholische Konfession und die evangelische Konfession, und er stellte Dinge auf die Füße, so dass es mir schien, dass man nur ihm und nicht der Kirche glauben durfte.

(Ich sage folgendes hier nur, weil mein Tagebuch geheim ist und es bleiben soll. Denn ich schäme mich, diese frevlerischen Gedanken niederzuschreiben. Ich möchte zwar, dass mein Tagebuch gelesen wird, aber in meiner Furcht werde ich es in die letzte Reihe der Kirchenbücher schieben, die doch keiner liest, so dass mein Tagebuch erst entdeckt wird, wenn ich tot bin.)

Achtzehn Jahre also hatte der Vater mir, Ranzen Donnerkeil, folgendes eingetrichtert:
Wenn der Priester sagt: Es gibt Gott.
Dann sage ich: Es gibt keinen. Denn kann ein barmherziger Gott zusehen, wie wir in Elend ersticken?
Wenn die Kirche sagt: Gott kennt die Zukunft.
Dann sage ich: Wenn Gott die Zukunft schon jetzt kennt, dann wird schon jetzt alles so festgelegt sein, wie es jetzt ist. Also hätte der Mensch keinen freien Willen.
Wenn die Schule sagt: Es gibt einen Himmel.
Dann sage ich: Es gibt keine Hölle. Denn die Hölle ist

nur von den Christen erfunden worden, um den Menschen Angst einzujagen und sie fügsam zu machen.
Wenn die Kirche sagt: Diebstahl ist eine Todsünde und verbannt dich auf alle Ewigkeiten in die Finsternis.
Dann sage ich: Diebstahl ist nur dann schlimm, wenn du den Armen nimmst, was ihnen gehört. Aber wenn du den reichen Grundherren ihren überflüssigen Reichtum nimmst, ihren Roggen und ihre wild herumlaufenden Rehe und an dich und die Armen verteilst, ist Diebstahl eine Tugend.
Wenn der Glaube sagt: Wenn du dich selbst unschamhaft berührst, dann fällt dir die Hand ab und du bekommst Fieber.
Dann muss ich dir sagen: Die Liebe ist etwas gewaltig Schönes. Aber noch schöner ist es, mit einer Frau zusammen zu sein. Denn dann erlebst du Wonnen, die dich über das Jammertal auf Erden hinwegtrösten.
Wenn Diepholz oder Münster sagen: Gehorsam ist die erste Pflicht der Bauern und Heuerleute, der Kötter und Pauperes, der Armen und der Brinksitzer.
Dann muss ich dir sagen: Gehorsam dient nur den Mächtigen, damit die Untertanen sie in Ruhe lassen.
Wenn der Obervogt Unkraut sagt: Das tut man nicht.
Dann muss ich dir sagen: Das gerade tue ich jetzt absichtlich.

Diese fürchterlichen Sätze hatte ich im Kopf. Mein Vater hatte sie mir eingetrommelt, und es gab Zeiten, da glaubte ich an sie, doch dann kamen Zeiten, in denen der Vater sich so demütigen und unterjochen ließ, da konnte ich, Ranzen Donnerkeil, nicht glauben, dass der Gegensatz zwischen Tat und Wort so groß sein sollte. Und jetzt überlegte ich auf meinem Stuhl, ob die Sätze nicht doch ein Fünkchen Wahrheit enthielten. Und wenn sie auch nur ein Körnchen Wahrheit enthielten, dann musste ich diese Wahrheit finden und für mich nutzen.

Die Haushälterin öffnete nun die Tür und bat mich in das Studierzimmer des Pastors hinein. Das geschah wieder so freundlich, dass ich mich wunderte, und ich wurde dann, als die Haushälterin auf dem Flur die Wichtigkeit meines Besuches andeutete, wie ein Gesandter zum Pastor eingelassen, der in seiner Stube saß, die Pfeife rauchte und einen Holzkäfig zimmerte. Die Stube war voll von Käfigen und voll von Vögeln verschiedener Art und Größe und voll von Gesang, was mich erstaunte. Dieser herbe Mensch, der in seinen Predigten den Katholizismus verteidigte wie ein Märtyrer, hockte vor den Käfigen, und mit spitzen Lippen reizte er seine Finken und Kanarienvögel zum Singen. Überall lagen Körner auf den Holzdielen herum, die die Vögel aus den Käfigen herausgekratzt hatten.

„Sieh dir diesen Vogel an, diese Drossel, der habe ich das Bein geschient. Ich fand sie vor einem Jahr an meiner Wäscheleine, gegen die sie geflogen war“, erklärte Pastor Droste.

Ich staunte und beobachtete voller Verwunderung ein Tiergehege von Zeisigen und Flachsfinken, sogar eine

Elster hatte sich eingenistet. Das Zimmer glich eher einer Menagerie als dem Studierzimmer eines Dorfpfarrers.
Auf der eichenen Truhe, die an der Wand stand, hatte Pastor Droste unter einem Netz eine „fliegende“ Hecke eingerichtet, darin Fichtenbäumchen gepflanzt und Buchen und Birken, in denen einige Nester hingen. In dem Gehege schwirrten durch den kleinen Stubenwald wenigstens ein halbes Hundert alter und junger Finken, einige Kanarienvögel und ein Dompfaff herum.
„Aber nicht nur Lerchen und Wachteln habe ich in Pflege genommen“, erklärte Pastor Droste mir, „sondern auch Raben habe ich schon behandelt.“
Der Pastor zog an der Pfeife und blies den Rauch in die Luft, und erst da schien er festzustellen, dass ich, Ranzen Donnerkeil, gekommen war.
Er wurde unstet, oder bildete ich es mir ein?
„Es tut mir leid mit deiner Mutter“, sagte er mitfühlend. Dann blies er den Rauch in die Luft, einige Rauchtürmchen, und es duftete gut, dann ging er zu seinem Schreibtisch, zog die Schublade heraus und zog ein vergilbtes Schreiben hervor. Ich blinzelte mit wachen Augen auf das Papier.
Dann sagte er: „Das habe ich vor 16 Jahren bekommen. Da warst du fast noch ein Säugling. Ein kleiner Lausbub von knapp zwei Jahren.“
Er schwieg, pfiff in die Käfige hinein, und es wurde still, dann sog er durch die vergilbten Zähne pfeifend Luft ein und sagte: „Ich will dir erklären, was mir jemand

schrieb. Es war ein Unbekannter. Der Postkürassier brachte mir einen Brief, ich erbrach das Siegel, öffnete diesen dreifach gefalteten Bogen weißen Blütenpapiers. Es gab keine Ortsangabe, und auch kein Datum war zu finden. Die übliche Überschrift fehlte. Der Brief begann mit den Worten:
›Verehrter Freund!
Da Ihnen wie mir der geistige wie körperliche Zustand des Zöglings Ranzen Donnerkeil sehr am Herzen liegt, möchte ich Ihnen gegen Überlassung von zwei Goldbarren jährlich dessen Wohlergehen empfehlen. Wechseln Sie das Gold in kleine unverdächtige Thaler und lassen Sie es in gleichen Abständen von der Todesangstbruderschaft ins Haus Donnerkeil tragen, was nicht Aufsehen erregen wird, weil die Todesangstbruderschaft regelmäßig um Spenden bittet.
Gerade erst vor einer Woche wurde der Zögling vom Vater geschlagen, so dass es keines Arztes bedurfte, die blauen Flecken als solche der Folge von Prügel zu deuten. Das ist einem Menschenfreund zuwider, dieses in unmittelbarer Nähe miterleben zu müssen. Auch erbitte ich Sie, Hochwürden, gnädigst darum, den geistigen Fortschritt des Jungen zu provozieren, da er nicht dumm erscheint, im Hause Donnerkeil aber die Nichtexistenz von Geist vorhanden ist.‹
Ich sah, wie der Pastor erschrak, als er den Brief las. Er lief vor Scham rot an, trotz der langen Zeitspanne des Datums des Briefes bis heute.
Die Pfeife war ausgegangen. Obwohl er versuchte, sie

mit einem Fidibus wieder anzuzünden, misslang ihm das. Dann räusperte er sich und sagte: „Ich fühlte mich damals mitschuldig; denn der Brief bedeutete ja nichts anderes, als dass ein Fremder Verantwortung für den Jungen, also für dich, übernahm und dass damit Donnerkeil, den ich zwangsweise mit Blanda verheiratet hatte, nicht unbedingt der Vater dieses Kindes war. Blanda, deine Mutter, hatte mir von ihrer Liebe erzählt, immer fiel nur der Name Donnerkeil, so dass es schlüssig war, Donnerkeil im letzten Augenblick zu zwingen, das Kind dieser Schande nicht auszusetzen, dich, Ranzen, der Unehrlichkeit und damit der Brandmarkung eines ganzes Lebens zu entziehen."

Pastor Droste schnupfte in sein Tuch. Er blickte mich nicht an.

Er sprach weiter: „Dieser Brief belehrte mich eines Besseren. Es gab in unmittelbarer Nähe einen Mann, der sich zwar nicht expressis verbis, aber doch verschlüsselt als Verantwortlicher dieses rotbäckigen Jungen hinstellte. Und dieser Mann beauftragte mich nun, Hilfestellung in Bildung und Erziehung zu leisten. Denn der Verfasser schrieb weiter in dem Brief, dass Verantwortung nicht teilbar sei und jede Entscheidung, wenn sie dann einen Menschen und dessen Schicksal berühre, bis zur vollen Konsequenz zu verfolgen sei. Damit saß ich in der Falle."

Pastor Droste, den ich von der Kanzel immer nur poltern gehört hatte und der wie ein Fels in der Brandung der Konfessionen dastand und die Protestanten in ihre

Schranken wies, erlebte ich nun von einer anderen Seite. Ich hatte den Eindruck, er säße lieber im Käfig bei seinen Vögeln als mir die unbequeme Wahrheit zu verkünden. Ich konnte mich in diesen Mann hineinversetzen, wie er in den nächsten Tagen versucht hatte, die Verantwortung zu leugnen. Er hatte nachts sicherlich schlecht geschlafen.
Dann hob Pastor Droste die Augenbrauen und fuhr fort zu erzählen, er habe schon am nächsten Tag die Familie Donnerkeil besucht, um einen Blick auf den Jungen zu werfen. Es habe sich sein schlechtes Gewissen gemeldet und er habe mit dem Gedanken gespielt, Donnerkeil von seinem Verdacht zu erzählen. Doch wenn er die weittragenden Folgen bedachte, habe er ahnen können, dass der Junge gar totgeprügelt würde. Deshalb habe er also geschwiegen, auch Blanda gegenüber. Denn sie hätte jegliche Verantwortung abgestritten, ja, sie hätte wahrscheinlich ihren jähzornigen Mann auf ihn gehetzt, und wegen übler Nachrede hätte er sich nächtlich verprügeln lassen müssen.
Was ich also schon geahnt hatte, war nun von Pastor Droste bestätigt worden. Ich war der Sohn eines Mannes, den nur meine Mutter kannte. Und meine Mutter hatte mich meinem Vater Donnerkeil untergeschoben wie ein Kuckucksei.
Was wusste Donnerkeil?
Er war in vielen Dingen blind. Er durchschaute die Welt der Grundherren, aber er ließ sich von Blanda umgarnen; er sah den Religionen auf den Grund und spürte

deren bröckelnde Fundamente, aber wenn Blanda mit ihren Kürbisbrüsten herumwackelte, dann schloss er die Augen und ließ sich verführen.
Ich glaube, sie liebten sich nicht, sie leibten sich. Sie leibten sich auf eine andere Art, als sich die Eheleute in Goldenstedt liebten. Mein Vater hatte meine Mutter nötig, ihr Lachen, ihr Schmunzeln, ihre Fröhlichkeit und ihre nicht unterzukriegende Lebensfreude, in dem Sumpf von Armut auch noch zu strahlen. Sie packte die herumliegenden Dinge im Hause an, grub die Beete um, und wir konnten sicher sein, dass im Sommer die Möhren rot wurden.
Mein Vater konnte das alles auch. Aber er war, obwohl aufbrausend, obwohl ungezügelt, von besonnener Art. Er dachte lange nach, wenn er im Garten etwas pflanzen sollte. Er überlegte, wohin er das Beet setzen wollte, und dann stürmte Blanda aus dem Haus, lachte, drückte ihm einen Spaten in die Hand, gab eine kurze Anweisung, und eine Furche nach der anderen entstand. Mein Vater war der einzige im Dorf, der unabhängig war. Er fürchtete keine Strafe nicht und keinen Hunger. Aber er fürchtete den Entzug Blandas aus seinem Leben. Ich habe mich manchmal gefragt, ob nicht auch irgendeine andere Frau Blanda ersetzen könne, und ich bin mir bis heute nicht sicher.
In der Frühlingsdämmerung, als die Schatten länger wurden, verließ ich das Haus des Pastors und ging, vorbei an der Kirche, gedankenverloren auf der bogenreichen Straße durch das Dorf, vorbei an der Gastwirt-

schaft Klostermann, vorbei am Küstergarten, in dem Gerhard Hermann Holtmann die Apfelbäume zurückschnitt, vorbei an dem Sattler, dem Sackmacher, dem Stellmacher Culemann, am Stuhlmacher, am Bierbrauer Bidermasch, am Windmühlenflügelbauer Harm Henricus Kulmann olim Buns, vorbei an den kleinen Häusern des Brinks, vorbei am Flachsbrecher Wellmann, einem ungehobelten Menschen, der keinen Jungen an seinem Haus ungeschoren vorbei gehen ließ. Auch mich zwang er auf der Stelle, in seinen gelben Bottich zu pinkeln. Er brauchte den Urin, weil er die Wolle darin warf und eine Nacht stehen ließ, damit die Wolle weich würde und nicht bisse. Ich urinierte mit hochrotem Kopf, so rot, dass ich glühte, denn der Flachsbrecher sagte, die Wolle habe es eigentlich lieber, wenn die Miege katholisch sei. Dann ging ich schnell am Haus des Holzschuhmachers vorbei weiter zur Brücke, wo ich mich ans Ufer setzte, mich abkühlte, und als die Farbe meines Gesichtes wieder blasser wurde, warf ich kleine Kieselsteine in die Hunte.
Die Wagen voll von Holz, voll von Splint, die Karren voll von Wäsche, die in der Hunte gewaschen werden sollte, ein Wagen mit Säcken vom Sackmacher Tabeln, sie fuhren vorbei. Harm Klenen, ein katholischer Bauer, hetzte grundlos seinen Hund auf mich und befahl mir, Donnerkeil zu helfen statt faul im Gras zu liegen. Ob ich den lieben Gott beleidigen wolle! Ich wechselte den Platz, ging an der Hunte entlang, kam zu dem Zollposten mit den weißroten Balken, wo die Grenze war

zwischen Hannover und Münster, dort kehrte ich wieder um.
Ich ging zum Schmied Dünnreb Snessek, der auf dem Amboss herumhämmerte und eine Forke mit den Zinken schlug. Ich sammelte die Nägel auf, die er heute Morgen gemacht hatte und die auf dem Lehm herumlagen. Er warf mich nicht aus der Schmiede, er duldete es auch, dass ich manchen Nachmittag in der Ecke stehen und zuschauen durfte, und wenn es ein Bauer oder Heuermann zu arg mit seinen Worten gegen mich trieb, dann nahm er mich in Schutz und sagte: „Nicht jeder ist als Kutscher geboren. Der wird es uns allen noch zeigen. Und nun, Ranzen, geh nach Hause und lass es gut sein!"
Ich ging, und bei jedem Tritt dachte ich an die Ehrlosigkeit, wenn einer außer dem Pastor Droste noch erführe, ich könnte ein Unmensch sein, entstanden aus einer unseligen Verbindung während einer unkeuschen Nacht.
Ehrlos.
Ich musste mich vorerst damit abfinden, dass ich meinen wirklichen, meinen leiblichen Vater nicht kannte.
Doch was wusste Donnerkeil? Ich schloss die Augen.
Wie lange noch? Und dann - würde ein Gewitter losstürmen, und gegen wen würde es sich richten?
Die Sensen würden scharf gemacht.
Meine düsteren Gedanken waren wie weggeblasen, als ich Lüke auf dem Weg begegnete. Sie fragte mich, ob ich genug zu essen habe, jetzt wo meine Mutter ver-

schwunden sei. In ihren Worten war kein Vorwurf, nur Mitgefühl, und als sie ging, um Weihwasser von Pastor Droste für die Beerdigung zu holen, drückte sie meinen Arm.

Ich dachte, dass Friedrich Schiller doch recht hatte mit seiner Auffassung über die ausgleichende Gerechtigkeit. Widerfährt dir heute etwas Böses, kehrt es sich morgen in sein Gegenteil, wenn du ansonsten ein braver Mensch bist. Und das gilt auch für Studierte. Wer hoch steigt, kann tief fallen.

Was ein Rad eigentlich zu einem Rad macht, das ist die Leere zwischen den Speichen, und das beruhigte mich.

Ich hatte oft vor dem Eichenbalken gesessen und zugeschaut, wie der Lehrer am Nachmittag mit dem Stemmeisen den Baum glättete und ihn bearbeitete, den Splint wegschlug und den Hobel ansetzte, wie er auf dem Hocker davor saß und anscheinend nichts tat. Aber in seinem Kopf überlegte er, und als er anfing, den Satz einzumeißeln, der später dann in der Eiche stand, sagte er mir, dass er ein Jahrzehnt gebraucht habe, um die richtigen Worte zu finden. Sein Lebensspruch hieß: „Mensch bleib Mensch!"

Ich vermutete gemäß dem Schreiben der Todesangstbruderschaft meine Mutter eher in Diepholz als in Vechta. Und deswegen ging ich nach Diepholz. Da ich Angst hatte, durchs Moor zu gehen, wählte ich die Straße, und als ich in Diepholz ankam und mich bis zum Vogt Omptéda durchgefragt hatte, begann die Zeit des Wartens. Ich wartete, und da ich vor dem Dunkel-

werden wieder zu Haus sein wollte, tröstete ich mich mit der Auskunft eines Untervogts, der sagte, er kenne den bedeutungslosen Fall Blanda Donnerkeil, aber die Ursache der Entführung müsse doch wohl eher in Vechta liegen; denn das Kurfürstentum Hannover sei daran interessiert, das Leben und Wohlergehen seiner Untertanen zu schützen und nicht durch eine Entführung zu gefährden. Und damit schob man mich vor die Tür, und ich ging, enttäuscht und unschlüssig, den langen Weg zurück.
Doch als ich nachts in unserer Moorkate ankam, hörte ich gurgelnde Geräusche aus der Kammer meiner Eltern, als befänden sich balzende Birkhühner in einem Wettstreit. Ich versuchte die Stimmen zu unterscheiden, und ich jauchzte auf und wollte schon die Tür mit einem Ruck öffnen. Denn mein Vater lag mit meiner aus dem Himmel zurückgekehrten Mutter auf den Strohsäcken, und sie trieben es in ausgelassener Weise.
Meine Mutter wieder zu Hause! Einfach zurück! Und sie nahmen keine Notiz von mir.
Und die Todesangstbruderschaft?
Gerade erst hatte ich den Brief gestohlen, schon war meine Mutter war wieder aufgetaucht.

8.

Als ich heute morgen das Haus verließ, schlief meine Mutter noch. Ich hatte mehrere Anläufe unternommen, sie zu wecken und zu befragen, doch sie schickte mich aus der Kammer und wollte mit mir nichts zu tun haben, wahrscheinlich weil sie Streit fürchtete oder Scham empfand über ihren ungesetzlichen Sohn.
Ich ging also ins Dorf zum Friedhof, um an der Beerdigung von Lükes Vater Hinnark Thiemann teilzunehmen. Ich hoffte, Lüke wiederzusehen. Vor der Kirche wurde ich mit neugierigen Blicken empfangen.
„Deine Mutter ist wieder da?", hörte ich sie fragen. Aber kein Mitleid klang in ihrer Stimme. Tatsächlich fragten sie Schlimmeres mit schlimmeren Worten. Einige spuckten auf den Boden. Sie tuschelten herum, sie stießen mich an, fragten, ob meine Mutter einen breiten Hintern bekommen habe, ob Obervogt Unkraut bereits die Untersuchung gegen meine Mutter in Gang gesetzt habe, ob meine Mutter mich früher in den Pferdearsch gesteckt habe, ob meine schwarzen Haare mit italienischem Männerurin eingerieben worden seien, und keiner der Trauergäste war andächtig. Der Tote, obwohl so jung und tragisch verschieden, kümmerte kaum einen.
Die Verwandten verrichteten wie immer erst ein Gebet, dann setzte sich der Trauermarsch hinter einem Leiterwagen in Bewegung, hin zum Friedhof, wo der Pastor

die Zeremonie durchführte, während der Küster neben ihm stand, den Gesang übernahm und ihm das Kirchenbuch reichte. Der Ritus war genau vorgeschrieben. Da dieser Bauer ein Katholik aus dem hannoverschen Teil der Gemeinde war, durfte er nicht mit Weihwasser besprengt werden und auch durfte der Pastor keine Erde auf den Sarg werfen. Darauf achtete der Küster genau. So stand es in den Vorschriften des Simultaneums. Deshalb hatte Lüke gestern ja auch das Weihwasser geholt, damit die Mutter es zu Hause allein verrichtete.
Bei dieser Beerdigung, bei der Gerhard Hermann Holtmann - er hatte glutrote Wangen - die kirchlichen Dienste versah, würde er leer ausgehen. Und er würde sein dorfbekanntes Jammerlied anstimmen: „Ich werde den nächsten Winter nicht überleben, wenn nur der Pastor die Entgelte bekommt, der Küster aber fürs Seelenheil arbeiten muss."
Als der Sarg ins Grab gesenkt wurde, war die Arbeit des Küsters getan. Er würde nun, weil er Protestant war, zu Hause sitzen, während die anderen eine Totenfeier mit Trösterbier, mit Fusel und Dunschnaps in der Diele des Bauern veranstalteten. Die arme Bäuerin, die Witwe Lina Thiemann, hatte einige Spendenthaler vom Meyer erfleht, wie mir später Lüke erzählte, um ein würdiges Totengelage durchführen zu können. Viele aus dem Dorf nahmen daran teil, und für viele war es die große Gelegenheit, um sich ausgiebig und ohne Kosten volltrinken zu können. Als am nächsten Tag die Kosten zusammengerechnet wurden, musste die hörige Bäue-

rin 18 Taler an Getränken , 17 Taler an Essen, 2 Taler für den Sarg und 2 Taler an Gebührenkosten an den Pastor bezahlen.
Pastor Droste, der mich heute nicht - nicht einmal auch nur mit einem Auge - ansah, schien froh zu sein, dass heute morgen bei der Beerdigung nichts passiert war. Denn nicht selten gab es Streitigkeiten und Schlägereien als Folge von trauerlichen Alkoholexzessen. Darum hatte Pastor Droste den Gläubigen von Goldenstedt befohlen, gegen Todsünde dem Branntwein vor der Sargniederlassung strikt zu entsagen, war doch noch unter seinem Vorgänger der Sarg den besoffenen Nachbarn vom Wagen geglitten.
Die junge Witwe, die Wittib Lina Thiemann, hatte die Tränen getrocknet. Dann war sie auf dem Leiterwagen, der am Morgen noch ihren toten Ehemann unter einer Decke nach Goldenstedt gebracht hatte, mit einigen Nachbarn zurück nach Tange gefahren. Das Pferd ging im Schritt, und da mir Lüke den Wink gegeben hatte, mitzukommen, konnte auch ich mithalten. In der Diele des Bauernhauses war zum Beerdigungstrunk alles vorbereitet. Die Verwandten und Nachbarn mit ihren Familien waren erschienen, tranken verdünntes Bier oder Brotquas und zusätzlich aus kleinen Pinnkes, kleinen Gläsern, Rübenschnaps. Der Meyer hatte zwei Flaschen gebrannten Korn zur Verfügung gestellt, und als der Nachmittag in den Abend überging, war die Diele gefüllt von Leuten, erstem Lachen und später lauter werdendem Geschrei.

Ich sprach mit Lüke nur kurz. Sie sagte: „Du klopfst mit deinem Ringfinger so heftig auf den Tisch."
„Was willst du damit sagen?", fragte ich.
„Du erinnerst mich an wen im Dorf", entgegnete sie, ging dann, um die Totengäste zu bedienen, während ich verloren auf der Diele in einer Ecke hinter den Frauen hockte. Unter den Männern wurde ich Nichtsnutz nicht geduldet.
Die Witwe Lina, deren Augen vom Weinen rotgerändert waren, war von den Nachbarn die ganze Zeit zum Trinken angestiftet worden, um die Sorgen zu vergessen, und als sie einige Schnäpse hinuntergekippt hatte, war sie außer sich geraten, da sie an Alkohol nicht gewöhnt war.
Lüke lief einige Male zu ihr, um sie zu beruhigen und sie in ihre Schlafkammer wegzuführen.
Zuerst versank Lina Thiemann auch in ruhige Trauer, dann löste sich aber mit der Zeit, als der Schnaps wirkte, ihre Zunge, und sie klagte über die Zukunft; doch irgendwann am späten Nachmittag begann sie fiebrig zu werden. Sie schrie wie im Wahn herum, verlor anscheinend den Verstand, wie sie wider Erwarten aller auf den Tisch sprang, ungelenke Schritte da oben machte, die Schnapsflasche an den Mund hielt und den Rübenschnaps wie Wasser trank. Sie verlor die Kontrolle über sich, klagte über ihre Kinder, die ungehorsam waren, beschimpfte die Nachbarn, die ihr zu wenig halfen, beschimpfte den Meyer, der so geizig sei, und nannte den Amtsvogt Magius von Barnstorf einen Verbre-

cher in kurfürstlichen Diensten. Die Nachbarn waren nicht minder betrunken, und das Geschwätz störte sie kaum, machte sie aber neugierig. Ich hatte den Eindruck, sie genossen die junge Witwe auf dem Tisch wie eine willkommene Theateraufführung, die ja nur einmal im Jahr zu Weihnachten in der Gastwirtschaft zwischen den Brücken stattfand.

Die älteren Frauen aber blinzelten aus argwöhnischen Augen Wittib Lina Thiemann an, die sich nun auf dem Tisch drehte wie eine Dame beim Tanz im Schloss von Diepholz. Lina trug schwarze Kleidung, hochgeschlossen, das Kleid bis über die Knie fallend fast bis auf die schwarzen Schuhe, aus deren Nähten durch das Stampfen nun der getrocknete Friedhofssand herausrieselte. Die schwarze Haube, die das dunkelblonde Haar verdeckt hatte, riss sie sich vom Kopf und warf die Haube ihrem Knecht Ratten Paul zu, der sie wie eine Fahne auffing und, mutig geworden, außer Rand und Band auch auf den Tisch kletterte und in die Hände klatschte.

Die meisten Frauen forderten nun ihre Männer auf, dem pietätlosen Spiel ein Ende zu bereiten und nach Hause zu gehen. Doch deren Gesichter glühten, und mit den Knöcheln schlugen sie den Takt zu den brüchigen Tanzversuchen des krummbeinigen Knechts.

Die Kinder standen mit dem Rücken an den Wänden der Diele, gegenüber den Schweineställen, und verhielten sich ruhig. Denn ein solches Spektakel hatten sie noch nicht erlebt. Doch Paula Kröger, die sich über die-

se Unkeuschheit entrüstete, schickte nun alle Kinder nach draußen. Die Kinder liefen schnell durch die Milchkammer nach draußen, um sich an einen Blendladen hinter dem Kuhstand zu stellen und ihn leise zu öffnen, damit sie vom Beerdigungsspuk nichts verpassten.
Doch mit einem Mal hatte der Spuk ein jähes Ende. Denn als der vor sich hinspuckende Ratten Paul die Witwe auf dem Tisch umarmen wollte, wies sie ihn, vielleicht plötzlich ein wenig nüchtern geworden, von sich. Doch Ratten Paul wollte partout nicht von ihr lassen, und auch einige Jungbauern feuerten ihn an, forscher zu werden. Doch Lina stieß ihn vom Tisch, so dass er den Halt unter den Füßen verlor, taumelte und zu Boden fiel, während Lina die ungeheuerlichen Worte schrie: „Ich bin nicht dein Freiwild. Wag es nicht, mich anzufassen! Stell dich doch weiterhin hinter die Sau!"
Ratten Paul lag mit weit aufgerissenen Augen auf dem Boden, die Männer rissen vor Entsetzen die Münder auf, doch kein Laut war zu hören.
Lüke weinte.
Sie blickte vor sich auf die Schuhe, und als ich ihr sagen wollte, wie schrecklich leid mir das alles tue, schnupfte sie ins Taschentuch, schaute mich aber nicht an. Dann stand sie auf und brachte zusammen mit ihren Brüdern ihre betrunkene Mutter ins Bett. Das war das Ende dieser grausigen Beerdigung.
Was mich aber noch mehr erschütterte, war der Fußtritt

des Jungbauern Marischen. Er trat, als er an mir vorbeiging, ohne ersichtlichen Grund mit der Hacke in den Stuhl, dass dieser brach, und dann schlug er mit dem Fuß mir in das Gesäß und sagte: „Du Winzling passt nicht in dieses Haus!“
In mir brach das ständig nagende Gefühl meiner Wenigkeit mit einem Male wieder auf. Und als ich am Spätnachmittag in unsere Moorkate kam, suchte ich, bevor ich auch nur ein Wort mit meiner Mutter gewechselt hatte, die Aufzeichnungen des Lehrers hervor, die ich nun wieder an einem anderen Ort vor meiner Mutter in Sicherheit bringen musste. Und ich blätterte vorsichtig in den brüchigen, knisternden Pergamenten, und als ich - im letzten Abendlicht - eine Seite von der anderen gelöst hatte, stand dort vom Lehrer geschrieben, was ich schon hundertmal gelesen hatte:

„Er lag zusammengewunden wie ein Knäuel Garn, und die Hebamme wollte ihn aus dieser Starre lösen und ihn an den Beinen in die Luft heben, damit er sich entrollen konnte, doch der Junge blieb auf merkwürdige Weise eingewickelt und um den Bauchnabel gekrümmt. Und so würde er bis an sein Lebensende sein.
Seinem Vater war er so viel wert wie ein herumstreunender Köter, und hätte er nicht die Bissigkeit eines kläffenden Hundes gehabt, er wäre schnell unter die Räder gekommen. Er bekam die Brotkrumen, und er leckte die Schüsseln aus, und wenn sein Vater ihm den Napf Hirsebrei hinstellte, aß er um sein Leben.

Ranzen Donnerkeil taugte nicht für das wirkliche Leben. Das spürte er, und das tat man ihm kund. In seiner Kindheit, die keine war, lernte er nach oben zu schielen, lernte er, Schmerzen zu ertragen, insbesondere die des Spotts und der Verachtung. Er war der Schwächste in der Familie, und einmal hörte er den Vater sagen, hätten wir diese Nachgeburt doch einfach weggeschmissen.
Das kränkte ihn, aber er ertrug diese Sätze. Er war missachtet. Und deswegen musste er sich durchbeißen. So verhielt er sich entsprechend seiner Geringfügigkeit: Klein, unauffällig, still; doch wenn irgendeiner einen Bissen beiseite legte, um einen Schluck Wasser zu trinken, hatte er ihn nicht selten ins Hemd geschoben, um ihn später heimlich zu verkauen.
Die Schule hatte er nicht kennen gelernt, weil sie für die Ärmsten nicht existierte. Doch der Vater hätte ihn auch nicht zur Schule gehen lassen. Denn Schule kostete Geld, und wie soll ein Tagelöhner so viel Geld erübrigen, um sein Kind zur Schule zur schicken.
Und doch lernte er mehr als andere. Der evangelische Küster war auf ihn aufmerksam geworden, weil dieser Junge mit dem rötlichen Gesicht in der Christenlehre meistens eher den Finger oben hatte als die anderen. Zwar wurde er, wenn er in der Kirche antwortete, meist verlegen und errötete tief, doch er wagte es immer wieder, sich zu melden.
Dass ich ihn aber wirklich ins Herz schloss, lag in der Begabung des Jungen, singen zu können. Er sang mit lauter, klarer Stimme, und jeder wunderte sich, dass ein so

schmächtiger Brustkasten so helle Töne erzeugen konnte, dass jeder in der Kirche bis in die hintere Reihe diese Stimme vernahm.
Ranzen Donnerkeil blieb aber in Goldenstedt für die Altersgenossen die Fußmatte, die den Staub von ganz Goldenstedt zu schlucken hatte. Und parierte Ranzen Donnerkeil nicht, dann drohte man ihm mit dem Finger, dann warf man einen Stein nach ihm, wie man ungehorsamen Hunden Steine hinterher warf, dann trat man ihm in den Hintern, so dass er jaulte, und aus dieser Erfahrung heraus blieb Ranzen Donnerkeil klein, still, duckmäuserisch, ängstlich.
Und hungrig. Und wenn ich ihn in mein Haus lud, dann aß er zunächst, bevor er reden konnte.“

Als ich diese Sätze des Lehrers über mich las, rollten doch einige Tränen über meine Wangen. Das gehörte sich zwar nicht für einen 18-jährigen Jungen, aber ich bitte mir dieses nachzusehen. Es war ja tatsächlich so, dass ich allein auf der Welt war. Und deshalb wollte ich meinen leiblichen Vater um jeden Preis finden. Ich brauchte eine Hoffnung, an der ich mich festhalten konnte.
Ich verschloss die Ledertasche und versteckte sie in dem geringelten Torf, den mein Vater Donnerkeil bereits gestochen und zum Trocknen ausgelegt hatte.
Dann erst sprach ich mit meiner Mutter, die von sich aus nichts über ihre Entführung erzählte. Als sei eine Entführung nun mal etwas ganz Gewöhnliches in Gol-

denstedt, wo doch jeder Einwohner mich hundertmal gefragt und gefragt hatte.
Sie verstrickte sich in einige Widersprüche und spielte die Angelegenheit herunter, und als ich ihre Finger sah, ihre Fingernägel, denen der sonst übliche Trauerrand aus Schmutz fehlte, ahnte ich bereits, dass die Entführung vielleicht doch nur vorgetäuscht war.
Am Abend, als mein Vater Donnerkeil vom evangelischen Kirchenprovisor und Bauern Bredemeyer, auf dessen Feldern er gerade arbeitete, zurückkam, stellte er sich in eindeutiger Weise hinter meine Mutter und schickte mich hinaus ins Moor, um weiter den Torf auszustechen, obwohl es dunkel war. Dann rief er mich zum Essen ins Haus. Die Unterhaltung war angenehm, denn mein Vater war heute gut aufgelegt und erzählte, dass der evangelische Bredemeyer ein unstatthaftes Verhältnis mit der katholischen Bulgen führe, der Frau, der Pastor Droste am Ostersonntag die Kommunion verweigert hatte.
Ich wagte meine Mutter aus Angst vor Schlägen im Beisein meines Vaters nicht nach der Uhr und den Anfangsbuchstaben „RD“ von Ranzen Donnerkeil, die ja nicht zufällig sein konnten, zu fragen. Deswegen reizte ich sie, von ihrer Entführung zu erzählen. Sie übertrieb in allen Aussagen, um wohl von den tatsächlichen Gründen abzulenken. Sie brachte schwarze Reiter ins Spiel, sprach von der Todesangstbruderschaft, sprach von den Behörden und dass sie 9 Tage in einem gefängnisähnlichen Raum mit Gittern vor dem Fenster und den Türen

gesessen habe, bei Wasser und Brot.
Sie hatte, das sah ich sofort, nicht ein Gramm abgenommen.
Jeden Tag sei sie verhört worden. Ein Mann in schwarzer Kleidung habe wissen wollen, ob ihr Mann Donnerkeil etwas Böses gegen die katholische Religion im Schilde führe. Ob er gegen die Erlasse Roms predige, ob er gegen den Bischof von Münster die Bauern aufhetze und ob er der Verantwortliche gewesen sei, der das Schreiben habe verfassen lassen, mit dem man gegen das Verbot der Mastung von Schweinen in der Mark protestieren wolle.
Mein Vater schien alles zu glauben, was Mutter sagte. Und da er, Donnerkeil, ja nun in Wirklichkeit die Ursache der Entführung gewesen war, war er stolz auf sich und seine Frau, die so tapfer zu ihm gehalten habe.
So einfach kann man sich mit der erfundenen Wahrheit doch nicht zufrieden geben, dachte ich, doch Vater ließ sich von Blanda ihre Kerkererlebnisse erzählen.
„Was wollten sie denn noch von dir wissen?“, fragte ich, und sie schilderte dann ausführlich einen länger zurückliegenden Vorgang, an dem ich beteiligt gewesen war und über den ich ihr alles erzählt hatte. Und nun tat sie so, als habe sie die Geschichte von dem schwarzen Mann erfahren. Sie log, und sie lachte dabei und hielt das Kinn meines Vaters, und unter dem Tisch hatte sie ihr Bein in den Schoß meines Vaters gelegt.

Es ging um folgendes:
Die münsterschen Katholiken in Goldenstedt waren in großer Sorge, denn die Regierung in Münster hatte ein Gesetz verabschiedet, das den Bauern und Heuerleuten die Mastung der Schweine in der Mark verbieten wollte. Die lutherischen Münsteraner hatten dieselben Sorgen, und so taten sich trotz tiefer Abneigung gegeneinander seit langer Zeit zwei Religionen zusammen, um ihre seit altersher angestammten Rechte zu verteidigen. Bisher war es so gewesen, dass die Bauern, gleichgültig ob hofhörig, leibeigen oder frei, ihr Vieh in die Wälder trieben, um es zu mästen. Besonders die Eichenwälder gaben reichliche Ernte für die Schweine. Das Mastrecht der Bauern bestand in der Zugehörigkeit zur Markgenossenschaft, zu der fast alle mit vollen oder halben oder Zwei-Neuntel-Anteilen gehörten.
Doch auf Befehl der Münsterschen Regierung hatte Obervogt Unkraut kund gemacht, dass ab sofort die Schweinemast in den Wäldern reduziert werden oder aber Abgaben entrichtet werden mussten. Obervogt Unkraut verfügte, dass die eigen- und hofhörigen Bauern die halbe Mastung dem Landesherrn, also dem Bischof von Münster, zu entrichten hätten, und zwar pro Schwein seien 2 Taler zu zahlen. Zu diesem Zwecke visitierten der Obervogt Unkraut, seine zwei Untervögte und der Rentmeister Dünnrippe die einzelnen Höfe und stellten Schatzregister über die Größe der Eichelgärten und die Zahl der Schweine auf. Das brachte jeden Bauern in große Verlegenheit.

Das erzählte meine Mutter uns beiden, und mein Vater Donnerkeil schlang es gierig wie süße Arznei hinunter, und er merkte nicht, dass ich das alles niedergeschrieben und sogar meiner Mutter vorgetragen hatte, als die Katholiken gegen dieses Gesetz Einwände erheben wollten.
Der evangelische Kirchenprovisor Bredemeyer hatte Pastor Droste gebeten, ein Schreiben aufzusetzen, doch der hatte sich geweigert; denn er könne doch dem Bischof von Münster nicht in den Rücken fallen.
Da die Bauern nun keinen gefunden hatten, der richtig schreiben konnte oder wollte, denn auch der Küster hatte abgelehnt, da hatte mich Bredemeyer gedungen, und ich hatte alles genau so niedergeschrieben, wie es auf der geheimen Versammlung abgelaufen war. Und dieses gab nun meine Mutter zum Besten. Sie gab sogar die Aussagen der Versammlung fast wörtlich wieder. Das einzige, was ich an meiner Mutter augenblicklich bewunderte, war ihr gutes Gedächtnis. Sie fuhr fort spannend zu erzählen, indem sie die einzelnen Bauern wie in einem Zwiegespräch zitierte:
„Wir kommen gerade über die Runden“, klagte der evangelische Kirchenprovisor Bredemeyer.
„Wir müssen immer einige Schweine bei der Schätzung verbergen, weil wir sonst bei Zahlung des Zehnten über Gebühr veranschlagt werden. Der Grundherr zieht uns das Fell über die Ohren!“, wandte Westermann ein, den aber keiner ernst nahm, weil er einer Fliege den Krieg erklärt hatte.

„Wir dürfen nicht einmal mehr Holz schlagen, um unsere Höfe zu reparieren. Immer brauchen wir die Erlaubnis des Grundherrn“, erzürnte sich Hollinden.
„Und wenn wir dort, wo wir das Holz für unser Fachwerk schlugen, nicht sofort einen Telgengarten mit Pflänzlingen anlegen, werden wir bestraft“, erregte sich Johann Bösken.
„Wir arbeiten unser Leben lang auf unserem Hof, aber er gehört uns nicht“, rief Bredemeyer zornig. Dann wandte er sich an Ranzen Donnerkeil. „Du kannst richtig schreiben. Schreib auf, was wir denken! In gutem Stil! Schreib, dass wir nicht in der Lage sind, die Mast für die Schweine zu zahlen, ohne das Leben unserer Familie zu gefährden. Das neue Gesetz führt uns in den Ruin.“
Das stellte meine Mutter in plaudernder unterhaltender Weise dar und setzte zum Schluss noch hinzu, dass Bredemeyer mich, Ranzen Donnerkeil, beauftragt hatte, ein Schreiben aufzusetzen und bei nächster Gelegenheit der Bauernversammlung vorzulegen, und sie könnten dann abstimmen, ob man es dem Obervogt Unkraut oder sofort dem Droste von Vechta zusenden sollte. Darauf erhob sich ein Wutgeheul, denn fast jeder hatte die Knute des Obervogts schon an eigenem Leibe erfahren.
Und mein Vater setzte noch eins drauf: „Ich werde dem Obervogt Unkraut bald eins auswischen, damit er nicht vergisst, dass er uns ins Moor verbannt hat!“
Er schlug mit der Hand auf meine Schulter, so dass ich

zu husten anfing. Er war anscheinend wieder versöhnt, war zufrieden, dass seine Frau wieder zu Hause war, ich aber wunderte mich, dass die Vögte, weder der Münsteraner noch der Hannoveraner, bei uns aufgetaucht waren, um nach dem Rechten zu sehen. Denn eine Entführung ist doch ein Verbrechen.

Christa Kessens

9.

Seit meine Mutter wieder bei uns im Moor wohnte, war der Weg durchs Moor nach Diepholz ein wenig belebter geworden. Sie hatte für jeden ein freundliches Wort übrig. Nur mir war sie nicht wohlgesonnen, weil ich sie täglich nach der goldenen Uhr fragte und darauf bestand, dass sie mir gehörte und nicht ihr. Denn schließlich war sie in mein Taufbett gefallen oder gelegt worden.

Sie runzelte die Stirn: „Du bist ein hinterhältiger Mensch!"

Ich gab keine Ruhe und forderte die Herausgabe der Uhr.

„Nur einmal möchte ich sie in den Händen halten, einmal nur fühlen, wie schwer sie ist, einmal nur sehen, ob sie echt ist. Und ich möchte sie meinem Vater zeigen."

Vor Donnerkeil hatte sie Respekt. Und wohl nur deshalb ließ sie sich auf diesen Handel ein und meinte: „Ich zeige dir die Uhr, und du wirst lesen, dass sie mir gehört; denn das steht hinten auf dem Deckel, und dann sagst du Vater nichts!"

Damit hatte sie sich verraten.

„Dann ist es also kein Zufall, dass die Uhr ins Bett fiel."

„Warum nicht?"

„Weil doch auf dem Deckel steht, dass sie dir gehört. Wie soll das gehen?"

Sie fühlte sich ertappt.

Dann stellte ich die alles entscheidende Frage: „Ist Donnerkeil mein Vater?"
Sie schwieg. Nach fünf Minuten sagte sie: „Ich habe die Uhr in der Kirche versteckt, weil sie vor deinen langen Fingern in unserem Haus nicht sicher war. Sie liegt in einer morschen Stelle der Rücklehne des Beichtstuhls. Wenn du willst, sieh sie dir an. Aber lass Vater aus dem Spiel. Ich werde sonst dafür sorgen, dass du das Moor von unten siehst!"

Alle in meinem Alter arbeiteten in Goldenstedt, alle, nur ich nicht. Schon die kleinen Kinder ab fünf Jahren mussten auf den Feldern helfen, Kühe hüten, Kannen schrubben, Unkraut jäten, Butter stampfen, Tee pflücken, wilde Erdbeeren suchen, Möhren ziehen und abschrubben, Rüben vereinzeln, Kohl brechen, Kartoffelkäfer von den Blättern absammeln, Tinte von den Eichen sammeln, Bucheckern und Eicheln für die Schweinemast auflesen, verdorrtes, trockenes Holz aus den Wäldern holen und zerkleinern, Reisigbesen zusammenbinden, Putzwedel knoten, Maulwürfe ausgraben, Vogelnester ausnehmen, die Kühe melken - nicht ein Tropfen durfte am Eimer vorbeispringen - und aufräumen. Täglich wurde aufgeräumt. Die Höfe sahen wie Schlachtfelder aus, wie von Fluten zusammengeschobener Ballast von kaputten Geräten. Deshalb räumten alle auf, fegten die Steine direkt vor der Dielentür blank, und am Samstag wurde der ganze Hof geharkt.

Nur ich konnte nicht arbeiten. Mein Rückenleiden schmerzte schlimmer denn je, und da ich auch dreckige Finger hasste „ ich fürchtete sie wie eine Krankheit - schob ich hin und wieder, wenn Vater nicht in der Nähe war, die Unerträglichkeit von Schmerzen vor. Ich fühlte mich wie ein Fremdkörper im Dorf und auf dem Felde unter den Leuten.
Mich interessierten Vögel, Pflanzen, Blumen, mich faszinierte Gesang, ich sang selbst gern, und ich war von Wörtern in den Bann zu schlagen. Ich las alle Buchstaben, die in Goldenstedt existierten. Es gab kein Wort, das in Goldenstedt niedergeschrieben, ich nicht schon gelesen und auswendig gelernt hatte. Sogar die lateinischen Wörter in der Kirche kannte ich auswendig, und ich ärgerte mich, dass es in Goldenstedt wegen der evangelischen Religion keine Messdiener geben durfte, weil ja der Küster alle Altartätigkeiten übernahm. Aber ich wäre gerne Messdiener geworden und hätte gerne die lateinischen Gebete auswendig gelernt. Es machte ungeheuren Eindruck auf mich, wenn Pastor Droste in lateinischer Sprache Gebete sprach und erklärte, überall auf der Welt werde in allen Messen dasselbe in Latein gebetet und jeder könne jeden verstehen, es sei denn, er sei auf den Kopf gefallen und sei des Lateinischen nicht mächtig.
Die wichtigsten Sätze kannte ich.
Und ich liebte Gedichte. Ich hatte immer gedacht, dass ich diese Leidenschaft von meinem Vater Donnerkeil geerbt hätte, doch da ich ja nun annehmen musste, ja

fast sicher wusste, dass ich nicht sein Sohn war, musste ich diese Liebe für Wörter in Gedichten von einem anderen Mann bekommen haben; denn meine Mutter hielt nichts von Wörtern. Sie war gut im Lügen und drehte die Worte so hin, dass sie passten und meinen Vater becircten, aber sie kannte kein Lied und kein Gedicht auswendig.

Ich saß jetzt in der Kirche und betrachtete sie, als wär sie meine eigene. Ich konnte noch nicht auf die Suche nach der Uhr gehen, weil Ripken Oma vor dem ewigen Licht kniete. Deshalb sah ich mir die Kirche an. Irgendwie hatte ich immer Angst; denn insgeheim spürte ich, dass die Katholiken ältere Rechte hatten als wir.
Der Beichtstuhl stand auf der Evangelienseite. Auf dem Chor waren zwei Stühle: der des Pastors und des Küsters. Es fehlten zwar nach der großen Zerstörung die Gewölbe, aber die Decken waren schön ausgemalt. Die Kanzel befand sich in der Mitte der Kirche an der Wand zur Epistelseite. Die Männerbänke rechts sahen noch ganz gut aus, aber die Frauenbänke könnten ausgebessert werden. Die Bilder der zwölf Apostel gefielen mir gut, und das Bild der hl. Jungfrau von Telgte und das Bild des hl. Gorgonius ärgerten mich auch nicht mehr wie früher, als der Küster Gerhard Hermann Holtmann uns in der Christenlehre unterwies, Heiligenbildnisse seien nichts für rechtgläubige Protestanten. Damit könne man wohl Katholiken abspeisen, nicht aber aufgeklärte Protestanten. Die Katholiken

bräuchten Bilder, weil sie eine schlechtere Vorstellungsgabe hätten und weil Heiligenbilder die Mystik vergrößerten.
Der Pastor musste sich hinter dem Altar umkleiden; doch der Küster hatte sich zu Hause bereits in das Küstergewand zu werfen. In der Kirche sei kein Platz für ihn, hatte mir Gerhard Hermann Holtmann einmal erklärt.
Die Sakristei fehlte. Zwei Türen nur, eine an der Evangelienseite, die andere im Turm, durch die der Amtsvogt Magius bei der Einführung des Küsters die Flucht ergriffen hatte. An den Türen sah man immer noch Spuren von Kriegshandlungen aus früheren Jahren.
Da ging die Tür auf, und die Haushälterin des Pastor Droste trat ein, um Öl ins ewige Licht zu gießen. Sie sah mich in der dunklen Kirche und fragte misstrauisch: „Was machst du hier?“
„Ich bete wie Hochwürden, stör mich nicht in meiner Andacht vor Gott!“, antwortete ich schlagfertig, denn ich wurde auch von der Haushälterin, die eine Schwester des Pastors war, herumgestoßen. Ich wollte mich schon seit längerer Zeit gegen ihre ungerechtfertigten Anwürfe wehren, aber mir fiel nichts Geeignetes ein. Aber irgendwann kommt der Tag der Rache. Ich müsste ihr die letzte Ölung geben, dann würde sie kuriert sein, dachte ich, denn jeder in Goldenstedt glaubt, dass man nach dieser Ölung sicher sterben werde.
Der Pastor hatte noch einen weiteren Verwandten im Pastoratshause wohnen, einen Schwesternsohn. Außer-

dem hielt er einen Knecht und zwei Mägde, die alle zusammen das Haus in Ordnung hielten. Der Knecht war aus Oythe, die eine Magd, 14 Jahre alt, musste das Vieh hüten, die andere mit in der Küche helfen. Den dritten Teil des Ackers bebaute der Pastor selbst, das übrige hatte er verheuert. Er konnte es sich leisten, gehörte er doch zu den Reichen des Dorfes.
Er besaß nicht diese Tragik wie ich in meiner Seele, nicht zu wissen, wohin man gehörte!
Ich saß auf einem Stein, schlug ein Bein über das andere, stützte den Ellenbogen darauf. Das Kinn und eine Wange hatte ich in meine Hand geschmiegt. Da dachte ich in Sorge, wie man in der Vogelweide von Goldenstedt leben sollte.
Kaum war Ripken Oma aus der Kirche gegangen, forschte ich nach dem Versteck. Ich war zittrig, doch ich fand die Uhr ohne Hindernisse in der Rückenlehne des Beichtstuhls. Ich zog sie vorsichtig aus dem morschen, feuchten Astloch heraus und betrachtete sie mit zwiespältigen Gefühlen. Diese Uhr also stammte von meinem leiblichen Vater? Ein wenig zitterten meine Hände.
Auf der Rückseite des Uhrdeckels war tatsächlich „R D“ eingraviert, und um RD herum in kleiner Schrift kreisförmig ein Satz, den ich Buchstaben für Buchstaben entziffern musste, weil er in lateinischer Sprache abgefasst war. Doch während ich gedankenverloren das Latein studierte, legte mir plötzlich die Bulgen die Hand auf die Schulter.

Die Bulgen, die Unfromme, die einzige Frau im Dorf, die hin und wieder keine schwarze Kleidung trug und deren Brüste das Kleid zu sprengen drohten. Die sündige Frau. Ich erschrak tief, ja, ich zitterte - so viel Unkeusches hatte ich schon über sie gehört - und lief rot an. Meine Schultern zuckten wohl schlimm, denn sie sagte: „Nun beruhige dich, mein Junge, ich will nichts von dir. Ich bringe nur Öl für die Totenlampe."
Doch als sie in meiner bebenden Hand die glitzernde goldene Uhr sah, wurde sie neugierig, ja vermessen und fragte: „Wie kommt eine glitzernde Uhr in die Hände eines armen Jungen, Donnerkeils Sohn?"
Ich konnte nicht antworten.
Dann sagte sie: „Schau mir mal in die Augen!"
Das tat ich, doch meine Lider zuckten, und die Augenbrauen wollten nicht stillstehen.
Sie biss auf ihre Unterlippe, zog sie unter ihren Zähnen her und meinte: „Augen, deine Augen, nun an wen erinnern mich deine Augen? So traurigschöne Augen!"
Das sagte sie wohl zehnmal und mehr, und ihre tiefe, leicht heisere Stimme beunruhigte mich zusehends. Sie blickte mir immer noch in die Augen, sah meine Verlegenheit, meine aufsteigende Röte, die sich wie ein Schwamm bis in meine Haare fortsetzte, dann sagte sie in fast wortkarger Kürze: „Deine Augen sind so traurig wie die vom Küster! Zeig mir das gute Stück, das du da in der Hand hältst!"
Ich steckte es in die Hosentasche; doch es fiel durch das Loch sofort durch die Hose auf die Fliesen, und ich

erschrak, denn das Glas war gesprungen.
In meiner Aufgeregtheit bückte ich mich, hob die Uhr vom Boden auf und rannte aus der Kirche.

10.

Natürlich war ich gespannt, ob ein Hinweis auf der Uhr zu finden war, der auf meinen leiblichen Vater hindeutete. Ich las auf dem Nachhauseweg ins Moor immer wieder den lateinischen Satz, den ich nicht verstand, der aber so hieß:
PATREM AGNOSCET FILIVS
CORPORIS PROVIDENTIAM REVERENS ANIMIQUE
FILIUM AGNOSCET PATER
Einige Buchstaben waren deutlicher als andere geschrieben, doch was sollte das bedeuten?
Es gab das Wort PATREM, in dem der Buchstabe „M" groß und stärker graviert worden war als A oder E oder R. Was hatte das zu bedeuten? Als ich alle auffälligen Buchstaben sortiert hatte, ergab sich ein kurioses Bild von Buchstaben, die mir nichts, aber auch gar nichts sagten. Obwohl ich geduldig war und versunken warten konnte, einen Monat und länger auf Antwort oder auf eine Lösung lauern konnte, wusste ich mit dem Phänomen dieser Buchstaben nichts anzufangen.
Und als ich immer tiefer ins Moor kam, die ersten seltenen Vogelstimmen hörte, die im Dorf Goldenstedt schon nicht mehr zu hören waren wie den Neuntöter, sah ich meinen Vater in der Grube am schwingenden Wegesrand stehen und die Torfsoden auf den Weg werfen. Ich blieb bei ihm und schichtete die Torfbarren ohne Aufforderung kreuzweise auf, damit der Wind

hindurchgehen könne und die Soden schnell trockneten.
Seit einer Woche schon arbeitete mein Vater, von dem ich nun sicher annahm, dass er mit mir nichts zu tun hatte, im Moor und grub Torf. Und er war - das glaube ich - zum ersten Mal glücklich oder zufrieden; denn die Markgenossenschaft hatte ihm dieses Stück Moor ohne Geld abgetreten, nicht aus Gutherzigkeit, sondern in der Absicht, ihn aus dem Dorf fern zu halten und um ihn loszuwerden.
Es war sein Eigentum; es waren fast 6 Hektar Moor. Eigentlich unbrauchbarer Boden, sumpfiges Gelände, ohne Möglichkeit, etwas anzubauen, aber der Grund war sein eigen - und darauf war er stolz, und er sagte zu mir an diesem Tag, als ich ihm half, zu meiner Verwunderung ein Gedicht auf:
„Der Mensch braucht ein Plätzchen,
und sei's noch so klein,
von dem kann er sagen:
Sieh hier, das ist mein.
Hier leb ich,
hier lieb ich,
hier ruh ich mich aus,
hier ist meine Heimat,
hier bin ich zu Haus."
Ich half ihm, bis die rote Sonne unterging. Das Wasser stieg in der Grube, in der Donnerkeil barfuß arbeitete. Er warf die Soden, fein abgestochen, mir zu, und ich schichtete sie auf.

„Die werden wir im Winter verkaufen! Und wenn nicht hier, dann in Osnabrück!“, lachte er, und ich spürte, er würde, wenn der Verkauf klappen sollte, nie wieder das sperrige, schwere Langholz nach Bremen fahren, nie wieder sich mit Culemann einlassen, nicht wieder mit dem heuchlerischen Meier Caspar Christian Lux streiten, sich nicht mehr um Pastor Droste kümmern, um keinen mehr. Er bräuchte nicht wie die anderen Bauernsöhne und Heuerleute nach Holland zu gehen und dort den Torf zu stechen und das Gras zu mähen. Er könnte in seiner Heimat bleiben. Er stand auf eigenen Beinen.

Obwohl mir der Rücken weh tat, half ich ihm, um ihn nicht zu enttäuschen. Und als wir nach Hause gehen wollten, geschah etwas Wundervolles.

Mein Vater, dieser Rüpel, dieser unbändige Mann, der nur die schmutzigsten Arbeiten zu verrichten hatte, der nur die schlimmsten Wörter im Munde führte, nahm mich, als er schmierig und schweißüberströmt aus der Grube kletterte, in den Arm. Er drückte mich, sah mich an, klopfte mir auf die Schulter und lachte.

Doch mein Glück währte nicht lange.

Denn bevor wir unser Haus betraten, hörten wir die polternde Stimme des Obervogts Unkraut. Ich entdeckte, als ich ihn betrachtete, den Ringfinger, an dem er einen glitzernden Ring trug. Der Finger war gekrümmt. Was mich aber noch mehr irritierte, war dessen Geruch. Er roch nach Kernseife und Rosenöl, und denselben Geruch hatte ich, Ranzen Donnerkeil, vor Jahren in

meinem Elternhaus gerochen.
Der Ringfinger dieses Unmenschen glich meinem in verwünscht ähnlicher Weise. Und besonders erschreckend empfand ich, dass dieser Vogt in der Kirche, wenn er zur Wandlung kniete, mit dem Ringfinger auf die Holzbank pochte. Und ich selbst hatte mich dabei ertappt, dass auch ich den Ringfinger benutzte, wenn ich bekräftigen wollte, was ich sagte.
Obervogt Unkraut hatte in unserer Abwesenheit meine Mutter verhört, und mein Vater starrte ihn an wie ein Stier, die unsichtbaren Hörner auf ihn gerichtet, und der Obervogt Unkraut musste gespürt haben, dass eine kriegerische Stimmung sich schnell zuspitzen konnte. Nur für mich hörbar, zischte mein Vater: „Eines Tages werde ich ihn ersäufen!"
Der Obervogt Unkraut war in dem Verhör anscheinend zu nichts gekommen, und deswegen verließ er, als die Sonne längere Schatten warf, unser Haus, gerade in dem Augenblick, als auch meine Schwester Marie zur Tür hineinkam.
Sie legte ein großes schwarzes Kastenbrot, eingeschlagen in braunes Packpapier, auf den Tisch.
„Für euch", sagte sie.
Da lachte der Vater, zuerst laut, dann grinste er, und die Falten um die Augen verdreifachten sich.
„Von welchem Geld?", fragte Blanda, während sie mit einem Waschlappen über sein Gesicht und die Stirn wischte.
„Gib mir das Brotmesser!", sagte Donnerkeil. Dann

schnitt er die Kruste ab. „In den kirchlichen Kammern wird das Brot wohl vorher gesegnet“, spottete er, „mit Kreuzzeichen und Weihwasser und der katholischen Brille“, steckte sich das Bot in den Mund und kaute darauf herum.

„Mächtig!“, meinte er, schnitt noch drei weitere Schnitten ab, warf Marie eine hin, seiner einzigen Tochter, die am Tisch nun die gekochten Kartoffeln in Scheiben für die Bratkartoffeln zerschnitt, und Donnerkeil meinte: „Greift zu! Das gibt es nicht alle Tage.“

Ich kaute auf dem trockenen Brot herum, trank Wasser dazu, blickte auf den geschrubbten, zerkratzten Tisch, auf den Lehmfußboden, der leichte Unebenheiten hatte, auf die geliehenen, gerissenen Fensterscheiben, durch die der Wind über Tag ging. Vor den Fenstern waren hölzerne Läden gegen die Kälte im Winter und vielleicht auch gegen Diebe, obwohl es in Goldenstedt und Umgebung keine Diebe gab. Aber wir Donnerkeils lebten im Moor, waren dorthin ausgebürgert worden, und Händler kamen nur am Haus vorbei, wenn sie über den Bohlenweg nach Diepholz gingen, um dort auf dem Trödelmarkt ihre Habseligkeiten feilzubieten.

Ich dachte, mein Vater ist voller Widersprüche.

„Du kannst heute Nacht in der Kammer von Ranzen schlafen, dort liegt noch ein Strohbett“, sagte der Vater, und ich wunderte mich über seine Freundlichkeit. Als es dunkel wurde und der letzte Fettspan rauchend zu Ende gebrannt war, holte Donnerkeil den Schnaps aus dem Schrank. Ich hatte ihn wohl oft betrunken nach

Hause kommen sehn, aber im Haus hatte der Vater selten einen Tropfen angerührt.
Er stellte zwei Gläser auf den Tisch, goss sie voll, „trink auf", sagte er, „und ihr Weiber könnt euch ruhig schon hinlegen", und wies damit auf Marie und Blanda, goss nach, und so tranken wir eher schweigsam als gesprächig fast die Flasche leer.
Verbrüderung, dachte ich, oder doch nur Verlassenheit? Ahnte er meine Gedanken, denn er sagte: „Sag mir nicht, was du denkst!"
Und dann fragte ich den Vater, woher er das wisse, das mit der katholischen Brille.
Der zog die Stirn kraus, lachte vor sich hin und sagte: „Ich hab es mal in Bremen gehört, als ich mit Landmeiers Fuhre Holz unterwegs war. Wir hatten gerade die Langbäume abgeladen, gingen in die Stadt, um einen zu trinken, da stand ein Mönch vor dem Roland, barfuß im Herbst, es war schon kühl, er stand da, um ihn herum viele Leute, und er predigte, er redete vom rechten Glauben, von Armut und dass man nicht fein, sondern einfach sein sollte, kein Pomp und kein Glitzer, und er sagte, wer das Leben durch die katholische Brille sieht, sieht alles viereckig, obwohl es rund ist."
„Viereckig? Was soll das?"
„Das hab ich mich auch gefragt. Damals. Doch ich war so durstig, dass ich zuerst in die Destille ging und eine Kanne Bier trank. Doch dann dachte ich wieder an diesen Barfußläufer. Ich konnte ihn durch die Butzenscheibe sehen. Der stand immer noch da. Ich ging hin

zu ihm und rief: >He, Barfußläufer, was ist eine katholische Brille?< Es waren noch mehr Neugierige gekommen. Er sah mich, dann winkte er mich heran, und ich stand vor ihm.

Und er sagte: „Wenn du eine Brille aufsetzt, die alles vergrößert, dann kommt dir die Welt größer vor, als sie ist. Stimmts? Und wenn es eine Brille gibt, die alle roten und grünen Farben herausfiltert, dann gibt es in deiner Welt nichts Grünes und nichts Rotes."

Ich, Ranzen Donnerkeil, schluckte. Ich blickte voller Bewunderung meinen Vater an. Er war mein Vater, denn vieles von dem, was er dachte, hatte ich von ihm. Er war stark wie ein Bulle, aber das einzige, was er nicht wusste, war, dass ein Stier auch Hörner hatte, um einen Grundherrn damit aufzuspießen.

„Wieso ist alles auf der Welt viereckig?", fragte ich.

„Alles auf der Welt ist so, wie du es mit deinen Augen siehst, das sagte der Barfußläufer. Und wenn du die Welt durch die katholische Brille siehst, ist alles katholisch, dann ist das meiste Sünde, dann ist die Liebe sogar Sünde. Und wenn du alles mit den Augen der Protestanten siehst, sind die Katholiken armselige Irrläufer. Und wenn du es mit meinen Augen siehst oder mit den Augen von Gottlosen oder Verlassenen oder Armen, dann ist Diebstahl zwar nicht gerade gut, aber wenn er deinen Hunger stillt, ist er ganz angenehm."

Diese Sätze kannte ich, und ich hatte sie oft in dieser Kate und in unserem anderen Haus am Dorfrand von Goldenstedt gehört. Ich hatte meinen Vater dafür bewundert und auch verflucht, denn die Sätze hatten mich verunsichert. Es war genau das Gegenteil, was der Pastor predigte und was der Grundherr befahl und was der Meyer verlangte. Und die Liebe? Sich in die Hose zu schauen, war ein Verstoß gegen das 6. Gebot. Ist es Sünde? Ist es Todsünde, die dich unmittelbar in die Hölle bringt, in die helle heiße Hölle, wo eine unübersehbare Uhr an der hinteren Wand hängt, deren großer Pendel auf und nieder geht und jedes Mal „Immer - Nimmer" raunt. Immer bleibst du in der Hölle, und nimmer kommst du wieder hinaus.

Wenn der Vater Recht hatte, wäre das Leben so einfach. Dann gäbe es keine Sünde, weil nur die Brille die Sünde in die Welt gebracht hatte. Und hatte Jesus nicht auch mit Maria Magdalena, der Hure, das beste aller Verhältnisse?

Wir hatten die Flasche Schnaps, billigen Rübenschnaps, leer getrunken. Wir grinsten uns an und redeten Dinge, die morgen schon nicht mehr wahr sein dürften.

Ich nickte immer wieder, manchmal schlug er auf den Holztisch. Mit den Fingernägeln fuhr er an der Maserung entlang, holte einige Krümel aus kleinen Schnittlöchern, steckte sie in den Mund und spuckte sie auf den Boden, wenn sie bitter waren.

„So ist das also", sagte ich.

„So ist das", antwortete der Vater. „Wer katholisch denkt, ist verloren für sein ganzes Leben."

„Aber was mache ich mit meinem Geschlecht? Ich kann es nicht mehr aushalten, wenn ich den Bredemeyer mit

der Bulgen sehe“, sagte ich, betrunken frei, „ich habe sie hinter Hilgeforts Hecke gesehen.“
„Die Bulgen kann es einfach nicht lassen“, lachte Donnerkeil, „frag sie doch, dann tut sie es schon. Gib ihr einen Groschen, und sie ist zufrieden. Ich kenn’ mich da aus.“
Er stand auf und schlug mir mit voller Lust auf die Schulter. Dann schlurfte er, ohne sich gewaschen zu haben, mit dem verkrusteten Schweiß auf der Stirn, den auch der Waschlappen nicht beseitigt hatte, ins Bett.
Ich lag in meinem Strohbett, und weil ich betrunken war, weil mir kalt war und weil Marie, meine Schwester, eine Frau war, wie die Bulgen eine Frau war, flüsterte ich: „Marie, bist du noch wach?“
Und als sie nicht antwortete, kroch ich in ihr Bett, zaghaft, ängstlich, legte mich in meiner Trunkenheit und Sehnsucht neben sie und spürte ihre Wärme, und dann strich ich mit den Fingerspitzen über ihre Schulter, ich achtete auf ihren Atem, und ich meinte, dass er schneller ging, und ich wagte es, mit den Kuppen in den Ausschnitt unter ihren Achseln vorzudringen, ich ertastete ihre Haare unter den Armen, und es kam mir vor wie die Eroberung einer Stadt durch den Kaiser.
Ich schloss die Augen, dachte an Lüke, und ich dachte an Thiemanns Lina, die ich beobachtet hatte, als sie ihre Haare über dem Spülstein wusch, wie sie zwei Kannen Wasser über ihren Kopf goss, die aus Knochenmehl verklumpte Seife in den Haaren zerrieb, dass sie schäumten, und ich war zu ihr gegangen, um eine wei-

tere Kanne Wasser aus dem Brunnen zu holen und ihr über den Kopf zu gießen, und dabei hatte ich in ihr Kleid gesehen, und hatte gesehen, wie Ratten Paul sich an der Hausecke die Lippen zerbiss.
Ich berührte nun mit größerem Mut Maries Brust, und ich meinte, dass sie wach wäre und es duldete, und deswegen grub ich mich ein in ihr Schlafkleid, fühlte ihre weiche Haut und schob einen Finger Stück für Stück weiter, bis ich an die Stelle kam, die mein Vater die „Titte" nannte und immer so schäbig dabei lachte.
„Geh in dein Stroh!", flüsterte Marie.
Ich überhörte den Satz und legte meinen Kopf an ihre Schulter und dachte, hoffentlich schickt sie mich nicht ins Stroh, und Marie sagte: „Ich mag keinen Schnaps, lass mich in Ruhe!"
Und ich verstand meine Schwester nicht. Sie schickte mich weg, schob mich aus dem Strohbett, aber sie tat es sanft, indem sie sich zu mir drehte, ihre Hand an meine Schulter legte, dann drückte sie mich aus dem Bett, und ich lag wie betäubt von der Liebe und dem Schnaps auf dem Lehm und auf den Hobeldielen, und kroch dann frierend in mein Bett, voller Hoffnung auf den nächsten Tag und dachte, wenn ich nicht nüchtern bin, bin ich nüchtern im Betrachten der Dinge, doch wenn ich wieder nüchtern bin, dann tauche ich trunken ein in den Gesang der Kirche.

11.

Ich wollte zum Küster Gerhard Hermann Holtmann. Ich wusste, dass er ein lateinisches Buch besaß. Und wenn er mir nicht helfen konnte, dann würde ich notgedrungen zum Pastor Droste gehen.
Die Buchstaben auf der Uhr hatte ich tausendmal - und das ist keine Übertreibung - gelesen, zuerst entziffert, dann zusammengesetzt, dann langsam gelesen und nun konnte ich den Satz durch und durch auswendig. Nur hatte ich keine Bewusstheit von der Bedeutung des Satzes, und deswegen musste ich die Übersetzung heranschaffen. Aber ich wollte die Bedeutung des Satzes für mich behalten, und deswegen musste ich es allein machen.
Im Dorf verstanden nur wenige Latein oder Brocken davon. Ich hatte einmal Bredemeyer gehört, wie er auf der Kirmes in Goldenstedt einen lateinischen Witz erzählte. Ein Bauer fragte seinen Sohn, der nach Jahren von den Studien aus Münster zurückgekehrt war, was Forke in Latein hieße, und der Sohn hatte geantwortet: Forcibus. Was Karre hieße?, und der Sohn hatte geantwortet: Carribus. Da habe der Bauer einen Schlussstrich unter die Studien in Münster gezogen und dem verdutzten Sohn verkündet: „Und nun nimmst du Mistibus auf Forcibus, wirfst es auf Carribus und bringst das alles auf Feldibus!“
Alle hatten gelacht, und ich - ich war vielleicht 13 - hat-

te gedacht, wie einfach doch Latein ist.
Ich war mir sicher, dass der Meier Caspar Christian Lux Latein sprach, denn er hatte einen lateinischen Satz in dem Balken über der Haupteinfahrt stehen: „EX RATIONE ET LABORE FORTUNA“
Meier Caspar Christian Lux hatte mir den Satz voller Stolz übersetzt und gesagt: „Wenn du groß bist und zu etwas taugst, dann kannst du dir auch einmal einen Balken schnitzen.“ Und er hatte mir die Worte erklärt. „Aus Verstand und Arbeit kommt das Glück allein.“
Ob die Vögte Latein verstanden, glaubte ich nicht, wohl aber der Amtsvogt Magius aus Barnstorf, der für die Hannoveraner Untertanen in Goldenstedt zuständig war. Sein Name allein schon klang magisch.
Schon von weitem sah ich die alle Gebäude überragende Kirche. Davor und westlich daneben der Kirchplatz und der Kirchhof. Die Straße, die an der Kirche vorbeiführte, war gesäumt von den Häusern der „krummen Grafschaft“, um die Hannover und Münster unerbittlich kämpften. Ich grüßte den Schmied Dünnreb Snessek, der sich unter den Armen kratzte, den Zimmermann und den Schuster, den Spökenkieker mit dem zweiten Gesicht, der mir gesagt hatte: Geh lieber nach Lutten oder Wildeshausen, aber bleib nicht in Goldenstedt, denn da wirst du Schiffbruch erleiden.“
Den Schmied mochte ich am liebsten, denn der kümmerte sich am wenigsten um die Grafschaften. Der freute sich, wenn die Hufe der Pferde in Ordnung waren. Und er hatte eine besondere Methode, der ich oft zuge-

sehen hatte. Der Schmied schlug die Tiere nicht wie der Schmied in Barnstorf, sondern er klopfte ihnen so lange den Hals und den Bauch, dass schon der Besitzer ob des Wartens ungeduldig wurde. Doch als das Pferd nachher beim Beschlagen das Bein heben sollte, hatte er keine Schwierigkeiten.
Immer wieder erinnerte ich mich an Frau Bulgen - Kuheuter nannte Bredemeyer sie - sie trat mit einem Besen aus der Tür und fegte die Nadeln und das erste Laub, das der Wind von den Bäumen gerissen hatte, auf ein Blech. Sie winkte mir zu und ich zurück.
Als ich den Kirchplatz passierte, der im Sommer eine unebene Weide voller Maulwurfshaufen war, sah ich den lutherischen Kötter Wilhelmsen, der seine drei Kühe dort weiden ließ. Ich wollte schon zum Kötter gehen, um ihn darauf aufmerksam zu machen, dass das verboten und nur nach Absprache mit dem Pastor Droste möglich sei, doch da besann ich mich eines Besseren und schaute einfach weg.
Die Kinder lachten mich an, was mir unheimlich vorkam. Einige hoben die Mütze, darunter der kahlgeschorene Kopf. Bisher hatten die meisten Kinder auf mich herabgeblickt, sogar auf mich gespuckt, hatten die Finger ausgestreckt und gerufen, ich hätte doch nur den Samen des Hafers, was ich erst viel später verstand. Aber wenn ich daran dachte, dann schämte ich mich.
Der Küster war nicht zu Hause, aber seine Frau Hedwig ließ mich ein. Ich durfte ins Bücherzimmer gehen und blättern. Ich fand eine lateinische Grammatik und

ein Wörterbuch.
Ich legte die Grammatik in das Bücherregal zurück, in dem vier Bücher standen, die ich schon oft in die Hand genommen und über deren Rücken ich gestreichelt hatte. Ich schrieb alle Wörter heraus und machte mir einen Reim auf den Satz, der hinter der Uhr stand. Doch schien er in meiner landläufigen Übersetzung keinen Sinn zu ergeben. Obwohl ich mir den Kopf zerbrach, wollte sich mir kein Zugang zu dem lateinischen Satz öffnen. Ich verstand nur so viel, dass der Vater den Sohn erkennt und dass der Sohn den Vater erkennt.
Der mittlere Satz blieb mir verborgen.
Ich verließ das Haus, legte mich ans Hunteufer, die Sonne über mir, einige Vögel zwitscherten, und in der Hunte sprangen die Fische. Am Ufer der Gegenseite standen am Steg einige Mägde, die die Wäsche des Hauses durchs Wasser zogen. Auf der Brücke standen die Münsteraner, um den Hannoveraner Kaufleuten den Zoll abzukassieren. Ich sah Schnött Marlies über die Brücke laufen, gehetzt von einigen Dorfjungen.
Im Dorf: Aus der Schmiede ertönte das rhythmische Klingen des Hammers auf dem Amboss. Eine Frau strich die Blendladen des Fensters mit grüner Grasfarbe. Einige Ackerwagen der Bauern polterten über den Weg.
Pottker, der gerade neugeborene Katzen im Binsenkorb nach draußen trug, fluchte darüber, dass Katzen es wie die Karnickel treiben, dass es immer mehr gebe und dass sie ihnen die letzte Milch wegsöffen. Dann nahm

er eine nach der anderen aus dem Korb, warf sie gegen die Lehmwand - das Blut lief in dünnen Streifen hinunter und versickerte in den Poren des brüchigen Lehms - die Katzen jaulten einmal laut auf. Dann waren sie tot.

Endlich sah ich den Küster. Er trat in die Kammer, blickte mich aus verschwommenen Augen an, als habe er Schmerzen, und hielt sich die Ohren zu. Als er mich erkannte, rief er, ich solle ins Haus gehen und das Öl gegen seine Ohrenpein fertig machen. Und so holte ich vom Roggenboden ein Strohspier, einen Strohhalm, machte dann in einem Löffel unreines Rübenöl heiß und träufelte es dem Küster, der wie die Katzen eben vor Schmerzen jaulte, in die Ohren.

„Gib mir ein Glas Branntwein!", sagte der Küster.

Ich bin nicht dein Doktor, dachte ich, goss ihm aber ein Glas ein, schloss die Tür des Studierzimmers und bat ihn um die Übersetzung des lateinischen Satzes.

Kaum hatte er den Satz gelesen, pochte es an seiner Tür.

„Geh du zur Tür!", rief der Küster.

Ein Vertreter der Todesangstbruderschaft von Goldenstedt klopfte gegen das Holz, ein in einem schwarzen Anzug gekleideter Mann, der einen zerbeulten Zylinder trug, zog ihn vom Kopf, und als er mich entdeckte, bat er, indem er sich verstellte, um ein Almosen für die Armen und diejenigen, die bald sterben müssen und die Beerdigung nicht bezahlen können.

Ich drückte ihm die Tür vor der Nase zu.

Der Küster hatte sein Monokel aufgesetzt und studierte

den lateinischen Satz, den ich ihm mit Tinte auf ein Blatt Papier geschrieben hatte.
Der Küster war ein schmächtiger Mann, um die sechzig, aber er konnte auch siebzig sein. Er nickte immer zu früh, er sagte meistens ja, bevor der andere die Frage ausgesprochen hatte. Ich sah ihm an, dass er unter seiner Kraftlosigkeit litt, dass er die Kleinwüchsigkeit durch schnelles Sprechen und übertriebene Freundlichkeit wettmachen wollte, und mir war klar, dass der Küster ein noch ärmerer Mann war als ich selber.
Wie sollte ein solcher Wicht es mit dem kräftigen, selbstbewussten Pastor Droste aufnehmen? Pastor Droste verkörperte die Sicherheit des Katholizismus, die Geradlinigkeit im Glauben und die Mehrheit der Gläubigen. Gerhard Hermann Holtmann aber spiegelte die Zerrissenheit des Territoriums wider, diesen geographischen Riss, der durch Goldenstedt ging und in zwei Teile teilte, in zwei Teile des Denkens und Glaubens, in Katholiken und Protestanten. Und gerade einen schüchternen Mann hatte Diepholz in dieses Moor- und Heidedorf geschickt, um protestantische Hoheitsrechte gegen Münster zu verteidigen. Wenn ich mich an diesen Menschen halte, werde ich untergehn und bald wieder hungern.
Und jetzt, da ich zum ersten Mal tatsächlich sein Wissen von ihm wollte, versagte Gerhard Hermann Holtmann. Er konnte mit dem Satz nichts mehr anfangen als ich.
Der Küster schickte mich bei Frau Bulgen vorbei, der

ich ein Totenbild bringen sollte. Das tat ich ungern. Als ich nun in der Tür stand, zog mich die Bulgen hinein. Ich roch bereits ihre Bierfahne.
„Ich dachte schon, Bredemeyer kommt“, lallte sie.
Sie zwang mich, ein Glas Dünnbier mitzutrinken und dann sogar einen Branntwein, den sie aus dem Schrank holte. Schon zehnmal hatte ich den Versuch unternommen zu gehen, doch sie hielt mich fest und dann wiederholte sie, was sie mir auch schon in der Kirche gesagt hatte: „Du hast die gleichen frommen Augen wie der Küster. Ich glaube, der Dienst in der Kirche macht die Augen fromm.“
Und dann nahm sie den Stuhl und stellte ihn vor mich, Ranzen Donnerkeil, hin, setzte sich darauf, schaute mir in die Augen, tief in die Augen, dass ich zu zittern begann und mir der Schweiß auf die Stirn trat.
Ich dachte an die Bibel und Maria Magdalena, die Frau, die mich immer schon am meisten von allen biblischen Gestalten beeindruckt hatte. Und jetzt stand Frau Bulgen, der man das Unmoralischste, was es auf der Welt gab, nachsagte, vor mir.

12.

Den ganzen Morgen schon war ich argwöhnisch und hatte den Eindruck, verfolgt zu werden. Doch wer sollte mich, Ranzen Donnerkeil, den unwichtigsten Menschen in Goldenstedt, verfolgen. Verfolgung wäre ja fast eine Ehre gewesen, mit der man mir Hochachtung ausgesprochen hätte. So ließ meine gesteigerte Aufmerksamkeit nach, obwohl ich auf dem Wege zu Lüke Thiemann zweimal einen schwarzen Reiter in der Ferne gesehen hatte.

Aus unerklärlichen Gründen hatte ich plötzlich Angst um Lüke. Es ging um Ratten Paul, den Quartalssäufer. Aber ich weiß nicht, ob mich diese Angst zur Lüke trieb oder die Unruhe in meinem Gedächtnis.

Ich spürte eine Eingebung. Ich meinte, ich käme irgendwie weiter mit der Entzifferung meiner Buchstaben in meinem lateinischen Satz, wenn ich mich an etwas erinnern könnte, was ich auf Thiemanns Hof schon einmal mit Sicherheit entdeckt hatte, was mich an meine Uhr oder an die Buchstaben auf meiner Uhr erinnerte. Ich wusste nicht mehr, was es war, aber es hatte etwas mit Lüke oder mit Lina Thiemann, der Witwe, oder vielleicht mit Ratten Paul zu tun. Ich wollte Ordnung in mein Gedächtnis bringen und den zehn auffälligen Buchstaben auf meiner Uhr auf die Schliche kommen.

Da ich sicher war, dass ich ein Signal auf Thiemanns

Hof finden würde, unternahm ich also diesen Gang, ließ mich auch nicht durch das plötzliche Wiehern eines Pferdes ganz in meiner Nähe erschrecken, ich war ganz gedankenverloren, aber ich wollte unbedingt herausfinden, wo der Schlüssel zur Entzifferung meines lateinischen Satzes zu finden sei.

Deshalb ließ ich alles noch einmal Schritt für Schritt wie bei einem Hausbau durch meinen Kopf gehen, zuerst das Fundament eines Hauses, dann die Ständer, dann die Balken, die Fetten, die Sparren, die Latten, darauf das Strohdach.

Und ich möchte hier eine Geschichte einfügen, die unmittelbar am Sonntag nach der Beerdigung Hinnark Thiemanns geschah.

Ratten Paul, der unverheiratete Knecht auf Thiemanns Hof in Tange, hatte sich seit der Beerdigung so sehr geschämt, dass er sich nicht unter die Leute wagte. Der erste Sonntag nach der Beerdigung seines Bauern war für ihn der schlimmste Bittgang gewesen; denn er ging in der Pflicht des Glaubens allein in die Kirche hinein, ohne Begleitung eines Mitglieds aus der Familie Thiemann. Nicht einmal die beiden Mägde wollten ihn begleiten, obwohl er sie inständig um ihren Beistand gebeten hatte. Die Goldenstedter, die vor der Kirche am Sonntagmorgen warteten, bildeten eine stille Gasse, um diesen Sünder hindurch zu lassen.

Mit puterrotem Gesicht, sich kleinmachend, stolpernd, tippelte mit unsicheren Schritten Ratten Paul durch den

Turm, um vorne auf der rechten Seite, wo die Katholiken saßen, in eine leere Bankreihe zu schlüpfen. Er kniete nieder, senkte die Stirn auf das Holz und starrte auf die Maserung, um bloß keinen Menschen ansehen zu müssen. Wie gern wäre er wohl zu Hause geblieben, hätte den Kuhstall ausgemistet, hätte Grassoden hineingebracht, hätte ohne ein Wort der Klage den Mist aufs Feld gebracht, hätte Tag und Nacht gearbeitet, um dieser Schande zu entgehen. Ich beobachtete jeden seiner melancholischen Gesichtszüge.

Doch Lina Thiemanns Wort von seiner Unkeuschheit mit einem Schwein war nun einmal ausgesprochen worden, und ohne dass es überprüft worden war, hatten die Leute es für wahr angenommen.

Die Leute fragten sich, woher Lina von dieser Todsünde wissen konnte. Sie spekulierten darüber, dass sie es selber beobachtet habe, als sie ihn beim Schweinefüttern überrascht hatte. Andere erzählten, dass der verstorbene Bauer Hinnark ihr davon berichtet habe. Und einige vermuteten, dass Lina sich habe rächen wollen, weil Ratten Paul damals zu Sylvester ihren Ehemann zum Trinken verführt und mit zur Bulgen geschleppt habe.

Ich saß eine Reihe hinter Ratten Paul, obwohl ich dort als Protestant unter den Katholiken nicht sitzen durfte. Und mein Vater, der nie zur Kirche ging, war mitgekommen. Und er hatte das begründet mit einem Satz, der mich heute noch stutzig machte. „Nicht wegen Ratten Paul, wegen des Unkrauts in der Kirche!“

Christa Kessens

Kaum hatte Ratten Paul in der Bank Platz genommen, kamen auch die anderen hinein, drängten sich in seine Nähe, um einen Blick auf den Sünder zu erhaschen.
Bevor die Messe begann, trat mit festem Schritt in Stiefeln, darunter die Eisen, die jeder im Dorf kannte und fürchtete, der Obervogt Unkraut in den Turm. Er bahnte sich mit den Ellenbogen einen Weg durch die im Turm stehenden Protestanten, schob sie beiseite, dann blieb er in der Mitte des Ganges stehen, stellte sich auf die Zehenspitzen und suchte die Männerseite ab. Es war nicht schwer, Ratten Paul zu finden; denn er saß allein in seiner Bank, weil man sich scheute, neben ihm Platz zu nehmen.
Obervogt Unkraut blickte ihn an, als läge ein Stück Dreck vor ihm, dann zitierte er, ohne ein Wort zu sagen, mit dem Zeigefinger Ratten Paul zu sich, der auf der Kniebank Schritt für Schritt zum Mittelgang rutschte. Der Vogt drehte sich um, und Ratten Paul folgte ihm wie ein Hund mit heraushängender Zunge, mit eingeknickten Schultern, mit gebeugten Knien, rundem Rücken, den Kopf zwischen die Schulterblätter gezogen, und als Obervogt Unkraut die Turmtür erreicht hatte, zeigte er mit der spitzen Hand auf zwei geächtete Steine, die schon außerhalb des Kirchenschiffes lagen: „Hier verbringst du die Sonntage bis Gründonnerstag!“ Gründonnerstag wurden die Todsünder wieder in den Kreis der Kirche aufgenommen.
Als Ratten Paul durch den Mittelgang schlurfte, reckten die Bauern, die die Sitze auf dem Orgelboden

gepachtet oder gar gekauft hatten, die Hälse über die Balustrade, doch dann im Turm entging er ihren neugierigen Blicken. Die Frauen, die vorne in der Kirche saßen, drehten die Köpfe, unter ihnen auch Lina Thiemann, die plötzlich ebenso errötete wie Ratten Paul. Sie sah den Armen aus der Kirche stolpern. Sie setzte sich auf die Bank, hörte das Geflüster der anderen und musste nach meiner Meinung denken, wie kann ich das nur wieder gutmachen?

Wann ist das Böse etwas Böses, dachte ich. Und mein Vater flüsterte mit seiner Bassstimme: „Unkraut ist Sodoma und Gomorrha!"

Alle hatten ausschließlich auf Ratten Paul geschaut, nur zwei Menschen hatten in der Kirche Lina Thiemann beobachtet. Und wohl nur wir beide hatten bemerkt, dass sie tief errötete. Der eine war der Küster Gerhard Hermann Holtmann, dessen Hände unerklärlicherweise zu zittern begannen, als könnten sie den langen Kerzenanzünder nicht mehr halten. Er war von dem Gesicht Linas anscheinend fasziniert, und so, wie er das Zucken auf ihren Wangen für ein Schuldbekenntnis deutete, so deutete ich, Ranzen Donnerkeil, der Junge, das Zucken auf den Wangen und das Flackern der Haut um ihren Mund als Eingeständnis eines schlimmen Fehlers. Es war eine Todsünde, unabhängig von dem Wahrheitsgehalt ihrer Behauptung, dachte ich, es war ein Verbrechen, dass Lina ihren Knecht Ratten Paul den Leuten von Goldenstedt wie ein angeschossenes Reh hingeworfen hat. Sie wird es bezahlen müssen, dachte ich. Sie wird dafür büßen müssen, sie hat dem Knecht die Würde geraubt. Als ich dieses Wort dachte, sprach ich es leise vor mich hin, viermal, fünfmal: „Würde." Donnerkeil stieß mir in die Rippen. „Hör auf zu schwadronieren!"

Ich verstand plötzlich, was ich früher nur geahnt hatte. Jeder Mensch hat eine Würde. Ich hatte das Wort vom katholischen Pastor Droste gehört, der es in einer Predigt verwandt hatte.

Und deshalb war ich einen Tag später - noch vor der Entführung meiner Mutter - den Händen meines Elternhauses entwichen, war den langen Sandweg hinauf nach Tange gegangen und kam auf den Hof Thiemann. Er lag zwischen Eichen. Ein kleiner Garten war vorhanden. Der Weg, der zum Hof führte, war von tiefen, schmierigen Rillen, in denen das ganze Jahr über Wasser stand, zerfahren, und auf dem Hofplatz lagen alte Geräte und allerlei Gerümpel, zerbrochene Wagenachsen, ein zerrissener eiserner Reifen und zwei umgekippte Bänke herum. An der Wand hing eine Egge mit Holzzinken. Für Eisenzinken ist wohl kein Geld da, dachte ich. Dann sah ich die blonden Haare von Lüke, neben ihr ein grauer Hund, der zu bellen begann, als er mich entdeckte. Dann stürzte er auf mich zu. Ich hatte Angst, konnte aber nicht fortlaufen, und so stand ich regungslos da, während der Hund mich ansprang.

„Was willst du?", rief Lüke und versuchte den Hund einzufangen.

„Halt den Hund fest!", rief ich.

„Der beißt nicht!“
„Das sagen alle, und plötzlich fehlt mir ein Ohr.“
„Hättest zu Hause bleiben sollen!“
„Wo ist deine Mutter?
„Auf dem Feld. Sie zieht Rüben heraus. Was willst du denn von ihr?“
„Ich muss mit ihr reden!“
„Worüber denn?“
„Über dich!“
„Du spinnst wohl!“
„Tu ich nicht. Ist wichtig! Sag mir, wo sie ist!“
„Ich denke nicht dran.“
„Dann lass es sein, halt aber den Hund fest. Ich will heil nach Hause zurück!“
„Wenn du mir nicht sagst, worüber du sprechen willst, hetz ich den Hund auf dich!“, rief Lüke.
„Über euren Knecht, über Ratten Paul“, sagte ich und ging um das Haus herum.
Lüke zeigte aufs Feld und sagte: „Da hinten ist sie, auf dem Kamp bei den Birken. Dort muss sie sein. Ich geh mit dir.“
Lüke war wie ich achtzehn. Sie ging bis vor drei Jahren mal zu Friedrich Schiller, mal zum Küster in die Schule. Doch nachdem der Vater nun gestorben war, würde keiner der Brüder mehr die Schule besuchen können, weil kein Geld mehr im Hause war. Sie selbst arbeitete als Tochtermagd von morgens bis abends auf dem Hofe, die Kannen spülen, die letzten, angetrockneten Reste der Milch auswaschen, sie musste buttern mit dem But-

terstampfer und so lange stampfen, bis der Schmand fest geworden war; sie würde aus den Waben den Honig herauslösen müssen, abends müsste sie Kerzen machen und tagsüber den Flachs brechen. Sie würde arbeiten von morgens bis abends ohne eine sichere Aussicht, dass es besser würde.

„Ich habe Angst vor Mäusen", sagte sie.

„Halt dir eine Katze!", entgegnete ich.

„Ich ekele mich. Und wo Mäuse, da auch Ratten."

Während zwei Mägde die letzten Rüben auf den Wagen warfen, fasste Ratten Paul dem Pferd ins Zaumzeug und lenkte es auf den Weg.

Lina Thiemann wunderte sich bestimmt, dass ich, Ranzen Donnerkeil, dieser ungehörige Sohn eines ungehörigen Vaters, mit ihr sprechen wollte. Als der Leiterwagen, halb voll von Früchten, fortgefahren war, sagte ich zu ihr: „Ich weiß, was passieren wird. Er wird sich rächen. Ich habe ihn beobachtet."

„Was redest du?", fragte Lina Thiemann schroff.

„Er wird sich rächen, wenn es Zeit ist!"

„Red deutlicher oder geh zurück nach Goldenstedt!", sagte unwillig Lina, die von der Sippe Donnerkeil nichts hielt.

„Ich habe dich in der Kirche beobachtet. Ich habe gesehen, wie du rot geworden bist", sagte ich.

Lina wurde ärgerlich, aber als sie meine ernsten Augen sah, errötete sie, und da wurde sie fast wütend, dass ein Knabe, der nicht älter als ihre Lüke war, es wagte, einer erwachsenen Frau, einer Bäuerin, solche Worte zu

sagen. Doch ehe sie reagieren konnte, sagte ich, indem ich auf Lüke wies, die auf den Leiterwagen gestiegen war: „Er wird sich an ihr rächen. Ich weiß es. Du bist ihm zu stark, aber er wird sich rächen, ich fühle das."
„Wer wird sich rächen?"
„Er hat seine Würde verloren, und nun ist ihm das Leben gleichgültig."
„Seine Würde? Was ist das? Würde?"
„Der Obervogt Unkraut hat ihn bloßgestellt. Er hat ihn in den Turm gestellt. Das kann keiner ertragen, nicht schuldig, nicht unschuldig. Entweder er zieht weg oder er stirbt oder er rächt sich, indem er dir dein Verbrechen mit Gleichem vergilt!"
„Was redest du Bengel nur für einen Unsinn. Wie willst du kleiner Junge wissen, was er macht! Er arbeitet wie immer, er hat sich nicht verändert. Er tut nun Buße, und der Herrgott wird ihm verzeihen", erklärte Lina.
„Er hat es also getan? Hast du es gesehen?", fragte ich wissgierig. Diese Frage hatte sie aus dem Lot gebracht. Und ich hörte als einziger im Dorf, dass sie es selbst nicht gesehen hatte. Sie hatte es gehört, dass Männer darüber geredet hatten und sie hatte es sich vorgestellt. Und weil sie betrunken gewesen war, wären ihre Gedanken durcheinander geraten, und deshalb war das Wort unbedacht aus ihr heraus geplatzt.
„Also weißt du es nicht. Dann hat er noch mehr Grund zur Rache. Er wird sich lossagen wollen und tun, was du ihm gesagt hast. Er wird nur das tun, was du ihm vorgeworfen hast. Du wirst die Anstifterin zu einem

Verbrechen werden, bei dem du oder Lüke das Opfer sein werden. Warte auf den Tag, an dem er wieder jähzornig sein wird. Dann geht es los!", verkündete ich so inbrünstig, so überzeugend, dass Lina Thiemann Angst bekam.

Und ich schlug ihr vor, Lüke verschwinden zu lassen, sie zu einem Gutsherrn zu geben oder zu einem anderen Bauern in Lutten oder in die Küche nach Vechta oder als Mädchen nach Damme oder Lingen oder Meppen.

„Aber sie ist doch hörig und an die Scholle des Junker Steding gebunden. Sie ist nicht frei. Sie kann nicht fortlaufen!", wandte Lina Thiemann ein.

„Ich werde zum Junker Steding gehen und mit ihm reden. Lüke braucht die Urkunde, damit sie deinen Hof verlassen kann. Sie wird sich nicht schützen können."

Ich hatte aus einer Eingebung gehandelt. Ich hatte Sieben und Sieben zusammengezählt und heraus gekommen war: Rache

Ich hatte zu Hause den täglichen Streit erlebt, die schreiende, hysterische Mutter, den gewalttätigen Vater, der herumkrakelte, wenn ihm etwas im Wege lag oder er seine Holzschuhe nicht fand; der anscheinend ohne Grund seine Kinder schlug, der seine Frau schlug, der sich mit Culemann anlegte, der den Obervogt Unkraut einen Mann schalt, der nur Dünnes scheißen konnte, der Pastor Droste als einen Parteichristen beschimpfte und der seiner Frau vor die Füße sank, wenn diese ihr Kleid hob und ihn darunter kriechen ließ.

Das hatte ich gesehen, zwanzigmal und öfter, und ich wusste bereits im Voraus, was passierte, wenn ich dem Vater entgegentrat. Dann bekam ich einen Fußtritt. Wenn ich mich aber demütig zu Boden warf, dann trat der Vater wie ein Gönner über mich hinweg und ließ mich jammern. Wenn meine Schwester Marie weinte, dann war der Vater mild, denn Tränen rührten ihn. Der Vater war genau berechenbar. Er schrie zwar: „Wenn einer nicht pariert, werd ich zur Wildsau!“, doch wenn ich ihm das Gefühl gab, er sei ein kleiner Herrscher, ein Bauer oder ein Graf, dann war er milde und drückte beide Augen zu.

Die Mutter war nicht viel anders. Doch sie war dem Vater durch ihre Frauenlisten überlegen. Wenn er voller Zorn den Tisch anhob und ihn auf den Boden schlagen wollte, dann war in Windeseile Blanda bei ihm, drückte sich an ihn und legte ihre Hand in die Nähe seiner Schenkel, und der Tisch stellte sich wie von selbst an seinen alten Platz.

Ich kannte meine Mutter, und von ihr hatte ich die Lektionen der sanften Überredung gelernt.

Und wenn die Mutter im Haus erbost herumschrie, dann pflückte ich eine Blume, pfiff ein Lied, das sie gern hatte, und die Mutter sagte dann: „Du Rotzlöffel, man sollte dich totschlagen!“

Aber ich kannte ihre Tonart und wusste, dass sie besänftigt war für einige Stunden.

Und mit diesen Erfahrungen ging ich zwei Tage später nach Stedingsmühlen zum Junker Steding, der der

Grundherr des Bauern Thiemann war und Herrscher über Grund und alle, die darauf wohnten. Und ich, Ranzen Donnerkeil, sprach - es war ein Wunder - mit dem Junker, und der hörte tatsächlich zu, und ich erklärte ihm die Seele von Ratten Paul so einfühlsam und so überzeugend, dass er sich über den wachen Geist in mir, dem kleinen rotbackigen Jungen, wundern musste.

Als ich Stedingmühlen verließ, hatte ich eine Urkunde von unschätzbarem Wert in der Tasche. Ich würde der Verkünder der frohen Botschaft sein, und dann kroch aus meinem leeren Bauch die Habgier in meinen Kopf, und ich wusste, dass ich nicht nur zu Lina gegangen war, um sie aus reiner Menschlichkeit zu warnen, sondern mir meine Erkenntnisse aus Ratten Pauls Verhalten bezahlen zu lassen. Und diese Urkunde, die ich Lina vorlegte, war einen Schinken wert:

>3t.Mai. 1786

Ich, Junker Steding, urkunde und bekenne hierdurch für mich, meine Erben, auch jeder männiglich, dass ich auf gebührendes Ansuchen von dem bisherigen Eigentume habe freigelassen und freilasse die Ehrsame Lüke Thiemann von den mir leibeigenen Eltern Hinnark Cord Thiemann und Lina Margarethe Lübbers, also und dergestalt, dass sich erwähnte Tochter Lüke fürohin als eine freie Person betragen und gehen möge, wohin es ihr beliebet, ohne daran durch mich oder die meinigen behindert zu werden, nachdem sie

den Zwangsdienst verrichtet, auch Hebungsgebühr, Winkauf und Schreibgeld entrichtet hat. Dahingegen soll Lüke Anne EBlandabeth völligen Abstand von hier innerhalb eines Jahres tun. Würde aber oben erwähnte Lüke hierwider handeln oder der Stätte, von der sie abgefreiet worden, soll dieselbe in die vorige Dienstbarkeit wieder verfallen, womit sie mir und meiner Erben vor erhaltener dieser Freiheit verhaftet gewesen. Urkundlich meiner eigenhändigen Namensunterschrift und beidedruckten adligen Siegel.
So geschehen in dem Hause Stedingsmühlen den 3t.Mai. 1786<

Ich konnte den Schinken nicht mitnehmen, weil keiner im Hause war. Aber Lina versprach mir einen nach der nächsten Schlachtung. Und da ein solches Ereignis, eine Freilassung, in Goldenstedt noch nie passiert war, so unvorstellbar war, dass selbst Pastor Droste von einem Wunder sprach, veränderte sich mein Ansehen über Nacht. Die Leute schauten mit anderen Augen auf mich. Doch wie lange würde es währen?
Der Küster Gerhard Hermann Holtmann lieferte den Leuten eine Deutung, die kaum einer verstand, den Obervogt Unkraut aber aufs heftigste verdross. Denn Gerhard Hermann Holtmann sagte, die Freilassung der leibeigenen Untertanen Lüke Thiemann sei nicht ein Akt der Barmherzigkeit gewesen, sondern der frühe Fingerzeig des neuen Jahrhunderts, eines Jahrhunderts der Freiheit.

Der Vogt hätte ihn am liebsten für diese Worte mit dem Gewehrkolben geschlagen, wenn er nicht befürchtet hätte, dass durch den Angriff auf einen Diepholzer Untertanen die Diepholzer Soldaten diese Verletzung der Hoheitsrechte mit einer Strafexpedition vergelten würden.

Einer der wenigen in Goldenstedt, der diese Worte des Küsters und Lehrers verstand, war ich. Und ich spürte zum ersten Mal in meinem Leben, dass nicht alles beim Alten zu bleiben brauche. Dass das, was seit Jahrhunderten gepredigt wurde, nicht auch noch in den nächsten hundert Jahren Gültigkeit besitzen musste. Ich war so erstaunt über den Satz des Küsters, dass ich ab diesem Zeitpunkt begriff, dass der morgige Tag nicht unbedingt dem gestrigen Tag gleichen musste. Es war wie bei der letzten Sonnenfinsternis, als plötzlich zu Mittag eine schwarze Sonne am Himmel aufging, und die Kühe und Enten sich mittags zum Schlafen niederlegten.

Und es war noch etwas passiert, was mich schrecken sollte. Denn Lina Thiemann, die Witwe, musste wieder heiraten. Nicht dass eine Schwangerschaft sie drängte - das wäre bei ihrer Frömmigkeit nie eingetreten - es war schlicht und einfach die Not in dieser Zeit, in der eine Frau allein nicht in der Lage war, einen Hof zu führen. Die Hände bordeten über von Arbeit. Ratten Paul half, so gut er konnte, und auch die zwei Mägde und auch Lüke, und auch die drei kleinen Jungen. Doch man musste lange Beine haben, um über den Berg von

Arbeit zu steigen.
Und deshalb hatte Lükes Mutter durch einen Hochzeitsbitter bekannt gegeben, dass sie zu befreien wäre. Und als erster meldete sich über einen Mittelsmann der hiesige rotbäckige Witwer Meier Caspar Christian Lux, als würde er über lange Fäden immer wieder in mein Schicksal eingreifen. Es meldeten sich außerdem in den kommenden Wochen drei zweitgeborene Söhne, die nichts erben würden und den elterlichen Hof verlassen oder als unverheiratete Oheime auf ihm arbeiten und hausen müssten. Es waren die Söhne von Abraham, von Ulhorn und von Beuker.
Doch bevor Wittib Lina heiraten konnte, musste sie zuerst ihren eigenen Hof erben, ihn gewinnen, und ich war Zeuge dieser seltsamen Verhandlung, die ich nie vergessen würde. Nie werde ich diese Demütigung, die seit hundert und mehr Jahren bestand, vergessen.
„Seit Karl dem Großen", sagte der Küster, „dieses Gesetz hält schon 1000 Jahre."
Und als ich meinem Vater davon erzählte, begann seine Stimme zu zittern. Vor Zorn, vor Furcht, vor Wahn, vor Verzweiflung?

Diese Gedanken gingen mir auf dem Weg von Goldenstedt nach Tange unentwegt im Kopfe herum.
Was war alles passiert in der kurzen Zeit zwischen Ostern und dem Sommer? Begonnen hatte alles mit der verfluchten, verdammten Uhr. Sie hatte meinem Leben

eine Wende gegeben. Doch ich fürchtete mich noch mehr als sonst, weil ich mich entwurzelt fühlte. Ich war nicht mehr so ruhig. Die Vogelstimmen im Moor hatten einen anderen Klang bekommen. Der Ziegenmelker, ein seltener Vogel, dem ich einen Monat lang nachgespürt hatte, hatte mein Interesse verloren, stattdessen spukte mir dieser lateinische Satz im Kopf herum, und mit dem Wörterbuch des Küsters, das ich leihweise in letzter Zeit immer bei mir trug, hatte ich etwas entziffert, was einen kleinen Sinn ergab. Denn von den vielen Buchstaben in dem Satz waren einige besonders herausgehoben. Anfangs hatte ich gedacht, dass mit diesen Buchstaben neue Wörter begannen. Doch das stimmte nicht. Die besonderen Buchstaben waren um eine Spur breiter und größer als die anderen, aber alle waren Großbuchstaben: Und diese 11 rätselhaften Buchstaben lauteten:

MCILVVDVIIC

Kurz bevor ich in den Wald zu Lükes Hof einbog, dort an der Geestzunge mit dem weißen Sand und den abgebrochenen Heidekanten, preschten zwei Reiter aus dem Gebüsch heraus. Ich war erstaunt; denn Reiter sah man sehr selten. Sie hielten auf mich zu, und dann erkannte ich, dass sie vermummt waren. Sie ritten forsch mit den Pferden auf mich zu, nahmen mich in die Zange, warfen über mich ein Netz wie eine Fischreuse, rissen mich zu Boden, und als ich um Hilfe rief, schlug einer der

Männer nach meinem Kinn.
Sie hatten mit mir keine großen Schwierigkeiten, denn ich wog wenig. Außerdem lähmte mich die Angst. Sie rollten mich schnell in das Netz ein, zurrten mich mit Stricken fest, ich konnte vor Zittern keinen Laut herausbringen, doch als ich merkte, dass sie mich verschleppen wollten, denn sie hatten ein drittes reiterloses Pferd dabei, begann ich aus Leibeskräften zu schreien. Ich schrie, und ich meinte, Ratten Paul tauchte unten am Hohlweg unmittelbar neben der Toreinfahrt auf, da schrie ich um so schriller, bis einer der Männer mit der Faust mein Kinn traf und ich in Ohnmacht versank.
Doch noch einmal tauchte ich aus der Bewusstlosigkeit auf. Kurz, aber hinreichend für eine Erleuchtung, als hätte der Kinnschieber des Reiters ihm nachgeholfen. Ein wirklicher Augenblick, nicht mehr als eine Wimper braucht, um das Auge zu befeuchten, hatte genügt, dass ich mich wieder an die Buchstaben auf Thiemanns Hof erinnerte. Sie waren in die Toreinfahrt geschlagen. Buchstaben, fast dieselben Buchstaben, die auf meiner Uhr fett gedruckt waren, nur die Reihenfolge der Buchstaben war eine andere.
Welche? Ob die Lösung in der Reihenfolge zu finden war?

13.

Schon auf dem Pferd war ich einige Male aus meiner Bewusstlosigkeit erwacht. Doch die Schmerzen im Kopf und in den Gelenken, da man mich rücksichtslos festgebunden hatte, ließen mich immer wieder in eine angenehme Ohnmacht sinken.

Dann lag ich auf dem feuchten, kalten Steinboden irgendeines Gemäuers. Wegen der Dunkelheit konnte ich erst nach geraumer Zeit, als sich meine Augen an die Finsternis gewöhnt hatten, erkennen, dass mir die Tür genau gegenüber lag. Auf der linken Seite war ein kleines Fenster, denn Dämmerlicht schimmerte in den Fugen. Da ich nicht gefesselt war, kroch ich zu diesem kleinen Lichtpunkt, klopfte gegen die Öffnung und merkte, dass nur ein Blendladen vor der Luke war.

Ungeziefer krabbelte mir entgegen, Schaben und Spinnen.

Ich wartete, ich wartete wohl die ganze Nacht, die mittlerweile angebrochen war. Ich hatte einen unsäglichen Hunger. Und Schmerzen. Zwei Beulen am Kopf. Meine Rippen taten mir weh. Beim Atmen hob ich nur ganz vorsichtig die Brust, weil ich schon fürchtete, es zerreiße mir die Lunge, und durch meinen Rücken zog ein glühender Strahl von Schmerz.

Welches Interesse konnte man an mir Wurm haben?

Wer?

Ich war so unbedeutend, dass ich mir nur vorstellen

konnte, man verwechsele mich mit einem verschollenen Prinzen, was ja lächerlich war.
Wer steckte hinter diesem Überfall?
Wenn es nach den Gesetzen der Vernunft ginge, dann konnte es nur mit meiner Uhr zu tun haben. Denn 18 Jahre war nichts geschehen. Erst als die Uhr in der Öffentlichkeit ins Gespräch kam, war es spannend geworden in unserem Dorf, dass außer dem „Kalten Krieg“ und dem eigenmächtigen Glockenläuten zwischen Pastor Droste und dem Küster Gerhard Hermann Holtmann endlich etwas Spannendes geschah.
Ich glaubte nun, meiner Mutter gegenüber doch ungerecht gewesen zu sein. Denn sie war entführt worden zwei Tage später, nachdem ich die Unvorsichtigkeit begangen hatte, dem Küster zu erzählen, sie habe bei meiner Taufe eine goldene Uhr als Geschenk erhalten. Prompt danach war sie verschwunden.
Und wenn ich folgerte, dass weder meine Tante Bertha noch Culemann noch meine Eltern irgendetwas von der Uhr je erzählt hatten, war der Küster also derjenige gewesen, der das Geheimnis der Uhr publik gemacht hatte. Aber ich war fast sicher, dass er im Ort nichts erzählt hatte. Er war kein Schwätzer und kein Quacksalber, hatte es nicht nötig, mit den Geheimnissen anderer Leute im Dorf zu prahlen, aber er hatte vielleicht jemanden in Kenntnis gesetzt.
Wen?
Meinen leiblichen Vater? Aber wie sollte er von ihm wissen?

Oder die Behörde, der er unterstellt war. Also Barnstorf oder Diepholz!
Den Amtsvogt Magius oder den Vogt Ompteda?
Oder hatte er doch im Bierrausch im Dorf herumgeredet?
Die Behörden?
Doch was wollten sie von mir oder von meiner Mutter? Wollten sie den Namen meines leiblichen Vaters? Das konnte sie nicht interessieren oder doch? War mein Vater unter den Diepholzer Beamten zu finden? Fragen und keine Antworten. Sicher war, dass meine Mutter während ihrer Entführung nicht verprügelt worden war und nicht gehungert hatte. Sie sah besser aus als vorher. Die Entführung hatte ihr anscheinend gut getan, und neun Tage hatte sie Ferien vom Moor gehabt.
„Hab keine Angst!“, sprach ich mir Zuversicht zu.
Meine Mutter hatte die weit verzweigte Todesangstbruderschaft als die Verbrecher hingestellt, aber weder die Nachforschungen des Obervogts Unkraut noch des Barnstorfer Amtsvogts Magius hatten verwertbare Ergebnisse gebracht, so dass - die verstockte Haltung meiner Mutter eingerechnet - die Behörden das Verfahren wohl eingestellt hatten.
Der Küster also war also nach meiner Auffassung der mittelbare Urheber der Entführung gewesen, indem er wahrscheinlich Barnstorf und Diepholz, woher er ja auch stammte, benachrichtigt hatte.
Oder war doch alles ganz anders gewesen? Ich wusste mir keinen Rat mehr.

Warum lag ich nun auf diesem Steinboden?
Wer hatte die Uhr überhaupt in meinen Händen gesehen?
Mir fiel die Bulgen ein, der ich das Totenbild bringen sollte. Dabei war mir die Uhr durch das Loch in der Hose gerutscht, und sie hatte die goldene Uhr, deren Glas gesprungen war, gebannt angestarrt. Und sie hatte es sicher zum Besten gegeben, zuallererst dem evangelischen Kirchenprovisor Bredemeyer, mit dem sie ganze Tage unkeusch im Bett lag, wie Pastor Droste halböffentlich behauptete.
Und Bredemeyer, der ja Hannoveraner Untertan war, der evangelisch war, hatte nichts Schnelleres zu tun, als Amtsvogt Magius zu benachrichtigen. Und da er über den Küster auch wusste, dass ich dabei war, den lateinischen Spruch zu entziffern, war vielleicht plötzliche Eile geboten, und man hatte mich ergriffen.
Dann waren die schwarzen Reiter nicht irgendwelche Männer irgendeiner Todesangstbruderschaft, sondern waren vermummte Späher von Diepholz. So stellte ich mir vereinfacht eine verworrene Wahrheit vor.
In Wirklichkeit war es doch wohl anders, oder täuschte ich mich?
Denn kaum graute der Morgen nach dieser unruhigen Nacht, nach diesen Gedanken, die mich so aufgewühlt hatten, hörte ich entsetzliches Geschrei draußen vor der Tür, als sei ein Heer von Soldaten im Anmarsch, um das Gebäude, in dem ich mich schutzlos in die äußerste Ecke drängte, und um mich dem Erdboden gleichzu-

machen. Waffen klirrten, Pferde wieherten, Hunde bellten, Stöße gegen die Wand, gegen die Tür, der Blendladen des Fensters wurde aufgerissen, und ein Mann mit Helm und Harnisch blickte hinein. Am liebsten hätte ich ihm, wenn ich stark gewesen wäre, meine Finger in die Augen gedrückt! Doch bewahrte ich mir meinen Mut für eine bessere Zeit, und ich verkroch mich immer schmaler und behänder in die Ecke des Verlieses, atmete kaum, um wie unsichtbar zu erscheinen.

Dann fiel mit einem Ruck der frühmorgendliche Lichtschein in meine feuchte Kammer, eine Ratte entwischte nach draußen, die Strahlen blendeten mich, plötzlich kam ein Mann, sprach freundlich zu mir und sagte: „Die Verbrecher sind festgenommen."

Ich verstand die Welt nicht mehr.

Hier entführten Verbrecher mich, Ranzen Donnerkeil, dann jagten andere Verbrecher meine Verbrecher, und ich glitt aus den Händen der einen in die der anderen. Eine Herrschaft, die dem Vernünftigen den Verstand raubte.

Kaum hatte ich diese Gedanken durchgespielt, da saß ich auch schon in der Kommandantur von Diepholz vor einem Tisch, auf dem es ein üppiges Essen gab. Ich traute meinen Augen kaum, aber es gab zum Frühstück eigens für mich etwas Gebratenes, eine Taube, und ich erinnerte mich an einen Mann mit einem Zylinder. Eben noch zu Tode betrübt, lief mir nun das Wasser im Munde zusammen.

Vor mir zwei Vögte, der Vogt Ompteda und Amtsvogt

Magius. Beide beobachteten mich wie mit einer Lupe. Dann ging der Vogt Ompteda aus dem Raum. Magius durchdrang mich weiter mit seinen Blicken. Dann schwieg er und wies auf den Tisch.
Ich hatte einen wirklich leeren Magen und hörte nur mit einem halben Ohr hin, was der Amtsvogt Magius mir dozierte. Es war einfach zu erkennen, dass er die Verbrecher, die mich überfallen hatten, dingfest gemacht hatte. Ratten Paul hatte den Überfall beobachtet und war nach Barnstorf geritten, um den Amtsvogt Magius zu benachrichtigen. Mein Vater Donnerkeil hatte auf die Nachricht hin, die Lüke ihm überbracht hatte, Obervogt Unkraut informiert, doch der hatte es als einen Spuk beiseite gewischt und darüber hinaus gelästert, ein Bankert wie Ranzen Donnerkeil sei nicht eine Träne wert. (Diesen Satz hörte ich später von meinem Vater aus dessen eigenem Mund, und er sagte weiter: „Wer meine Familie beleidigt, beleidigt mich! Obervogt Unkraut wird aufhören, mich zu beleidigen!“ Und er setzte hinzu: „Er wird an seinem Wort ersticken.“)
Amtsvogt Magius dozierte und deklarierte mit der Geste eines Predigers, während ich aß und schleckte. Die Augen auf das Essen, die Ohren auf die Stimme des Amtsvogt Magius gerichtet, füllte ich Magen und Seele.

Der Amtsvogt - er hatte ein rundes Wams und ebenso rund waren seine Backen - sprach in hochtrabenden Sätzen. Seine Hände glitten an seiner Amtsrobe herunter wie von Samt. Und ich spürte beim Blick in sein

Gesicht ein wahnsinniges Gefühl von Macht, die von dieser Person ausging. Denn er glaubte nun, wie er laut mit heller, sich manchmal überschlagender Stimme sagte, auf dem besten Weg zu sein, dem Fürstbischof von Münster die Macht im Kirchspiel Goldenstedt abzujagen oder sie zumindest einzudämmen. Denn hinter dem wahren Besitzer der Uhr vermute er einen hohen Vechtaer Beamten, der sich von dieser Blanda Soundso hatte hinreißen lassen, ihr ein Kind zu machen. Dann hätte Blanda es so geschickt eingefädelt, dass sie durch Heirat mit Donnerkeil das Kind ehelich machte und damit den Vechtaer Beamten vor einer Bloßstellung schone. Als Dank bezahle der Vechtaraner mit jährlichen Thalern, manchmal mit Goldstücken, von denen das letzte gerade in Diepholz beim Goldschmied für eine Spange eingetauscht worden war.

Das war mir neu, aber es musste wohl stimmen; denn an die Spange im Haar meiner Mutter konnte ich mich erinnern.

„Stimmt es mit der Spange?"

„Es stimmt", entgegnete ich nickend, ohne von meinem Essen aufzublicken, „es ist wirklich wahr."

Ich erfuhr nun, wie sich der machtgierige Amtsvogt Magius die schwierige Wahrheit vorstellte, die ich aber nicht im Einzelnen begriff.

Er fuhr fort, er müsse sie nur noch beweisen. Und er sei auf dem besten Weg, und ich habe als Protestant meine protestantischen Pflichten gegenüber den Katholiken zu erfüllen. Und wenn er dann den vermutet hohen und einflussreichen Münsteraner Beamten gefunden hätte, könnte er ihn unter Druck setzen und verlangen, dass Vechta sich in Machtdingen und Hoheitsrechten in Goldenstedt maßvoller verhielte als bisher. Denn bis zum heutigen Tag gäbe es für Vechta beziehungsweise für das expansive Münster nur eine Devise: Macht bewahren, die Macht pro Jahr um zwei Fuß Richtung Osten gen Diepholz ausbauen und dann in ferner Zukunft ganz Goldenstedt übernehmen. Doch diesmal würde Diepholz standhaft bleiben und Stück für Stück seine Hoheitsrechte zurückgewinnen und schließlich ausbauen.

„Goldenstedt ist nämlich mehr als nur ein nebensächlicher Raum mit viel Moor und wenig Landwirtschaft zwischen Vechta und Diepholz. Goldenstedt ist die Nahtstelle, wo sich die Landesherrschaften von Hannover und Münster unmittelbar berühren, ja überschneiden", erklärte Amtsvogt Magius, pochte auf seine Brust mit seiner Faust wie mit einem Stempel - die Pailletten raschelten an der Amtstracht - und erläuterte, der Endmoränenzug von den Dammer Bergen nach Norden trenne das alte Ravensberg'sche Vechta von dem Territorium der Edelherren und späteren Grafen von Diepholz. Doch weil in Richtung Norden bei Goldenstedt die natürliche Grenze der Berge fortfalle, gäbe es in dem geographischen Gebiet um Goldenstedt Gebietsansprüche beider Mächte mit dem Ergebnis, dass sowohl Hannoveraner Untertanen wie münstersche Untertanen in Goldenstedt quer durcheinander lebten. Und

was der Amtsvogt am schlimmsten empfand: Die Münsteraner waren uneinsichtig katholisch, und die Diepholzer waren tolerant lutherisch.
Ich aß. Noch nie habe ich eine gebratene Taube auf einem weißen Teller gesehen. Und ganz für mich allein. Amtsvogt Magius überhörte mein Schmatzen. Er sagte, die Münsteraner wären verbissen und verbohrt in ihre Religion, und wer nur das Kreuzzeichen falsch mache, wäre schon des Karzers gewiss. Diese Erfahrungen hatte der Vogt von Barnstorf mit den Vechtaranern gemacht.
Darum bedeutete es nun eine Genugtuung für ihn, einen Plan zu entwerfen, wie man es den Münsteranern in Goldenstedt zeigen könnte. Denn Münster gebärde sich immer überheblicher, obwohl die alten Diepholzer Grafen deutlich mehr hörige Bauernstellen in Goldenstedt hätten als die Feinde.
„Das ist die historische Wahrheit. Da beißt die Maus keinen Faden ab!“, ereiferte sich der Amtsvogt Magius. Diepholz sei der größere Grundherr. Und Grundherrschaft sei bedeutsamer als Landesherrschaft. Doch Münster sei militärisch stärker, und Amtsvogt Magius erinnerte mich dann - er schneuzte weinerlich - an die historischen Niederlagen.
(Ich verschärfte meinen Blick auf die Taube, und ich wollte auf keinen Fall vom Teller aufblicken, denn ein jammernder Amtsvogt hätte mir den Appetit verdorben.)
Wenn es nach ihm gegangen wäre, hätte er schon längst

den Drost von Vechta in seine Schranken verwiesen und die evangelischen Pastöre damals nicht aus Goldenstedt verjagen lassen.
Amtsvogt Magius träumte gern - das war mir bei meinem Frühstück in der Kommandantur zwischen echtem Kaffee und Brot mit Schinken ganz offensichtlich - von vergangenen Zeiten, am liebsten vom vergangenen Jahrhundert, als die politischen und kirchlichen Verhältnisse noch übersichtlich waren. Denn da existierte in Goldenstedt kein Streit, und auch in beiden Landesherrlichkeiten war es ruhig. Und Amtsvogt Magius hatte auch die Ursache für den Frieden entdeckt. Es war die Einheitlichkeit der Religion in Vechta wie in Diepholz, in Osnabrück wie in Braunschweig, in Münster wie in Celle und Hannover. Alle waren sie lutherisch geworden, und er hatte in alten Protokollen gelesen, wie einfach es gewesen war.
Ich fragte höflich: „Inwiefern?"
Er erläuterte: Am 6. Juli 1543 um 8 Uhr wurde ganz Goldenstedt evangelisch, denn Magister Bonnus instruierte auf Befehl des Fürstbischofs Franz von Waldeck von Münster, der gleichzeitig Bischof von Osnabrück war, die katholischen Geistlichen im Amt Vechta und legte ihnen eine christliche Reformation vor, nach der sie sich zu richten hätten. Die Reformation war damit reibungslos vollzogen, und der katholische Pfarrer Johannes Velthus in Goldenstedt predigte ab sofort lutherisch.
„Kannst du dir das vorstellen, Ranzen Donnerkeil? Alle

waren Punkt 8 Uhr evangelisch."
Von da an herrschte Frieden, sagte er. Die Pastöre waren lutherisch, die Küster, die auch gleichzeitig die Lehrer waren, waren lutherisch, alle waren lutherisch.
Amtsvogt Magius rieb sich die Hände. Als meine Tasse Kaffee leer war, schnippte er mit dem Finger, und sein Schreiber, der alles mitschrieb, füllte mir nach.
Amtsvogt Magius ließ sich in seinem Redestrom nicht unterbrechen. Ich fragte mich, warum er gerade mir die Historie so ausführlich darstellte.
1555 wurde, so meinte er, im „Augsburger Religionsfrieden" die katholische und evangelische Religion reichsrechtlich als gleichberechtigt anerkannt, und damit erhielt der jeweilige Landesherr das Recht, in seinem Land die Glaubens- und Kirchenordnung zu bestimmen. „cujus regio, ejus religio".
Doch als die Gegenreformation begann, schrieb das Bistum Münster seinen Untertanen vor, wieder katholisch zu werden, und verlangte in Goldenstedt, wo ja münstersche und hannoversche Untertanen durcheinander lebten, einen katholischen Priester und die Kirchenschlüssel, was ja bedeutete, dass Vechta Besitzansprüche an die gemeinsame Kirche stellte. Das verdross den Drosten von Diepholz, und als der katholische Priester Jodocus Funk eingeführt werden sollte, war dieser, wahrscheinlich um mit seiner Angst fertig zu werden, besoffen und entzog sich mit seiner folgenden Bewusstlosigkeit dem Protest der Bevölkerung. Damit konnte der katholische Messpfaffe seine Abgötterei in der Kir-

che nicht verüben, wie der Amtsvogt Magius voller Genugtuung in den Kirchenbüchern gelesen hatte. Zwei Jahre noch bis 1616 vertrugen sich die bischöflich münsterschen und herzöglich lüneburgischen Untertanen gut miteinander. Doch das war nur die Ruhe vor dem Sturm gewesen; denn der Droste von Vechta wurde erneut von Münster angewiesen, den jetzigen Pastor von Goldenstedt aus seinem Amt zu werfen und ihm das Pfarrhaus zu verbieten.
„Der Priester wird aus seiner eigenen Kirche gewiesen?“, fragte ich nach.
Amtsvogt Magius schlug mit der Faust auf den Tisch. Seine Stimme überschlug sich, aber ich konnte seine Aufgeregtheit nur nachvollziehen, wenn ich mich in das letzte Jahrhundert versetzte.
Weil der evangelische Pfarrer nämlich der Aufforderung, das Pfarrhaus zu verlassen, nicht nachkam, wurde unter dem Schutze einer großen Bewaffnung ein katholischer Pastor eingeführt. Der evangelische Küster Harmann Wessel sollte ebenfalls den Dienst quittieren, wenn er bis Weihnachten nicht die katholische Religion annähme. Doch da erschien zum Glück der Droste von Diepholz mit einer bewaffneten Mannschaft, um den evangelischen Küster zu schützen. Und so entwickelte sich damals im Laufe der Wirren und im folgenden 30-jährigen Krieg in Goldenstedt die absonderliche Situation, dass der Pastor ein katholischer und der Küster ein evangelischer Christ war.
„Aber das ist doch ein gutes Abkommen“, warf ich

schüchtern ein, „der Grundstein für das Simultaneum mixtum."
„Eine billige Notlösung, bei der die Protestanten den Kürzeren zogen", wetterte der Amtsvogt. Er schrie einige Male.
Ich verstand nur soviel, dass sich daraus seitdem ein stetiger Streit nährte.
„Streit war selbstverständlich, war geradezu unvermeidlich", rief der Amtsvogt, „aber nun ändern sich die Zeiten, neue ruhmreiche brechen an", und er schlug mir auf die Schulter.
Und jetzt könnte es an seinem genialen Plan liegen, diesen Streit zu Gunsten von Diepholz zu entschärfen. Die einzige Bedingung bestand nur darin, dass ich, Ranzen Donnerkeil, der Sohn Donnerkeils, nicht der Sohn seines ehelichen Vaters Donnerkeil, sondern der Sohn eines münsterschen Beamten sei.
„Du darfst nicht der Sohn Donnerkeils sein", trompete er. Denn wenn das so sei, dann könnte er Vechta unter Druck setzen, und Vechta müsste, um sein Ansehen nicht zu verlieren, in strittigen Fällen klein beigeben.
Ich sollte also das Faustpfand sein.
Aus diesem alleinigen Grund ließ mich der Amtsvogt Magius in der Kommandantur üppig frühstücken, hatte mich aus den Händen von Verbrechern befreit, was er behauptete, ich aber nicht glaubte, und verlangte nun von mir mein Placet, wie er es lateinisch ausdrückte, dass ich ab sofort vom Pastor von Barnstorf unterrichtet werde und gleichzeitig vom Organisten in die Musik

und in den Gesang eingewiesen werde. Denn sein Plan sah vor, mich, Ranzen Donnerkeil, zum Küster in Goldenstedt zu machen.
„Das ist nicht nur kein Fortschritt nicht, das ist genial", lachte er, und er hob seinen Wams in die Höhe und freute sich sichtlich.
„Was hält denn der ehrwürdige Gerhard Hermann Holtmann in Goldenstedt von diesem Plan? Er ist doch der Küster?", fragte ich besorgt.
„Der kommt in meinen Überlegungen nicht vor!", entschied Amtsvogt Magius, „wer trinkt, hat kein Rückgrat", und er entließ mich, um nachzudenken.
„Oder hast du noch weitere Fragen?", schnarrte er, als er schon in der Tür stand, die der Schreiber ihm eilfertig geöffnet hatte, und zog die Stirn kraus.
„Ich möchte wissen, was diese Buchstaben bedeuten!", erwiderte ich und schrieb die lateinischen Großbuchstaben auf ein Blatt Papier, wie ich sie an der Toreinfahrt von Lükes Hof ins Holz geschnitzt entdeckt hatte. Ich wollte mich vergewissern. Es waren fast alle Buchstaben, die auch auf meiner Uhr gewesen waren, einige unterschieden sich, auch standen sie in anderer Reihenfolge, einige fehlten, die ich nun dem Amtsvogt Magius niederschrieb: M.D.C.C.L.X.V.I.I.I.
„Das sind keine Buchstaben, das ist eine Zahl", sagte Amtsvogt Magius anmaßend, „wo hast du sie entdeckt?"
„An der Toreinfahrt von Thiemanns Hof", erwiderte ich.

Er blickte auf das Blatt und sagte: „1768“
„Das ist das Jahr meiner Geburt,“ sagte ich und nickte.
„Bedeutungsvoll?“, fragte er.
„Mein Geburtsjahr“, erwiderte ich.
„Es ist der Schlüssel unserer Herrschaft“, entgegnete er,
„und damit basta!“

14.

Früher hatte man mir gesagt, ich tauge zu nichts weiterem, als Maulwurfshaufen platt zu treten, die besonders im Frühjahr und Frühsommer die Felder und Gärten überzogen. Ich hatte eine gewisse Meisterschaft darin entwickelt, die Ursache der schwarz aufgewühlten Erde zu beseitigen. Denn kaum einer im Dorf wandte dafür so viel Zeit auf wie ich. Ich konnte warten, stundenlang, und es fiel mir leicht zu warten, weil ich, während ich auf einem Stein hockte, Spaziergänge durch die Worte der Leute unternahm, die ich gehört hatte, Worte in der Kirche, in den Gesprächen der Bauern oder beim Philosophieren mit dem Küster. Ich fand Spaß daran, die Gedanken weiter zu denken, die andere abgebrochen hatten, dabei immer den Blick auf die Maulwurfshaufen gerichtet, und wenn sich auch nur ein Krümel in den Morgen- oder Abendstunden auffällig bewegte, dann stieß ich mit der Schaufel zu oder kratzte mit einem Holzhaken die Erde mit einem Schwung weg und holte das hässliche Untier, das uns die Wurzeln der Früchte wegfraß, heraus.

„Maulwürfe sind gefräßige Tiere, die die Fundamente der Pflanzen zerstören", meinten die Bauern im Dorf. Mein Vater ist einmal von Meier Caspar Christian Lux, dem wohl größten Bauern, mit einem Maulwurf verglichen worden. Auch er würde die Fundamente des Dorfes wie diese unterirdischen Viecher ankratzen. Aber

wenn ich, Ranzen Donnerkeil, die Meisterschaft im Maulwurfstöten errungen habe, dürfte mein Vater die Krönung meiner Laufbahn werden.
Das war eine Anstachelung zur Gewalt gegen die Eltern, und ich sagte es ihm. Aber er lachte: „Spaß liegt in den Wörtern, Ernst in der Tat."
Er ging, hob in der Ferne die Hand, doch nach Stunden kam er zurück, in einem Korb zwei Schweinepfötchen, die er vor mir ins Gras warf.
„Damit deine Mutter unserm lieben Donnerkeil die Erbsensuppe würzen kann!", lachte er und ging wieder, als wäre er ein Geist.
Ich mochte diesen Witwer Meier Caspar Christian Lux nicht, der immer klug daherschwätzte und sich unendlich viel auf die lateinische Toreinfahrt einbildete. Er war ein Ränkeschmied und ging mit den Worten so geschickt um, dass ein jeder ein Opfer seiner absonderlichen Beweisführung wurde. Mich lobte er, ich sei geschickt, Maulwurfshaufen einebnen zu können, aber gleichzeitig hetzte er mich zum zweiten Mal auf, meinem Vater ein Bein zu stellen. Seine Anspielungen hatten immer einen bösen Kern.
Er holte mich schon mal auf seinen Hof, lud mich zu einem Gespräch ein, doppelzüngig, köderte mich mit einer Scheibe Schinken, schmeichlerisch, um zu erfahren, wie das Leben im Moor sei. In Wirklichkeit aber bespitzelte er unsere Familie, wollte wissen, was mein Vater dachte und ob meine Mutter unversehens zu Reichtum gekommen sei. Dann schickte er mich fort.

Er gab mir, als ich noch kleiner war, eine Süßigkeit mit und jetzt manchmal ein kleines Büchlein, das ich studieren sollte.
Meine Gedanken waren heute ungeordnet. Nach so einer Nacht im Verlies und nach so einem Frühstück. Sie torkelten mir im Kopfe herum. Natürlich war das Angebot des Amtsvogt Magius eine Verführung, und es anzunehmen wäre eine Sicherung des dauerhaften Unterhalts für mich. Doch Gerhard Hermann Holtmann würde das Opfer meiner Beförderung sein, und er würde wegen Untätigkeit, Faulheit, Unfähigkeit im Amte und zunehmender Trunksucht, die ihm das Lesen des Kirchenbuches in letzter Zeit erschwerte, aus dem Küsteramt verwiesen werden. Wie es ja später auch tatsächlich geschah!
Aber würde mich die Bevölkerung von Goldenstedt akzeptieren? Würden die Katholiken nicht genauso Krach schlagen, wie bei der Amtseinführung von Gerhard Hermann Holtmann, der über das Glockenseil in den Turm verschwinden musste und wo der lutherische Kirchenprovisor Bredemeyer eine gehörige Tracht Prügel bezog und zwei Wochen nicht aus dem Stroh herauskam?
Würde der „Kalte Krieg“ zwischen dem Pastor Droste und dem Küster dann zu Ende gehen oder würde ein heißer daraus werden; denn ich war dabei, als vor gerade einem Monat die Heftigkeit des Streites zwischen den beiden Vertretern der Konfessionen noch einmal schlimm aufflammte.

Christa Kessens

In dem Gespräch, das zu dem Streit geführt hatte und zunehmend aggressiver geworden war, warfen sich beide vor den Versammelten die Ungeheuerlichkeiten der letzten Jahre und dann auch Jahrhunderte vor.
Der Küster, leicht angetrunken und ergrimmt, sagte, um die Voreingenommenheit des Pastor Droste zu demonstrieren, vor allen Leuten:
„Ihr Katholiken habt im Mittelalter in Goldenstedt einen Hahn angeklagt, weil der angeblich den Naturgesetzen zum Trotz ein Ei gelegt hatte. Ihr habt ihn vor Gericht geschleift und als verkleideten Teufel habt ihr ihn auf dem Scheiterhaufen verbrannt."
Pastor Droste zog die Stirn kraus, blieb entgegen seiner Gewohnheit, bei kleinsten Unstimmigkeiten aufzubrausen, ruhig, dann glättete er mit der Hand die Stirn und knurrte: „Davon weiß ich nichts, und es scheint auch falsch zu sein, denn es klingt ausgedacht. Denn so dumm können selbst stumme Katholiken nicht sein. Dieser Vorwurf richtet sich also gegen dich als den Urheber einer Lüge. Aber erinnerst du dich an die Glocke von Pastor Mauwe? An die Glocke, die ihr für euch beansprucht, uns aber gehört? Die Glocke wurde von den Protestanten für schuldig gesprochen, weil sie die Katholiken vor den Diepholzern gewarnt hatte. Zur Strafe wurde sie vom Turm gerissen, durch die Straße geschleift und vom damaligen Küster ausgeprügelt. Anschließend wurde sie für 11 Jahre aus Goldenstedt verbannt. Das nenne ich hanebüchenen Unsinn."
So verlief das Gespräch damals, und es kam ja noch

schlimmer. Der Pastor Droste warf dem Küster vor, seine Kompetenzen zu missbrauchen, zu läuten, nur wenn es ihm beliebte; den Weihrauch nicht verströmen zu lassen, die Predigt mit einigen evangelischen Tönen vom Orgelboden zu pertubieren und sich insgesamt destruktiv zu verhalten und immer mit dem Zeigefinger nach Hannover zu zeigen, von wo Truppen auftauchten, um die Münsteraner Untertanen in die Schranken zu weisen.

Und der Küster war ja nicht besser in seinem Verhalten. Er warf dem Pastor Droste vor, dass er Proselytenmacherei betreibe, dass er also Protestanten verführe, katholisch zu werden. Das sei das größte Verbrechen. Und das tue er mit den lateinischen Geheimworten so geschickt, dass der Katholizismus mehr Mystik als Glaube sei.

Mein Vater kommentierte den Streit so: Um ein Mitglied der Schafherde von Pastor Droste oder dem Küster sein zu können, muss man vor allem ein Schaf sein.

So ging der Streit schon seit Jahren. Und ich sollte ein neues Opfer in diesem Krieg werden. Ich, Ranzen Donnerkeil, der viel zu schwach war, um es mit Pastor Droste aufzunehmen. Ich, der nicht einmal einen echten Vater vorweisen konnte. Ich nahm mir vor, lieber unsichtbar zu bleiben und nicht in die Mühlen der Vögte zu kommen. Und eigentlich hatte ich nur die Buchstaben im Kopf, meine auf der Uhr und die an der Toreinfahrt. Nur ein kleiner Unterschied war da, ein kleiner, ein ganz kleiner.

Denn Amtsvogt Magius hatte mir es ganz einfach erklärt:
MDCCLXVIII ist wie M+D+C+C+L+X+V+I+I+I = 1000+500+100+100+50+10+5+1+1+1 = 1768.
Die gekennzeichneten Buchstaben auf meiner Uhr hießen MCILVVDVIIC, aber wenn ich sie ordnete, dann entdeckte ich das erste Geheimnis, denn geordnet ergaben die Buchstaben einen Sinn:
MDCCLVVVIII ist wie M+D+C+C+L+V+V+V+I+I+I = 1000+500+100+100+50+5+5+5+1+1+1 = 1768.
Ich blieb in Diepholz an vielen Steinen stehen, um nachzudenken. Als ich dann auf dem Weg ins Goldenstedter Moor das Pastorat in Diepholz passierte, ging ich Mut fassend zum evangelischen Pastor, der im Lehnsessel saß, Pfeife rauchte, in Blättern herumlas und dann aufmerksam zuhörte, als ich ihn mit meinem lateinischen Geheimnis konfrontierte.
Er setzte sich nieder, schrieb den Satz auf, den ich ihm aus dem Kopf diktierte, und er sagte, das wäre kein Kinderspiel, ihn zu übersetzen; denn er sei fast lyrisch. Er untersuchte den Satz nach allen Seiten hin, drehte und wendete ihn wie einen Hufnagel, dann erst atmete er auf und lächelte. Leider aber begnügte er sich nicht mit der reinen Übersetzung, sondern wollte mir auch die Grammatik erklären, und es sei in den Worten ein Kryptogramm sichtbar.
„Ein Kryptogramm?“, fragte ich, „was ist das?“
„Eine verborgene Schrift, darin eine Botschaft.“
„Eine Botschaft?“

„Wo hast du den Satz gefunden?“, fragte er, und da ich die Wahrheit ihm nicht offen legen wollte, log ich: „Ich habe ihn in einer historischen Schrift eines Bauern gesehen.“

Damit gab er sich zufrieden, doch er erklärte mir siebenmal, dass die herausgehobenen elf Buchstaben ein Kryptogramm seien.

„Das weiß ich schon“, sagte ich, „ denn in die richtige Reihenfolge gesetzt, ergeben sie mein Geburtsjahr.“

„Dein Geburtsjahr, das ist ja sonderbar“, entgegnete er.

Ich sagte geistesgegenwärtig: „Mein Geburtsjahr ist zufällig auch das Jahr, in dem die Toreinfahrt des Bauern Thiemann in Tange gemacht wurde.“

„Interessant, interessant“, meinte er, „aber meistens ist es so, dass ein Kryptogramm eine noch tiefere Bedeutung hat. Richtig zusammengesetzt kommt also dein Geburtsjahr heraus. Hier 1768. Aber das wäre doch zu einfach, dein Geburtsjahr verschlüsseln zu wollen. So ein bedeutender Untertan bist du ja nicht!“, lachte er laut, als habe er einen ausgezeichneten Witz gemacht, und fuhr fort: „In Wahrheit steckt wohl noch mehr dahinter. Vielleicht ein Name oder die Abkürzungen eines Namens oder eines Ortes“, mutmaßte der Pastor.

Und mir ging ein Licht auf.

Denn der lateinische Satz, den der Pastor mir gerade übersetzt hatte, war ein Hinweis auf meinen Vater. Der Satz hieß im Ursprung:

PATREM AGNOSCET FILIVS
CORPORIS PROVIDENTIAM REVERENS ANIMIQUE
FILIUM AGNOSCET PATER

In der Übersetzung:

Seinen Vater wird anerkennen der Sohn
- des Körpers und Geistes Weisheit hochachtend -
Seinen Sohn wird anerkennen der Vater.

Und ich spürte aus meinem Herzen heraus, dass mein Vater in verborgener Sprache zu mir sprach und mir eine Botschaft übermittelte.

Aber was wollte er mir nur sagen?

15.

Ich lief im Dauerlauf barfuß fast den ganzen Weg nach Goldenstedt zurück, und mein Rücken tat mir zum ersten Mal in meinem Leben zu meiner Verwunderung gar nicht weh, als sei ein Wunder geschehen. Ich rannte. Ich sprang in die Luft, als könnte ich ins Paradies springen. Ich war meinem Vater auf der Spur. Ich war ihm so nahe gekommen, dass ich ihn fassen konnte. Ich spürte wie ein Ertrinkender in letzter Sekunde Grund unter den Füßen.

Wer verbarg sich hinter den Buchstaben?

Und der lateinische Satz war so gültig wie das Kirchenlied „Maria, breit den Mantel aus“.

Der verlorene Sohn durfte in das Haus des wahren Vaters einkehren und mit ihm das Wiedersehen feiern.

Wollte ich das?

Durfte ich das?

Wollte mein Vater das?

Doch noch war das Rätsel nicht gelöst. Denn was bedeutete der Satz wirklich, dieses Kryptogramm? Ich wiederholte den lateinischen Satz ununterbrochen, betonte ihn mal so oder so, um ihm sein letztes Geheimnis zu entlocken. Und ich vergegenwärtigte mir seine Übersetzung. Gleichzeitig wieder zweifelnd, fragte ich mich, warum hatte mein Vater sich hinter den Buchstaben versteckt? Waren Buchstaben wichtiger als eigenes Fleisch und Blut? Hatte er Angst? Warum stand er nicht

zu mir, seinem Sohn? Was hat er vor 18 Jahren getan? Hat er meine Mutter zur Sünde gezwungen oder war gar meine Mutter gerade diejenige gewesen, die meinen vielleicht schwächlichen Vater verführt hatte, um ihren Vorteil daraus zu ziehen?
Und was bedeuteten die Buchstaben, was der Satz?
PATREM AGNOSCET FILIVS
CORPORIS PROVIDENTIAM REVERENS ANIMIQUE
FILIUM AGNOSCET PATER

Seinen Vater wird erkennen der Sohn
- des Körpers und Geistes Weisheit hochachtend -
Seinen Sohn wird anerkennen der Vater.

Dieser Satz war 18 Jahre alt, so alt wie ich. Und ich wusste, dass er in bestimmter Absicht auf die Uhr graviert worden war, und der Satz war das Zeugnis, dass mein Vater nicht Donnerkeil, sondern ein Unbekannter war. Ich brauchte nur noch meine Mutter zu fragen, und ich würde wissen, welchem Blut ich entstammte, wo meine Wurzeln waren.
Diese Gedanken gingen mir quer durch den Kopf, als ich nach Goldenstedt kam. Ich war so gedankenverloren, dass ich Wilken Johann und Albers Wilhelm nicht sah, die miteinander redeten. Ich blickte, den Kopf nachdenklich geneigt, zu Boden, schaute auf meine nackten Füße, überlegte mir den Sinn des Satzes, und ich hatte gerade die beiden passiert, als Albers Wilhelm rief: „Seit wann sagt man alten Leuten keinen guten

Tag mehr?“ Und kaum hatte ich die Bedeutung des Satzes verstanden, hatte er mir schon eine Ohrfeige gegeben, was mich in die Wirklichkeit zurückbrachte.
„Dieses nichtsnutze Volk im Moor!“, maulte Wilken Johann, nahm seine Mütze vom Kopf und drohte mir damit.
Ich grüßte zweimal übertrieben, und schon schlich ich wie früher geduckt wie ein ängstlicher Hund auf die Kirche zu.
Überall hatten die Leute etwas zu tun. Der Schmied Dünnreb Snessek passte einem Pferd das Hintereisen an.
Weißer Qualm stieg wie Weihrauch in die Luft wie ein Symbol meiner Freude, als wenn ein Papst gewählt worden war: Ich hatte einen Vater.
Ich behielt diesen Gedanken natürlich unausgesprochen für mich; denn ein solcher Vergleich wäre wie eine Gotteslästerung erschienen, aber ich roch verbranntes Horn der Pferde so gern wie an manchen Sonntagen den Weihrauch in der Kirche.
Die Milchkannen klapperten, und in den Kammern wurde gebuttert. Und ich hatte das Gefühl, nicht wirklich zu sein, mehr zu sein als Luft und Freude. Zum ersten Mal fühlte ich mich frei und unbeschwert, fühlte im Kreuz keine Schmerzen, und ich hätte vor Freude einen Spaten in die Hand nehmen und eine Reihe schwarzer Erde nach der anderen umgraben können. Doch mich wollte im Dorf keiner dingen. Ich taugte ja zu nichts. Und auch jetzt spürte ich, dass die Schul-

mädchen in ihren langen Kleidern mich grinsend auslachten. Sie hielten ihre Zöpfe nach vorn, als hinge ich ihnen zum Hals hinaus.
Vor dem Aushang der Kirche standen einige Leute und steckten die Köpfe zusammen, während der alte „wilde Eber", wie alle den Kolonialisten kurz vor dem Moore nannten und der Gräben durch die Tümpel zog, die Hochamtsverkündung laut vorlas. Langsam, stockend, doch richtig. Er las noch immer am besten von den alten Leuten. Die meisten konnten nicht lesen. Ihnen reichte, was der Pastor Droste ihnen vorlas, und sie begnügten sich mit den Bildchen, die an hohen Feiertagen in der Kirche verteilt wurden. Den meisten reichte es, die Totenbilder anzuschauen, den Schnitter Tod anzuschauen, wie er mit der Sense über Land zog und alle Menschen ohne Unterschied des Reichtums oder des Standes gleichmachte.
Doch als der „wilde Eber" las, dass Lina Thiemann und Meier Caspar Christian Lux die Absicht hatten, in den Bund der Ehe zu treten, war ich doch überrascht. Eigentlich war ich erschrocken, denn diese Ankündigung irritierte mich. Ich stolperte über meine nackten Beine und fiel der Länge nach ins Gras. Der „wilde Eber" rief unter dem Gelächter aller: „Hat der Moorteufel zwei linke Hände, und nun hat er auch noch zwei linke Füße, dieser ungeschickte Kerl!"
Ich stand auf, kratzte mir den Dreck von den Knien und wollte zu meiner Tante Bertha gehen und sie um ein Glas Milch bitten. Die Worte gingen mir nicht aus dem

Kopf. Lükes Mutter Lina wollte heiraten, und ich erfuhr erst jetzt davon, als letzter. Warum hatte mir Lüke nichts erzählt, wo sie doch mein Freund war? Und wieder nagte der Zweifel an mir. Sie war doch die einzige, die mich im Dorf ohne den schiefen Blick ansah und nicht ins Gelächter einstimmte, wenn alle grölten. Sie hatte mir die Hand in Augenblicken hingestreckt, in denen ich diese Geste als Beweis ihrer Freundschaft ansah. Zwei Äpfel hatte sie mir geschenkt.

Jetzt würde nächsten Sonntag verkündet werden, dass Lükes Mutter und einer der reichsten Bauern sich die Ehe versprechen wollten. Ich kannte Meier Caspar Christian Lux gut, vielleicht zu gut. Zweifellos war er einer der besonnensten Leute im Dorf. Er hatte mir, als er von einer Fuhre Holz aus Bremen zurückkam, einen Kandisklumpen zugeworfen, der so süß auf der Zunge schmeckte wie Bischkops Honig. Er würde jetzt, wenn er in einer Woche schon als Witwer seine zweite Ehe einging, über Lüke mitzubestimmen haben. Und deshalb könnte er auch in mein Leben eingreifen, denn er wäre dann Lükes Stiefvater, den Lüke fragen musste, wann sie den Hof verließ und wem sie Äpfel schenkte.

Die schweren Gedanken hatten wieder Besitz von mir ergriffen, ich taumelte und wäre fast kopflos in die Hunte gefallen. Ich setzte mich ans Ufer dieses trägen Flusses, sah bei Flege einige Wäscherinnen, darunter auch Luise Breuer, wie sie die weiße Wäsche über das Brett zogen und schlugen.

Luise Breuer trat an den Fluss, machte das Kreuzzei-

chen, schöpfte eine Kanne Wasser, trank einen Schluck und ging hinunter ins Dorf.
Die Wäscherinnen luden nun die Wäsche auf die Karre und schoben sie quietschend am Hunteweg entlang, das Ufer hinauf zur Brücke, von dort auf die staubige Straße. Die Sonne schien immer noch. Und ich bräuchte bestimmt zwei Stunden, um zu unserem Haus im Moor zu kommen.
Doch ich wollte noch nicht gehen. Ich war in Gedanken bei Lüke. Ich legte mich in die Binsen, senkte den Kopf ins Schilf bis auf den Boden und stierte in den weißblauen Himmel. Um mich einige Birken; einige Erlen schüttelten sich im Wind, einige Pappeln raschelten mit den Blättern. Während ich den Vögeln zusah, das Getier über die Gräser laufen sah, verirrte ich mich zurück in die Zeit, als Lüke gerade ihren Vater verloren hatte, als Ratten Paul sie bedrohte, als noch keiner wusste, wie es mit der Familie Thiemann weitergehen sollte.

Es war eine schreckliche Zeit.

Wir saßen damals in dieser schweren Stunde in der Stube des Bauern Thiemann. Lükes Brüder aufgereiht wie die Spatzen auf dem Ackerzaun, vor dem Tisch die Mutter, neben ihr der Küster Gerhard Hermann Holtmann als Zeuge, ich als weiterer Zeuge hinter Lüke, die mich

aufgeboten hatte, und ich schaute in ihre blonden Haare, und der Mutter gegenüber der Beamte, den Adolf Boldewin von Steding, der Gutsbesitzer in Stedingmühlen, geschickt hatte, um die Erbschaft zu regeln.
Und es geschah folgendes:
„Du kannst schreiben?“, fragte der Beamte den Küster, und als dieser bejahte, fragte er ihn, ob er als Zeuge bei der Vertragsunterzeichnung auftreten wollte. Gerhard Hermann Holtmann nickte, und heimlich dachte er wohl, vielleicht bekäme er einige Taler Salär und könne sich die Woche einmal eine Kanne Bier und einen Krüden obendrein kaufen.
Die junge Witwe zog den Küster ins Vertrauen, denn den Beamten des Gutsherrn mochte sie nicht. Der pochte mit dem Federkiel auf das Blatt Papier und erläuterte die Abgaben, die sie zahlen sollte.
„Ist Geld da?“, fragte der Beamte.
„Es ist kein Geld da“, antwortete Lina, die nach der Beerdigung noch 38 Taler besaß und dieses Geld draußen unter dem Stein am Holzstall versteckt hatte.
Denn sie wusste nur zu gut, dass im Falle des Todes sie allen Besitz, den sie hatte, an den Grundherrn zurückzugeben hatte. Denn was der Leibeigene erwirbt, erwirbt er für seinen Herrn. So hieß das Gesetz seit Alters her, seit Karl dem Großen.
Zwar hatte der Bauer ein erbliches Nutzungsrecht an seiner Stelle, aber der Hof war nur sein Besitz, nicht sein Eigentum. Dafür dass die Witwe Thiemann nun das Eigentum des Junkers Steding nutzen wollte, mus-

ste sie eine jährliche Pacht und in der Regel zu Michaelis den grausamen Zehnten zahlen.
„Dein Mann Hinnark, der Bauer, ist gestorben. Damit gehört der Hof mit allen Ländereien, mit Haus und Scheune, mit Vieh und Menschen wieder dem Grundherrn“, erklärte der Beamte im Auftrag des Junkers Steding.
Die Witwe nickte.
„Auch die Möbel, die Kleider, das Ackergerät, die Vorräte; alles bis zum Löffel im Korbe und zur Asche auf dem Herde, gehört dem Junker Steding“, erläuterte der Beamte in klarem Ton.
Die Witwe nickte nur; denn sie konnte daran nichts ändern.
„Ich kann dir mitteilen, dass dein Grundherr dir Haus und Hof lässt mit folgenden Abzügen: Du zahlst für den Gewinn deines Hofes nach dem Todes deines Mannes umgehend das Wingeld, den Gewinn, das sind zwei Kühe und vier Schweine, und du kannst den Hof weiter bewirtschaften.“
Das schafft sie nie, dachte ich in diesem Augenblick. Das wird sie zugrunde richten. Wer kann schon zwei Kühe ersetzen?
„Das schaffe ich nie, das wird mich zugrunde richten!“, sagte die Witwe und begann zu weinen.
„Du bist nicht der Eigentümer des Hofes“, antwortete der Beamte.
„Und wenn ich wieder heirate?“, fragte die Witwe.
„Dein Mann liegt gerade erst drei Wochen unter der

Erde“, sagte der Beamte ernst, aber ohne einen Vorwurf in der Stimme; denn er kannte vergleichbare Situationen.

„Ohne Mann, ohne Bauer meine ich, kann ich nicht leben“, verbesserte sie sich, und der Küster hörte mit zornesrotem Kopf zu. Und ich dachte, ohne Hilfe wird sie sterben, wird sie verhungern. Sie braucht einen Helfer, und ihre Kinder sind so klein.

Der Beamte sagte: „Wenn du heiratest, musst du die Auffahrt deines Bräutigams zahlen. Das sind wie beim Tode deines Mannes 15 Taler. Er kommt damit in den Schutz des Grundherrn, des Junkers Steding. Das hat Vorteile für ihn, ist er damit doch von der militärischen Last befreit. Er steht ganz unter dem Schutz seines Herrn.“

„Das wird ein Mann, der frei geboren ist, nie tun!“, sagte rührungslos die Witwe.

„Dann musst du dir einen leibeigenen Untertanen suchen“, erwiderte der Beamte, „davon gibt es genug.“

„Und was verlangt der Grundherr als jährliche Pacht?“, fragte leise die Bäuerin.

„Junker Steding kennt deine erbarmungswürdige Lage und setzt fest, dass du im Jahr an Pacht nur 4 Malter Roggen, 2 Malter Hafer, ein fettes Schwein, 8 Hühner und 40 Eier lieferst.“

„Ich weiß nicht, ob ich das schaffen werde“, sagte die junge Frau, und Gerhard Hermann Holtmann sah auf die vier Kinder, die hinter dem Tisch in der Küche saßen. Dort fein gekämmt, gewaschen und mit gefalteten Händen. Um auf den Beamten als den Vertreter des Gutsherrn einen guten Eindruck zu machen und ihn vielleicht milde zu stimmen, verfolgten sie das Gespräch, das sie ihr Leblang nicht vergessen würden, erfuhren sie doch, dass ihr Schicksal in der Hand anderer lag.

Lüke, Rolf, Menke und Robke hießen die Kinder, drei Jungen, ein Mädchen.

„Und die Kinder?“, fragte besorgt die Mutter.

„Sie durchlaufen den üblichen Gesindedienst“, sagte der Beamte.

Den Gesindezwangsdienst wollte ich verbessern, denn für jeweils ein Jahr mussten die Jungen die Kühe des Grundherrn in der Mark hüten und Lüke, die 18-jährige Tochter, würde ein Jahr in der Küche des Grundherrn arbeiten müssen.

„Unsere Tochter hat doch schon gedient“, warf die Frau mit matter Stimme ein, merkte sie doch, dass der Vertrag an ihre Existenz rührte, „sie hat doch schon gedient, als sie zwölf war.“

„Dann ist das erledigt“, räumte der Beamte ein, und blätternd in seinen Unterlagen sah er, dass Lüke bereits vor 6 Jahren auf dem gutsherrlichen Hof Schultendircken, der auch dem Junker gehörte, ein Jahr die Milchkannen geschrubbt hatte.

„Wird denn wenigstens meine Tochter den Freibrief bekommen?“, fragte die Mutter.

„Ich schlage dir vor, dass dein baldiger Mann sich verpflichtet, in das Leibeigentum des Junkers einzutreten.

Dann wird deine Tochter den Freibrief bekommen."
„Und diesen Vertrag muss ich unterschreiben?", wandte sich Lina Thiemann an den Küster.
Der Beamte hob die Augenbrauen, klopfte fast zart mit den Knöcheln auf den Tisch, als begleite er eine Melodie, die er im Kopfe hatte, und sagte dann sanft: „Dieser Vertrag ist ein gewöhnlicher Vertrag. Er ist sogar milder als dein früherer Vertrag; denn du brauchst einen nur sehr geringen Gewinn zu zahlen. Das ist die Güte deines Herrn. Damit du aber mit allen anderen gleich behandelt wirst, erwähne ich zum Schluss der Vollständigkeit halber noch, dass deine Familie, ob Knecht oder Magd, wöchentlich zwei Tage Handdienste und einen Tag den Spanndienst mit zwei Pferden zu entrichten hat. Der Spanndienst wurde wegen des frühen und schmerzlichen Verlustes deines Mannes mildtänigst halbiert."
Lina Thiemann weinte nun laut, lehnte ihren Kopf an die Schulter des nervös zuckenden Küsters und sah ihn bittend an: „Kannst du mir nicht helfen?"
Der schüttelte sich, war wohl ebenso verzweifelt wie sie, dachte bestimmt daran, ihr bei den Arbeiten auf dem Felde behilflich zu sein, doch wenn er an seine dünnen Arme dachte, wusste er, dass der Wunsch größer als die Tat wäre.
Der Beamte zog den Vertrag aus der Tasche. Lina buchstabierte ihn unter Tränen, und da dem Beamten es zu lange dauerte, forderte er den Küster auf, den Vertrag vorzulesen.

„Es muss noch ergänzt werden, dass die Tochter Lüke unentgeltlich freikommt, wenn der zukünftige Mann sich in das Leibeigentumsverhätnis des Junkers Steding begibt“, wies Gerhard Hermann Holtmann auf den Passus hin.
Und widerwillig änderte der Beamte diese Passage des Vertrages, der durch die verweinte Unterschrift der Witwe, des Beamten und des Küsters Gültigkeit bekam.
„Eine Sünde!“, entfuhr es leise dem Küster.

Ich hatte gerade an diesen Vorgang gedacht, als ich aufschreckte; denn plötzlich ritt eine Reiterschar durchs Dorf, schlug an die Gewehre und an die blauen Eisen. Ich sprang auf, um meine Neugier zu stillen. Die Reiter waren zu viert. Sie hatten vor der einzigen Gastwirtschaft ihre Pferde an die Pferdestange gebunden, mit lauten Stimmen fragten sie nach dem Pastor Droste, nach dem Küster, nach Bredemeyer, nach Meier Caspar Christian Lux, nach Schultendircken, nach Abelmeyer, nach Landmeier, nach allen Leuten, die im Dorf etwas zu sagen hatten. Alle sollten sie auf den Kirchplatz kommen.
„Sofort!“ hieß die Anweisung der Vechtaer Kürassiere.
Das ganze Dorf trat zusammen, selbst die Hannoveraner Untertanen, einschließlich der Untervögte, alle kamen zusammen und hörten die Ursache der Aufregung.

Seit heute Morgen war der Goldenstedter Obervogt Unkraut verschwunden, spurlos verschwunden, und es sei ein höchst kriminelles Vergehen an einem Vechtaer Beamten, das mit Kerker bis an das Lebensende des Täters bestraft werde, wahrscheinlich sogar durch Hängen.

Einige grinsten lautlos, gleichsam nach innen. Ich hatte sie beobachtet. Besonders Bredemeyer schmunzelte, auch Meier Caspar Christian Lux, denn sie hassten den Obervogt Unkraut. Und ich vergaß Abelmeyers Schmunzeln nicht.

Trauer entdeckte ich in keiner Leute Augen.

Doch die Aufruhr war groß.

Ich beobachtete das Dorf mit aufmerksamen Blicken. Und als die Sonne fast schon unterging und die Suche mit Hunden, den Dorfältesten, den Knechten und fast allen männlichen Untertanen begann, verließ ich das Dorf und legte mich in die Schilfbüsche der Hunte, wartete dort, bis sich die Suchdienste in alle Winde verstreut hatten. Dann erst verließ ich das Hunteufer, ging querfeldein durch die Wiesen immer weiter ins Moor hinein, dachte nicht an Obervogt Unkraut, sondern an Lüke und daran, was mit mir werden sollte. Denn mein Optimismus war unerklärlicherweise plötzlich dahin.

16.

Meine Mutter schlug ein Kreuzzeichen über der Pfanne, in der fetter Speck briet und flüssig wurde. Woher der Speck kam, wusste keiner, und als ich danach fragte, gab keiner eine Antwort. Ich steckte einen Kanten schwarzes Brot auf die Gabel, rührte in der Pfanne herum, so dass das Brot sich voll saugte, und genussvoll knabberte ich daran herum, schielte über den Rand der Pfanne und beobachtete meinen Vater, ob ein Gewitter in der Luft hinge.

Keiner sprach einen Ton. Nur meine Schwester Marie erzählte von dem Aufruhr im Dorf, was meine Eltern sichtlich erfreute.

„Dieser Satansbraten“, sagte mein Vater, schob einen Kanten Brot in den Mund, und das Fett lief an seiner Backe herunter.

„Unkraut bleibt Unkraut“, spottete meine Mutter.

Ich blickte ihr in die Augen, und ich beobachtete ihr Zucken, als die einzelnen Namen der Suchaktion genannt wurden, dass Lina Thiemann sich wiederverheiraten werde und dass sie mit Meier Caspar Christian Lux einen guten Fang gemacht habe. Dann kam das Gespräch wieder auf den Obervogt und seine Macht, und dass es endlich an der Zeit sei, dass Obervogt Unkraut verschwunden sei, spurlos.

Mein Vater brummte in den Bart, wischte mit dem Handrücken über den schwarzen Schnurrbart und nick-

te mit sichtlichem Vergnügen.
War der Speck in der Pfanne die Ursache?
Ich sagte: „Es schmeckt."
Er nickte wieder, dann wischte er mit dem Ärmel über den Mund, schmatzte noch einige Male, öffnete die Haustür, um frische Luft durch die Diele blasen zu lassen, doch zu viele Mücken strömten mit ein, so dass Mutter rief: „Lass den Qualm in der Kammer!"
„Den Geruch braucht nicht jeder in der Nase zu haben", entgegnete er und setzte hinzu: „Was man nicht riechen kann, kann man auch nicht vermuten."
Ich verstand den Satz nicht. Das späte Tageslicht war längst in die Sommerdämmerung übergegangen. Donnerkeil ging nach draußen, setzte sich auf einen Baumstamm, der als Sitzbank diente, winkte mich zu sich und sagte: „Morgen gehst du ins Moor, dorthin, wo die Sonne untergeht."
„Also westlich, ich verstehe", antwortete ich.
„Red nicht so klugscheißerisch. Du gehst dahin, wo die Sonne gewöhnlich ins Moor versinkt. Dort wo der Tümpel entstanden ist und ich schon einige Male den Schwarztorf herausgeholt habe."
„Dort wo ich die Weidekätzchen geschnitten habe?", fragte ich gehorsam.
„Genau da. Du kennst die Stelle. Jede Menge Vögel schwirren da herum. Sie nehmen den Tümpel als Badestelle", sagte er und rieb sich ohne Grund die Hände.
Donnerkeil spuckte auf den Boden. „Ich möchte nun wohl wie der Meyer Lux eine Pfeife rauchen. Eine Pfei-

fe aus hartem Buchenholz und den Rauch zerbeißen", sagte er. Er strich durch seine schwarzen Haare, hob die Füße und schlug die Holzschuhe zusammen. „Ich glaube, die Zeiten werden besser", sagte er.
Ich hörte ihm zu, und er hatte gerne Zuhörer. Er sprach von seinem Tag im Wald, von den kleinen Stänkereien unter den Leuten, davon, dass der Schuster die Holzschuhe nun mit einem Lederriemen an der Oberkante versah und er sich keine Schwielen mehr am Fußrist laufe. Morgen müsse er Besen binden, und er bildete sich einiges auf diese Kunst ein, und dann sagte er: „Dort beim Tümpel, und in gerader Richtung ein Stück weiter, da stehen die braunen Pilze. Die holst du morgen früh. Ich werfe dich aus dem Bett, und du gehst los und holst die Pilze. Und dass du es nicht vergisst, sonst setzt es Hiebe! Ich will morgen Abend gebratene Pilze essen."
Wir gingen ins Bett. Ein leiser Wind ging diesen Sommer durch unsere Moorkate, aber im Gegensatz zu unserem Haus in Goldenstedt klapperte kein Blendladen und kein Fenster. Donnerkeil hatte alles mit moosiger Erde, einigen Gräsern und Lehm verschmiert. Nun war es in der Sonne verkrustet und fest wie das Fachwerk. Und ein Fenster war neu und hatte Glasscheiben, die sehr teuer und eigentlich für uns unbezahlbar waren.
Einige Mücken schwirrten durch den Raum. Meistens war ich morgens ein bisschen zerstochen, so dass ich schon recht früh aufwachte. Draußen begannen die Frö-

sche zu quaken, und anfangs hörte ich unbekannte Geräusche. Doch im Laufe des Sommers war mir alles vertraut geworden, so dass ich selbst die Schritte eines Birkhahns allein aus dem Tippeln der Füße heraushören konnte.
Mein Vater hatte mich am Morgen geweckt, aber ich war wieder eingeschlafen. Auch meine Mutter schlief noch. Erst gegen Mittag wurde ich wach, nahm einen Kanten Brot und ging ins Gebiet, wo die Pilze wachsen sollten. Im Moor traf ich selten einen Menschen. Aber heute war ganz Goldenstedt und auch Lutten unterwegs und sogar Diepholzer halfen bei der Suche nach Obervogt Unkraut. Sie fragten mich, als wisse ich mehr als ein gewöhnlich Sterblicher, und ließen mich dann allein.
Ich ging tiefer ins Moor hinein, fand die brauen Pilze, pflückte sie und in meiner Freude an diesem Sommertag durchstreifte ich das Moor.
Diese ersten Gräben vor mir, die die Stecher bereits gezogen hatten und nun schon mit Wasser vollgelaufen waren. Lange Reihen, darauf abgestochener Torf, wie gewürfelt, zum Trocknen ausgelegt und kreuzweise gestapelt, wie ich es schon oft mit meinem Vater habe machen müssen. Rundherum Birken, einige Erlen, braune Gräser, die vertrocknet waren, grünes Wasser in einzelnen Lachen, Fischschnött, Grünspan, Entengrütze und Algen darin; abgestorbene Birken in den größeren Seen mit gespenstischen Schatten: ein Bild von teuflischer Wiederkehr, woran die Leute glaubten. Und

auch ich hätte Angst bekommen, wenn Donnerkeil mir nicht immer wieder eingetrichtert hätte, der Teufel wäre nichts anderes als der heulende Wind in den dürren Wipfeln der Birken.
Einiger Torf war wie Sand zerbröselt, wie Staub verfeinert und wehte bei jedem Luftzug auf. Und wenn es regnete, klebte der Torf wie Matsch an den Füßen und zwischen den Zehen. Moos kroch an den Erlen empor und nistete in den Kuhlen der Äste wie dicke Polster.
Selbst wenn der Wind still in der Luft stand, als wollte er einatmen und Luft holen für die nächste Brise, knisterte es. Einige Erlenzapfen platzten durch die Sonne auf. Es war schön und schauerlich zugleich.
Dann gab es Augenblicke von tiefer Stille, und in einem solchen Moment hörte ich eine Stimme, ein Gurgeln, ein Schlagen von Wasser, ein Rufen, ein Stöhnen. Ich setzte mich aufrecht, hörte gespannt zu, doch dann wieder Stille. Mein erster Gedanke richtete sich auf Obervogt Unkraut, doch als ich dann einen Fuchs sah, wusste ich, dass ich mich getäuscht hatte.
Wenn ich damals schon gewusst hätte, wie grausig ein Versinken im Moor ist, hätte ich alles um der Welt daran gesetzt, den Ertrinkenden zu retten. Und wenn ich damals gewusst hätte, wie grausam Menschen in ihrer Rache sein können, dann wäre die größte Strafe gerade klein genug, um ein Menschenleben zu sühnen.
Mein Rücken war frei von Spannungen. Ich legte mich wieder ins Gras, um mich stieg die Wärme des Grases und des Torfes auf und hüllte mich ein wie ein samte-

nes Kissen. So stellte ich es mir vor und dachte an Lüke. Ob sie mir zugetan war?
Immer wieder drang mir auch der lateinische Satz ins Gedächtnis:

„PATREM AGNOSCET FILIVS
CORPORIS PROVIDENTIAM REVERENS ANIMIQUE
FILIUM AGNOSCET PATER"
Seinen Vater wird erkennen der Sohn
- des Körpers und der Seele Weisheit hochachtend -
Seinen Sohn wird der Vater erkennen.

Ich war mir sicher, dass mein unbekannter, leiblicher Vater mich liebte. Doch im nächsten Augenblick begann ich auch wieder zu zweifeln. Denn warum hat er mich verraten und mich verlassen! Aber ich entdeckte in dem Satz auch Hoffnung und Trost. Denn mein Vater hatte ein Bekenntnis abgegeben, dass er nämlich Ehrfurcht habe vor der Weisheit des Körpers und des Geistes, was ja hieße, dass er das eigene Blut billige, dass das eigene Blut weise sei und dass der Geist weise sei. Denn der Sohn wäre ja Teil des Vaters.
Und dann fiel es mir wie Schuppen von den Augen, und ich konnte mich hineinversetzen in die früheren Gedankengänge meines Vaters und in seine Lage und in seinen Charakter. Er hatte meine Mutter begehrt, er hatte sie geliebt, sie hatten sich geliebt, aber wegen des unterschiedlichen Standes hatte er sie nicht heiraten können. Und als meine Mutter schwanger geworden war, hatte er sie ....

Pacco Brocca, Sevilla, Spanien

Er hatte sie verlassen.
Er hatte sie nicht verlassen, weil er sie nicht mehr liebte, sondern weil der Stand ihn gezwungen hatte. Nicht er war schuldig, sondern die Entscheidungen traf eine höhere Instanz.
Schuldig geworden war etwas, das außerhalb der Menschen liegt.
Darüber konnte ein Bürger sich nicht hinwegsetzen.
Mit einem neuen Geräusch schreckte ich auf. Ich lauschte in die Richtung des Tümpels, ging einige Schritte auf die Pilzkolonie zu, doch merkte ich nichts Lebendiges. Deshalb ging ich nach Hause, immer in Gedanken, wer mein Vater sei und wie er sich fühle.
Ich blickte meine Mutter forsch an, doch schon sank wieder der Mut, sie nach meinem Vater zu fragen. Ich nahm sie in den Arm, doch sie blickte mich unversöhnlich an. Unversöhnlich, als sei ich nicht einmal ihr Sohn.
„Wer ist mein leiblicher Vater?“, fragte ich.
Sie wusch die Holzplatten ab, dann drehte sie den Kopf zu mir und sagte mit strenger Stimme: „Hör auf mit diesem Unsinn. Ich kann dein Reden nicht mehr ertragen.“
„Ich gebe dir Geld, wenn du mir meinen Vater nennst!“, wollte ich sie überreden.
„Woher willst du Geld haben, du Bengel?“, lachte sie, aber ihr Lachen klang nicht ehrlich.
„Ich werde ihn erpressen“, schlug ich ihr vor. „Ich werde Geld fordern für mein Schweigen. Und dieses Geld gebe ich dir.“

Sie schlug das Spültuch auf den Tisch. Früher hätte sie mit dem nassen Tuch nach mir geworfen oder es mir um die Ohren geschlagen. Sie wischte weiter auf dem Tisch herum, immer dieselben Bahnen, als müsse sie sich meine Vorschläge durch den Kopf gehen lassen. Früher hätte sie Einwände dieser Art sofort beiseite geschoben, doch nun ließ sie mich spekulieren, ohne mir zu widersprechen. Insgeheim gab sie also zu, dass ich nicht der Sohn von Donnerkeil war. Und darum sagte ich das Ungeheuerliche, das mir wirklich das Herz zerriss:

„Ich bin nicht Donnerkeils Sohn. Du hast ihm die Hörner aufgesetzt, und nun will ich von dir wissen, wer mein leiblicher Vater ist!"

Die Machtverhältnisse zwischen uns hatten sich gedreht. Sie schlug nicht mehr. Sie wartete. Sie blieb ruhig und schaute mich an. Nicht gehässig, nicht abschätzig, nicht böse. Ich sah sogar, dass ihre Arme ein wenig zitterten. Dass ihre Augen nicht so klar waren, dass eine Träne über ihre Wange lief, über ihre erste Falte um den Mund und dort zerlief und über das Kinn auf den Boden tropfte.

Ich sah in ihre Augen, ihre traurigen Augen. Und ich nahm sie in den Arm, und ich merkte, dass sie selbst meine Schwäche nicht scheute, dass sie meine Liebkosung brauchte, und deshalb drückte ich sie, als habe ich selbst Überschuss an Kraft und Liebe. Ohne dass sie mir etwas sagte, spürte ich, dass sie sich als Lamm in der Welt von Wölfen fühlte ebenso wie mein Vater Donnerkeil und alle um uns herum. Und deshalb wollte ich sie nicht zwingen, mir den Namen meines echten Vaters zu nennen.

„Eines Tages wirst du ihn mir verraten“, sagte ich.

Sie nickte.

17.

Ohne dass ich meinem Vater auf die Spur gekommen war, verging nun bis zur Hochzeit am Sonntag nur noch ein Tag, nachdem von der Kanzel verkündet worden war, dass Wittib Lina Thiemann und Meier Caspar Christian Lux die Ehe eingehen wollten. Wenn irgend jemand wisse, ob sie verschwägert, verschwistert oder blutsverwandt seien, dann sollte dieses bei Pastor Droste zur Anzeige gebracht werden.
Ich hätte am liebsten protestieren wollen; denn unwillkürlich spürte ich, dass diese Ehe nicht gut gehen würde und dass sie auch einen Schatten auf mich würfe.
Lüke war froh, dass sich ihre wirtschaftlichen Verhältnisse nun bessern sollten. Und sie war froh, dass sie als Mädchen im Hause zuerst eine Stelle in Haren an der Ems für das erste Jahr, und dann im zweiten Jahr sogar eine in Leer bekommen sollte, um dort den Haushalt zu lernen. Und Meier Caspar Christian Lux hatte ihr bei gutem Lebenswandel und guter Führung im Hause darüber hinaus eine Stelle in Meppen bei Tabeling versprochen. Sie sei ja frei und könne gehen, wohin sie wolle.
Kein Wort hörte ich darüber, dass ich sie aus der Hörigkeit befreit hatte. Kein Wort, was mich sehr verdross. Wie ich auch plötzlich das Gefühl hatte, dass Meier Caspar Christian Lux mich griesgrämig anschaute und auch nicht dulden wollte, dass ich an seiner Hochzeit

teilnahm. Jeder im Dorf nahm an jeder Hochzeit teil, nicht unbedingt als geladener Gast, aber als Kirchbesucher und Segensbringer. Mich aber wollte der Meyer fernhalten, als habe ich die Beulenpest.

Wieder kroch der Stachel der Minderwertigkeit in mich hinein und quälte mich. Waren wir nicht alle Menschen ohne Unterschied des Ranges, des Standes, des Ansehens, alle gleich vor Gott?

Warum schickte er Lüke in die Welt, bis an den Dollart nach Holland hin in fremde Länder, so weit weg von zu Hause und auch weg von mir?

Ich glaubte es zu wissen: Er wollte unsere beginnende Zuneigung im Keime ersticken. Er wollte durch geschicktes Hantieren verhindern, dass Lüke, die plötzlich durch die Heirat ihrer Mutter die Stieftochter eines Meyers geworden war und damit so im Ansehen gewachsen war, wieder in die Tiefen von Pauperes sinken solle. Er wollte verhindern, dass Lüke auf die Stiege eines Moormenschen sinken und eines Tages vielleicht sogar im Moor enden könne.

Meier Caspar Christian Lux, der mich bisher neben dem Schmied Snessek als einziger im Dorf überhaupt beachtet und mindestens hin und wieder ein aufmunterndes Wort für mich übrig gehabt hatte, beobachtete mich nun während meiner Besuche auf Thiemanns Hof mit Argwohn.

„Warum arbeitest du nicht?“, fragte er anfangs noch freundlich, und als ich dann auf meinen Rücken zeigte, verzog sich sein Gesicht, und er sagte: „Aber du hast

Lüke doch erzählt, die Schmerzen seien wie durch ein Wunder von dir genommen. Willst du wohl endlich die Wahrheit sprechen!“

Zwei Tage nach der Heirat, die ich nur aus der Ferne beobachtet hatte, verbot er mir das Haus, einen Tag später hetzte er den schwarzen Hund auf mich, und dann sorgte er dafür, dass nur noch die Mägde und Ratten Paul auf Thiemanns Hof wohnten, Lüke und ihre Brüder waren auf seinen Hof umgezogen. Sie lebten nun dort, hinter einer langen Hecke und hinter der Einfahrt mit dem Torbogen, darin der lateinische Satz: „EX RATIONE ET LABORE FORTUNA“

Und dieser Satz wurde ihm zum Verhängnis.

18.

In meinem Schmerz ging ich ins Moor. Allein in der Alleinsamkeit.
Den Regen der Sterne über mir. Unsichtbar am Himmel.
Immer tiefer, hin zu den Tümpeln, und noch weiter, und ich hatte mich nicht getäuscht, damals vor einigen Tagen, als ich die Pilze pflückte. Ich hatte gerade braun gesprenkelte Eier von Vögeln in einem Nest entdeckt, als ich eine Stimme wie das Schluchzen eines Kindes vernahm. Zuerst vermutete ich, es sei eine Wildkatze im Moor, die sich hier eingenistet hatte; denn Katzen jaulen in manchen Nächten, dem Ton von schreienden Kleinkindern zum Verwechseln ähnlich, doch nur nachts.
Ich war aufmerksam geworden. Und je näher ich dem Tümpel kam und herumsuchte, desto lauter schrie es.
Was ich dann sah, war der Leibhaftige selber, und in meiner Angst floh ich weg vom Tümpel, weg von diesem Sumpf, doch als ich zur Besinnung gekommen war und mir gesagt hatte, dass es Moorgeister nur in Geschichten gäbe, machte ich kehrt, und Fuß für Fuß, Schritt für Schritt näherte ich mich von neuem dem Tümpel, in den zwei Birken hineinragten, die sich nun, obwohl ohne Wind, stärker bewegten und einige Wellen auf diesem kleinen Tümpel verursachten. Dazu dann diese krächzende, heisere Stimme, dieses flehen-

de, kindliche Husten, dieses hüstelnde Räuspern, als ob jemand mit dem Wasser flüsterte.
Dann erst entdeckte ich ihn:
Zuerst zwei Hände, die sich an den Birkenstamm festgekrallt hatten, zwei Arme, mit Stricken an die zwei Birken gebunden, festgezurrt, gefesselt. Die Birken gerade so hoch, dass man aus dem Wasser gehoben wurde, aber nicht hoch genug, dass man nicht drohte zu versinken. Die Arme blau, als sei ihnen das Blut abgebunden.
Und dann entdeckte ich ihn mit Gewissheit:
Kein Tier, kein Kadaver --- ein Mensch, der Töne aus sich hervorgurgelte, der leblos an den Bäumen und in dem Geäst hing, der hin und wieder strampelte, der Laute hervorbrachte, der still dalag, den Kopf auf den Stamm legte, flehend, demütig, ergeben, unterwürfig, ängstlich, todesnah.
Der Kopf fast ohne Haare, aber über und über rot zerstochen, anscheinend angefressen, eitrig, blutunterlaufene Höhlen, die Augen, die Lippen gesprungen und aufgequollen, im Mund wie ein Fischmaul spitz ein Schlund, darin Schlieren von verfaultem Schilf und braunen Blättern, die Furchen der Stirn voller Dreck, darüber algengrüner Schlick; und jetzt öffnete der Mensch die Augen, stierte mich flehend an, ihn zu verschonen, schloss sie wieder, legte den Kopf wieder völlig erschöpft auf den Birkenstamm, dann glitt er ab, tauchte kurz ganz ins Wasser, tauchte ins Moor, und mir blieb das Herz stehen, er könne versinken; und wenn das Moor erst den kleinen Finger hatte, zog es

unwiderstehlich die Hand und dann die Arme, die Gliedmaßen, den ganzen sich wehrenden Körper wie die geheime Kraft des Wassergeistes den armseligen Wurm in die Tiefe und begrub ihn im ewigen Sarg.
Nur einige Luftblasen, so erzählte Donnerkeil, zeugten von der Stelle, wo der Schnitter Tod zugeschlagen und Moor und Mensch der Ewigkeit gleich gemacht hatte.
Er tauchte wieder aus dem stickigen Tümpelwasser auf, zog für kurze Zeit sich rettend auf die Birke, das braune Wasser zerrann über den Kopf dieses Waldmenschen, und dann öffnete er im Hilfeschrei den Mund, ein Zahn fehlte, und in diesem Augenblick entdeckte ich die Zahnlücke, die jeder im Dorf kannte. Durch die er pfiff und ein schnarrendes und schrilles Pfeifen fabrizierte, das jedem in die Glieder schoss. Hundertmal war ich erstarrt gewesen, hundertmal war ich zusammengezuckt, und ein Schauer von kaltem Schweiß war mir über den brennenden Rücken gelaufen.
Jetzt sank dieser Mensch elendig, weil die Kraft wieder nachließ, ins Wasser. Dieser Mensch, jetzt halbtot, jetzt erbarmungswürdig, elendig - und mir zuckte die hilfsbereite Hand, mir erstarrte sie wie winterliches Eis, als wolle sie diesem Folterer den Dienst der Rettung verweigern - dieser Mensch, den mein Vater ein Untier genannt hatte, war Obervogt Unkraut.
Und obwohl ich mich sträubte, diesem Unhold die Hand zu reichen, reichte ich sie ihm. Ich zog an der Birke, doch es gelang mir nicht, denn nun sah ich schnell, dass man Obervogt Unkraut ins Moor verschleppt und

an die zwei Birkenbäume angebunden hatte. Man hatte ihm ein Grab in der Luft gebaut, in dem Birkengeäst kurz über und unter dem Wasser des Tümpels. Er konnte nicht leben, er konnte nicht sterben, er hing zwischen Himmel und Erde, er balancierte auf dem dünnen, schmalen Grat einer Messerscheide. Und das hatten seine Meuchelmörder getan.

Es dauerte einige Zeit, bis ich das Tau aufgeknotet und als ich Obervogt Unkraut endlich losgebunden hatte, fiel er in seiner Ohnmacht in die Lake des Moores, ich in der Angst nun, er könne versinken, weil die zwei gebogenen Birken ihn nicht mehr in die Luft zogen. Denn nun entfaltete das Moor allein seine Sogkräfte, die Birken hoben ihn nicht mehr empor, und ich sah Obervogt Unkraut sinken, fingerbreit um Fingerbreite, er sank, und wenn er sich bewegte, sank er rascher.

„Nicht rühren!“, schrie ich in meiner Not, doch als er dann doch weiter dem Leben entglitt, geriet ich - ich war außer mir - in den Zustand der Rache. Ich stellte mich nun tatsächlich an den trockenen Rand des Tümpels, auf die Moorpolster mit der blau blühenden Erica, ich stand dort, steckte die Hände in die Hüfte so herrisch, wie ich es selbst bei Obervogt Unkraut oft gesehen hatte, und mir ging auf, dass die Pose des Herrschens die Geste der Macht brauchte, um gegenüber den schwachen Untertanen mächtig zu erscheinen.

Ich ließ ihn sinken, ich beobachtete ihn, wie nun die Schulter versanken, wie das Wasser über die Schulter zusammenschwappte, wie es nun an den Hals heran-

kroch, an die Kehle, dann bis zum grässlichen Kehlkopf, der so unerträgliche Demütigungen ausgestoßen hatte, und ich dachte, das geschieht ihm recht.
Ich hatte ein Gefühl in mir, das mir fremd war. Ich war der Richter über das Leben. Ich war bisher nur derjenige gewesen, der Maulwurfshaufen einebnen durfte, der den Kopf gesenkt halten musste, wenn Obervogt Unkraut vorbeiritt, der sich in den Ärmel schnäuzen musste und nicht auf die Erde, weil Obervogt Unkrauts Pferd nicht über meinen Nasenschleim laufen durfte, weil es die Seele dieses reinrassigen Pferdes verletzt hätte. Das hatte er mir in der Lektion eines Tanzes beigebracht. Er hatte mit der Peitsche und den Schnüren geschlagen, und ich musste springen, um mit meinen nackten Beinen den Schnüren zu entgehen. Und wie oft hatten sie mich getroffen, wie oft habe ich die Narben gefühlt und Rache geschworen.
Ich ließ Obervogt Unkraut sinken, ich sah, wie sein Kopf und sein nach oben gereckter Arm aus dem Wasser sich streckten, wie das Wasser nun schon sein Kinn erreichte, und ich erinnere mich, dass ich dachte: Wenn er nun den Mund öffnet, dann läuft das tote Moorwasser hinein und drückt ihn endgültig unter, und der Tod ist da. Und wir sind von einem Unhold befreit, und ich bin der Vollstrecker einer Gerechtigkeit geworden, die doch für die Bestrafung von Todsünden reicht.
Bin ich schlecht, weil ich ein schlechter Mensch bin? Oder bin nur böse, weil die Menschen um uns böse sind? Haben mich die Menschen böse gemacht? Gibt es

etwas Gutes im Menschen, das in ihm ist, unabhängig wie die Welt um ihn herum ist? Kann ich überhaupt gut sein, wenn ich nur geknebelt wurde, geschlagen, verspottet, in der Seele verstümmelt?
Wer sagt mir eigentlich, dass ich Obervogt Unkraut retten muss?
Hat nicht auch ihm eine Stimme gesagt, er dürfe mir, Donnerkeils Sohn, nicht in den Hintern treten? Aber ihm hat das gute Gewissen gefehlt. Er hatte kein Gewissen, denn ihn leiteten nur die Macht und der Gehorsam gegenüber der Obrigkeit. Und er hatte mit dem Mäntelchen der kirchlichen Gerechtigkeit gewettert, dass er einem Pferdedieb persönlich die Hand abschlagen werde.
Ist nicht auch Armut ein Angriff auf die Würde?
Ein vermögender Mensch kann moralisch sein, aber ein armer? Kann der Arme moralisch sein? Ist nicht ihm der Mundraub näher als das christliche Fasten, das ihm den Magen wegfrisst?
Obervogt Unkraut sinkt, und das Wasser läuft ihm nun tatsächlich in den Mund, so wie ich es mir vorgestellt habe. Das Schicksal nimmt seinen Lauf. Ein Tod in Schritten. Ich sehe, wie er das dreckige Wasser ausspustet, ausspuckt, wie er sich noch einmal reckt, wie dann aber doch das Moor seine Schlinge ihm um die Beine legt und ihn noch tiefer reißt, in eine Tiefe, die die Hölle berührt oder das Fegefeuer.
Nur noch eine kurze Weile der Zeit.
Das Wasser brutzelte Blasen wie in einer Pfanne, wenn

er ausatmete mit dem letzten Fetzen seiner sonst unbändigen Kraft, mit der er mir die Peitsche über den Rücken gezogen hatte. Er hatte die Lederschnur sich um die linke Hand gewickelt und den dünnen Schwanz der Schnur um seinen linken Ringfinger, der solche Ähnlichkeit mit meinem haben sollte. Und ich betrachtete nun die gespreizte Hand, seine Finger und gerade seinen Ringfinger, die aus dem Wasser ragten. Nur noch einige Augenblicke, dann würde er keinen Atem mehr haben und ohnmächtig - ohne Macht - auch den gefürchteten Ringfinger nach innen biegen und aufhören zu sein.

Ich glaube nun tatsächlich, dass er stirbt. Sein Ende ist nah, und voller Erschrecken, voller Konfusion, voller Kopflosigkeit stelle ich an mir fest, dass mir der Schweiß der Höllenangst nicht von der Stirn rinnt. Das Gegenteil ist eher der Fall. Ein triumphierendes Lächeln, zwar versteckt, so dass nur ich es merken würde, liegt mir auf den Lippen, und ich schüttele mich vor klammheimlicher Freude. Es ist vollbracht. Ein heiliges Wort, es klingt wie Gotteslästerung, doch was kann ich dafür? Ich spüre nichts anderes als eben dieses Gefühl. Ich kann es selbst nicht begreifen. Bin ich denn wirklich so böse?

Es ist fast ganz still. Ich höre keinen Vogel. Ich höre nichts in der Welt, das für ihn spricht.

Das Wasser schlägt nun zum ersten Mal über seinem Kopf zusammen, es zieht sich zusammen wie Eis, das vom Ufer immer weiter bis zur Mitte des Sees sich ver-

härtet, und das letzte Gurgeln höre ich, als ich schon auf dem Weg zu den Pilzfeldern bin.
Ich bin einige Schritte gegangen, drehe noch einmal - fast steif - meinen Kopf herum, sehe diese Hand, die sich empor streckt, die sich in den Fingern bewegt, dann gehe ich.
Ich denke, es ist doch kein Gefühl des Triumphes. Denn nach der ersten Freude ist in mir nun nichts, was mich befriedigt. Es ist leer. Das Sterben eines Menschen ist so einfach. So nebensächlich, so alltäglich wie morgens nach dem Aufstehen in die Holzschuhe einzuschlüpfen. Doch dann stehe ich, blicke in die Wolken des Himmels, höre nun doch einige Vögel, höre das knisternde Heidekraut, einige Sträucher bewegen sich im Wind, und dann ändere ich meine Absicht. Ich greife aber nicht mehr aktiv ins Geschehen ein. Ich lasse die Zeit entscheiden oder das Schicksal, wie Pastor Droste immer von der Kanzel predigte: „Nimm deinen Willen für die Tat!"
Ich habe schon gesündigt, es ist vorbei, eine Todsünde wird mir Gewissensbisse verursachen, aber ich schrecke nachts nicht aus dem Schlaf hoch. Es ist ein Unterschied, seinen Vater leiden zu sehen oder Obervogt Unkraut. In Gedanken habe ich diesen Peiniger von Goldenstedt viele Male getötet, aber es nicht getan, und jetzt überlass ich ihn dem Schicksal.
Das Mitleid ist ganz weit weg von mir. Es herbeizuholen ist wie ein Hören von Stimmen in weiter Ferne.
Doch um nicht untätig zu sein, um nicht absichtlich zu

seinem baldigen Tod beigetragen zu haben, werfe ich das Tau, mit dem er an die Birken gebunden war, zur vorbeugenden Gewissensberuhigung ins Wasser, werfe ein zweites Mal, und es fällt in die Nähe seiner Hand, ganz nah.

Ich lass andere entscheiden oder Obervogt Unkraut selbst, das Tau zu ergreifen.

Damit lasse ich es bewenden. Er wird sterben, wenn das höhere Gericht sein Urteil spricht, oder er wird leben, wenn das Gericht es nicht will.

Es ist viel Recht in der Welt, aber wenig Gerechtigkeit. Und gerade in Religionsdingen, sagt mein Vater, fallen Recht und Gerechtigkeit immer weiter auseinander. Und wenn sie so weit sich voneinander entfernt haben, dass sie sich schon von der anderen Seite wieder annähern, dann erst wird auch der kleine Mann die Mütze nicht mehr vor dem Herzog zu ziehen brauchen. Ein Birkhuhn kräht und schlägt auf das Wasser, um zu trinken. Es hat sich dem Tümpel genähert ohne Furcht. Das ist mein Zeichen, mit dem ich nach Hause gehe, wo mein Vater breitbeinig vor der Tür steht, und als ich ihm einige Pilze gebe, lacht er und sagt: „Die wird uns keiner neiden!"

Und ich überlege, was er damit meint.

Ich denke dann an Obervogt Unkraut, ob es Recht oder Unrecht oder Gerechtigkeit gibt, oder ob es um diese Werte gar nicht geht, sondern nur um Macht.

19.

Ich hatte etwas Grausiges gesehen.
Doch als ich diese Nacht ins Bett kroch, schreckte ich nach einem Schlaf von nur wenigen Augenblicken verstört auf.
Mein Vater.
Ich hatte im Traum meinen echten, leiblichen Vater gesehen, so klar, so nah, und als ich durch die Fensterbretter auf den Vollmond schaute und diese Gebirge auf dem Mond deutlicher denn je erkannte, stellte ich mir meinen Vater vor, diesen fast haarlosen Mann in Goldenstedt. Ich umgab ihn mit meinem dunklen Haar, nahm ihm die Falten von der Stirn und von den Mundwinkeln, maß seine Größe aus, die meiner glich, hörte ihn reden, sah seine Gestik wie im Spiegelbild des Wassers wie meine; ich hatte ihn nie arbeiten, nie eine Sache anfassen sehen, und nun wusste ich die Ursache: Es waren die gleichen Rückenschmerzen, die ihn peinigten, wie meine mich. Auch das hatte ich ererbt.
Er war in den Versammlungen einer der Wortführer, der ich gerne gewesen wäre, wäre ich nicht der Sohn des verachteten Donnerkeils gewesen.
Er war vermögend, er hatte seinen Giebel erneuert, hatte selbst die Schrift eingemeißelt, und ich dummer Junge hatte dabei gestanden und hatte ihn bewundert, wie er Buchstaben an Buchstaben fügte, wie er mich fragte, welches Wort wird entstehen, und er hatte gelächelt,

hatte die Oberlippe mit den Zähnen traktiert, so wie ich es auch tu, und er hatte Fragen gestellt über Dinge, über die man in Goldenstedt nicht nachdenkt.
Wie kann man eine Sonnenfinsternis vorhersagen? Ich hatte die Schultern gezuckt. Und er hatte geantwortet, dass die Stichlinge in den Bächen verrückt spielen, und wenn sie verrückt spielen, dann gibt es entweder eine Sonnenfinsternis oder ein Erdbeben.
Und ich hatte ihn deswegen bewundert. Bewundert, dass er aus dem Hafer, der schlecht auf den Feldern stand, den Schluss zog, dass entweder das Wetter die Ursache sei oder aber dass es an den Feldern liegen müsse. Denn er hatte beobachtet, dass sein Hafer meistens besser dastand als der des Nachbarn und selbst bei gleichem Wetter. Also müsste es am Hafer liegen, an der Saat, oder an den Äckern. Und er erklärte mir, dass der Hafer dem Boden Nährstoffe raubte, und deswegen könne der Hafer nur zwei oder drei Jahre auf demselben Acker gut gedeihen. Wenn man den Hafer aber durch Kartoffeln ersetze oder durch Rüben oder Kohl und baue dann in späteren Jahren wieder Hafer an, dann bringe er hundertfache Frucht.
Daran glaubte in Goldenstedt kein Mensch, und einige spöttelten über ihn, aber er war der erfolgreichste Bauer.
Und er war mein Vater.
Und er hatte mir von dem Erdbeben 1755 in Lissabon erzählt, einer Stadt, die ganz im Süden und ganz im Westen von Europa liegen soll. Und dass die Leute dort

eine Sprache sprechen, die keiner in Hannover und Münster verstehen kann. Und dass ein Erdbeben vor einigen Jahren stattgefunden hat, das die Stadt Lissabon auf den Kopf gestellt hat, sie dann geschüttelt und dann in Brand gesetzt hat. Die Menschen sind wie Fackeln durch die zerstörten Straßen gerannt, wie lebendige Braten, und die Hunde haben sich auf sie gestürzt und sie gefressen.
Und er wusste von der Freiheit zu erzählen, von dieser Freiheit, die es einem ermöglicht, mit leichten Ideen im Kopf gegen die Schwere des Gewichtes in die Luft aufzusteigen. Er meinte die Freiheit in Amerika, wo die Kolonien in einem Krieg von 1775 bis 1783 das Mutterland Großbritannien in die Knie zwangen.
Mit der Niederlage des einen beginnt die Freiheit des andern; und ich dachte an Obervogt Unkraut, der sich unterwarf gegen das Moor, gegen das Wasser, gegen die Birken, gegen mich und gegen das vergangene Zeitalter. Wenn er verliert, gewinne ich.

Ich wälzte mich von einer Seite auf die andere. Ich konnte es nicht glauben, meinen leiblichen Vater zu kennen. Ich hatte ihn entdeckt, ihn gesehen, viele Male, aber wie ein Fremder war er gewesen, und ich hatte nie das Gefühl des Ausgestoßenseins verloren.
Nun begann ich zu schwitzen trotz kühler Nacht. Mein Nachtpolter war durch und durch nass, ich versuchte durch die Ritzen der Fensterläden an den Himmel zu blicken, als gäbe es etwas Neues zu entdecken. Ich woll-

te mich ablenken, anstatt immer wieder mich auf den morgigen Tag, der die Entdeckung bringen und Fürchterliches bereithalten würde, zu konzentrieren.
Minute um Minute verrann, und ich hörte in weiter Ferne mit dem leichten Wind, der bis ins Moor lief und sich dort auflöste, die Stunden der Glocke an der Kirche. Ich wollte über die Kirchenarbeiten nachdenken, über die vielen Reparaturen an der Kirchenglocke, daran dass Gerhard Hermann Holtmann, der Küster, einfach zu läuten begonnen hatte, als das Königreich Hannover einen Feiertag beging, und der deshalb in eine Streitfehde mit Münster ging. Doch kaum machte mein Gedächtnis eine Pause, steckte ich wieder mitten in den Grässlichkeiten des Gedächtnisses an meinen Vater. Morgen würde ich ihn entlarven. Morgen wäre der Tag da, auf den ich nun drei Monate gewartet hatte, nachdem ich von der Existenz der Uhr gehört hatte.
18 Jahre war ich der Sohn von Donnerkeil gewesen, 18 Jahre Fron und nur selten die warme Hand auf dem Kopf, die ein Sohn, schwächlich wie ich, so nötig hat.
Die Mücken umschwärmten mich im Haus und zerstachen mir die Füße.
Mein wirklicher Vater hatte sich seiner Pflicht entzogen, und ich, Ranzen Donnerkeil, war ein Kind der Unzucht. War ein Bastard, wie es die Leute laut hinter mir her riefen. Jahrelang war ich mir wie ein Aussätziger, der Lepra hat, vorgekommen. Ich hatte im Bett gelegen, in Angst, im Zittern und Weinen.
Morgen war der letzte Tag.

Ab morgen beginne ich die Vergangenheit abzustreifen. So drehten sich meine Gedanken im Kopf herum, und sie drehten sich, so dass ich im Herzen torkelte und mir schwindlig wurde. Ich sprang auf, rannte durchs Haus nach draußen, die Hand vor dem Mund. Erst als ich das Knistern des Heidestrauches fühlte und den süßen Duft des Moores, wurde ich ruhiger. Ich legte mich rücklings auf einige Ballen geringelten Torfes und blickte in den Himmel, der sich in der schwachen Morgendämmerung wie ein Mantel über mich legte.
Der Geruch von Torf und fauligem Wasser entführte mich an die Stelle des gestrigen Tages, und wie ein Geist stieg nun Obervogt Unkraut vor mir in Gedanken auf, die linke Hand zuckend über dem Wasser, sie streckte sich immer weiter hinaus, immer höher - ich war verwirrt, ob wirklich, ob unwirklich - es erschien sein Gesicht, über das nun das letzte blauschwarze Wasser hinablief, dann die Schultern, und mit letzter Müh zog er sich aus dem Tümpel, warf sich ans Ufer, erbrach das schmierige Wasser, atmete wie ein Kranker stöhnend und laut, dann legte er sich auf die Seite, atmete wie ein Läufer, hechelte wie ein Jagdhund, schluchzte wie ein Kind, wie ein Kranker und spuckte in einem Strom das Wasser aus.
Er lebt.
Lebte er?
In diesem Augenblick zersprang mir unter schlimmsten Schmerzen, die mir durch die Arme in die Brust fegten, das Herz. Wie gelähmt konnte ich nicht mehr atmen.

Der Brustkorb steckte in einem Schraubstock, und die Zwinge drehte unaufhörlich weiter; weiter, weiter, bis ich mich zum letzten Mal aufbäumte, mich schon mit meinem eigenen Ende abfindend, bis ich tatsächlich die Zwinge auseinander riss und frei war.
Doch nun stürmten auf mich tausend Stimmen ein, Geräusche des Moores, die quietschenden Pferdefuhrwerke in den Radnaben, das grelle Orgelspiel des Küsters, das Schreien des Pastors, wenn seine Stimme sich überschlug, wenn er die Gläubigen ungläubige Gesellen nannte. Aus allen Löchern der Erde brodelten Stimmen, und in einem weiten Bogen versammelten sie sich, und mit einem Schwall einer Welle überfluteten sie meinen Kopf, dass ich schon wieder ohne Atem, ohne Luft in Erstickung war.
Nur kurze Momente sah ich klar und musste mit aller Kraft mir einreden: Es sind nur Hirngespinste, die dich umgeben.
Doch kaum hatte meine geistige Kraft, diesen Unholden zu trotzen, nachgelassen, begann wie ein Trommelwirbel der Todesangstbruderschaft die herausgestreckten Zungen aller mich zu lecken. Ich zog mich zusammen und lag da wie früher, wie ein Knäuel Garn, das man ausrollen und über den Kiefernzaun hängen konnte. So hilflos war ich. So hilflos.
Ich rief, aber wen und was rief ich?
Ich schleppte mich im Geiste zwei Schritte zu meinem Vater Donnerkeil hin, der im Hause schlief. Doch obwohl ich die Erde mit den Fingern aufkratzte, ich

kam nicht einen Fuß näher.
Und ich dachte: Warum hat mein Vater Donnerkeil den Obervogt Unkraut ins Moor gestoßen?
Und im selben Augenblick war ich beunruhigt. Dann war ich mir gewiss: Nur er konnte ein Interesse haben, Obervogt Unkraut aus dem Weg zu räumen. Hatte er mich nicht zu dem Tümpel geschickt? Hatte er nicht darauf bestanden, Pilze zu suchen? Hatte er nicht darauf bestanden, ich solle aufmerksam die Gegend in Augenschein nehmen?
Hatte er nicht tausendmal gesagt, Unkraut müsse man ausreißen?
Donnerkeil war ein Mörder, und ich sollte sein Gehilfe sein. Er wollte mich durch meine Mitwissserschaft mit ihm verschweißen und ein unheiliges Bündnis bis an unser Lebensende schmieden.
Donnerkeil hatte viele Gründe, Obervogt Unkraut umzubringen. Der wichtigste aber war die Rache, die gerechte Rache. Denn keiner hatte meinen starken Vater in verächtlicher Weise mehr gedemütigt und verspottet als Obervogt Unkraut. Und alle Erniedrigungen waren meinem Vater wie die Wunden gewesen, die sich in seiner Seele anhäuften. Manche vernarbten, aber viele waren offene eitrige Wunden, bis zuletzt seine Seele so weit entzündet war, dass die Barmherzigkeit meines Vaters sich in nichts aufgelöst hatte und nur noch die Rache übrig blieb. Und da hat er gemacht, was Obervogt Unkraut mit ihm gemacht hatte. Er hat ihn dem qualvollen Tod preisgegeben.

Kaum hatte ich dieses gedacht, als ein lauter Schrei aus meiner Kehle kam. Und es musste so furchtbar gewesen sein, dass Donnerkeil wach wurde und an die Gendarmerie dachte mit den Trillerpfeifen. Er stürzte nach draußen und beim Schein der ersten Morgendämmerung, als das leichte, linde Rot über dem Moor schon lag, fand er mich in Fieberträumen. Er schüttelte mich wach, und ich schrie ihn an, obwohl ich dieselbe schwere Schuld auf mich geladen hatte: „Du bist der Mörder!"
Er hatte aus meinen Reden schnell verstanden, was ich ihm vorwarf, er riss mich in die Höhe, gab mir eine Ohrfeige auf beide Wangen, aber nicht zur Strafe, sondern meiner geistigen Klarheit wegen, und im Nachthemd, ohne Holzschuhe, liefen wir nun zur Stelle, wo Obervogt Unkraut ins Moor versunken war.
„Wie konntest du nur glauben, ich sei ein Mörder", schrie er und feuerte mich an, schneller zu laufen.
Und ich weiß bis heute nicht, wie ich mich in diesen verruchten Gedanken versteigen konnte, mein Vater habe dieses getan. Er redete, aber er handelte nicht. Ihm stand der Schaum vor dem Mund, aber er tötete nicht. Er redete von Revolution, aber er aß die Bratkartoffeln zu Hause.
Wir erreichten schnell den größten Tümpel. Ich zeigte auf die Birken, die er nun schüttelte, mit dem frühen Licht und dem leichten Dunst, der über den Wasserflächen lag und sich lichtete, und ich zeigte auf das Tau, das lose an der Birke hing und ins Wasser hinunter fiel.

Donnerkeil balancierte auf den beiden Birken zur Tümpelmitte, ließ sich am Seil hinunter und sich ins Moor hinab sinken, er tauchte sogar unter das Wasser, hob den Kopf wieder und schrie mir entgegen: „Hier ist nichts!“

„Ist er versunken?“, fragte ich, und jetzt spürte ich mein enges Herz.

„Entweder für immer weg oder er hat sich gerettet.“

„Nach so vielen Tagen? Ohne Kraft?“, fragte ich mit Angst in der Stimme, während es um uns herum zu tagen begann und wir das Heidekraut, die Erica, die Binsenbüschel, die Moospolster und ersten Birkenbüsche unterscheiden konnten.

„Er ist zäh“, sagte Donnerkeil.

„Er ist tot“, sagte ich.

„Vielleicht“, meinte er, „aber wer hat es getan?“

Ich schaute auf meine Füße, und ich beichtete ihm alles, und er brauste nicht auf, hob nicht die Hand zum Schlag, und dieses Mal hätte ich es als Wohltat empfunden, hätte er mich geschlagen.

Aber er ging auf mein Bekenntnis nicht ein, sondern fragte: „Wer hat Obervogt Unkraut an die Birken gebunden und ihm einen Tod auf Zeit gegeben?“

Ich sagte, es müsse ein von Grund auf schlechter Mensch sein, der diese Folter auf Tage hinstrecke; in diesem Menschen könne kein Gramm Menschenliebe wohnen, und ich dachte auch an mich und daran, dass ich dem Hilfebedürftigen keine Hilfe gewährt hatte.

Donnerkeil sagte: „Es war ein schwacher Mensch. Er

war nicht in der Lage, ihn sofort zu töten. Und er war nicht in der Lage, ihm in die Augen zu sehen, wenn er stirbt. Also hat er ihn festgebunden in der Hoffnung, er versinke, aber vielleicht auch mit dem Fünkchen Hoffnung, er werde sich aus eigener Kraft doch noch retten. Er hat es in der Schwebe gehalten. Und wer ist so in Goldenstedt?", fragte er und kniff die Augen zusammen und blinzelte in die rot und weiß aufgehende Sonne.
„Wer ist es?", fragte er.
Wir saßen auf dem Gras, er zupfte an den Halmen, biss auf ihnen herum und steckte sich dann in den Mund einen Halm, der auf und nieder wippte.
So ruhig hatte ich Donnerkeil noch nie gesehen. Er machte mir keine Vorwürfe, und langsam legte sich meine Angst vor Bestrafung. Er schaute mich an, und hier sah ich zum ersten Mal ruhig und ohne Hast in seine Augen, während auch er mir in die Augen sah. Unsere Blicke trafen sich das erste Mal, wo ich sonst immer zu Boden gesenkt auf meine bloßen Füße geschaut hatte.
Ich hatte ihn gespürt, und er hatte mich begriffen, hatte gespürt, dass auch ich nicht nur ein Wurm war, und dann, ohne dass wir sprachen, legte er seinen kräftigen Arm um mich, und ich verschwand in seinen Armen, sank an seine Brust und ließ meinen Tränen freien Lauf. Ich weinte ohne Ende, und er ließ es geschehen.
„Ich werde schweigen, zu jedermann", sagte er.
Und dann fragte er: „Wer war es?"
Und nach einer Weile presste er die Lippen aufeinan-

der, und erschaudernd sagte er: „Ich hätte Ratten Paul vermutet. Aber er war es nicht. Dazu ist er nicht fähig."
Das Leben der Vögel war längst erwacht, aber nun bewegten sich auch die Pflanzen. Ein paar Mal knackte es in den Büschen. Das Heidekraut raschelte am Strauche. Ich vermutete ein größeres Tier in unserer Nähe, doch dann war es wieder still.
„Ratten Paul hätte aber allen Grund gehabt", warf ich ein.
„Das hat er. Und wie oft hat er mir gesagt, Unkraut muss man herausreißen. Aber das habe ich auch gesagt, sogar in der Gastwirtschaft. Unkraut muss vernichtet werden, da bin ich derselben Meinung wie Ratten Paul. Aber Hunde, die bellen, beißen nicht. Ratten Paul ist kein Verbrecher. Der nimmt nicht eine Kartoffel mit vom Acker."
Ich pflichtete ihm bei. Mir ging aber jene Demütigung durch den Kopf, als Obervogt Unkraut ihn aus der Kirchenbank pfiff und ihn in den Turm stellte, wo er ein Jahr bis Gründonnerstag stehen sollte. Und nur der Großzügigkeit Pastor Drostes war es zu verdanken, dass mit Einverständnis des Küsters Ratten Paul schon nach einigen Sonntagen wieder mit allen Gläubigen zusammen die heilige Messe feiern durfte.
Und ich dachte auch, er ist für etwas geächtet worden, das er nicht begangen; und ich werde unbestraft bleiben für etwas, das ich begangen.
Die Birken bewegten sich im Wind, der in kleinen Böen das Heidekraut in den blauen Blüten schüttelte. Es gab

ein Knacken, als wenn verdorrtes Geäst zerbrochen würde.
„Wer aber hat es dann getan?“, fragte ich.
„Ich kann mir einen Reim darauf machen“, sagte mein Vater, „dazu ist nur noch einer in Goldenstedt fähig; einer, der zwei Gesichter hat. Mit dem einen lächelt er und mit dem andern vernichtet er.“
Und gerade als ich nach dem Namen fragen wollte, krachte ein Ast eines kleinen Stammes ganz in unserer Nähe. Wir blickten uns beide an.
„Wildschweine verlaufen sich doch nicht ins Moor“, meinte Donnerkeil, er stand vom Boden auf, suchte mit den Augen die Gegend ab und wurde dann bleich. Er stierte auf einen Punkt gar nicht weit von uns, ganz in der Nähe des Tümpels, und auch ich hörte nun ein Krächzen wie von einem heiseren Vieh, und dann vernahm ich menschliche Laute, und schon ging ein Ruck durch mich - ein wirklich frohes Gefühl, und ich dachte nicht einen einzigen Augenblick an Schuld, Sühne und Bestrafung - hoffentlich lebt er!
Mein Vater stürmte die wenigen Schritte los, blieb dann entsetzt vor dem Wust an Gliedmaßen stehen, versteinert, ich blieb hinter ihm stehen, und dann betrachteten wir dieses Wrack, das dort lag. Fliegen umschwirrten ihn und hatten wohl schon in seinen Nasenlöchern ihre Eier abgelegt, denn Maden krochen aus ihnen hervor. Der geschundene Kopf. Die hervorquellenden, roten Augen, wenn er das Lid hob. Dieser lebendige Leichnam, dieses Gerippe, und obwohl mich der Blick

dieses Skeletts faszinierte, blickte ich auf Donnerkeil, und in seinem Gesicht sah ich dieselben Regungen, die auch ich gestern verspürt hatte.
In ihm fand nun der Kampf statt, ihm zu helfen oder aber ihn liegen zu lassen; denn auch Donnerkeil sah eine Gelegenheit, mit seinem Peiniger abzurechnen. Und ich war entlastet, dass es mir nicht allein so ergangen war. Ich war der Gelegenheit, ihn zu bestrafen, nicht entkommen, ich hatte sie genutzt, und nun erlebte ich, wie mein Vater mit sich rang. Seine Muskeln spannten sich an, seine Lippen zitterten; er würde dasselbe denken, was ich gedacht hatte, und ich sah, wie seine nackten Füße auf dem Gras sich unruhig bewegten, sein Körper zitterte, und sein innerer Kampf war noch heftiger als meiner gewesen; denn Donnerkeil hatte dreißig Jahre abgrundtiefe Unterdrückung mehr erlebt als ich.
Was wird er machen?
Ich sah es nicht, aber ich spürte es. Die Schmach zog ihn weg von diesem halbtoten Menschen. Er ließe ihn liegen. Doch bevor sich diese Entscheidung in seinem Kopf festsetzen sollte, wurde ich nun aktiv. Ich lief auf Obervogt Unkraut zu, tupfte ihm mit meinem Nachthemd das eingefallene Gesicht ab, dieses von Mückenstichen und Eiterbeulen übersäte Gesicht, rief Donnerkeil zu: „Ein bisschen Wasser!"
Und da kam auch in Donnerkeil Bewegung. Er brach ein Blatt von Seerosen ab, füllte es mit Wasser und gab Obervogt Unkraut zu trinken. Wir verjagten Käfer, Flie-

Christa Kessens

gen und Mücken, zogen ihn aus, schütteten immer wieder Wasser über ihn, um ihn zu reinigen, damit er menschenähnlich würde, und Obervogt Unkraut flehte unter Krächzen: „Helft mir!“
Er flehte, auf dem Rücken liegend wie ein Todkranker. Aber ich spürte schnell, dass Menschen zäh sind, dass es gar nicht so schnell geht, aus dem Leben zu scheiden. Der Mensch kann viel ertragen. Narben, Hunger, Verletzungen, Blutverlust und keine Liebe. Er stirbt nur langsam.
Obervogt Unkraut war entkräftet, aber als er in uns seine Retter und nicht seine Feinde erkannte, atmete er langsamer, leiser, das Schnarren in seiner Kehle legte sich allmählich, und dann schloss er immer wieder die Augen.
Er würde nicht sterben. Er war abgemagert um viele Pfund, die Haut hing in Lappen vom Bauch und den sonst wulstig fleischigen Oberarmen. Seine Wangen waren eingefallen, und seine Augen hatten diesen durchdringenden stechenden Blick verloren. Obervogt Unkraut war in dieser Schwäche ein Mensch geworden. Und Donnerkeil musste dasselbe gedacht haben. Denn er sagte: „So weit musste es kommen, dass wir wie Menschen im Moor stehen.“
Ich hätte am liebsten ergänzt, dass Obervogt Unkraut uns ins Moor verbannt hatte, dass er meinem Vater die Arbeit bei den katholischen Bauern genommen hatte, dass er meinen Vater ins Gefängnis gebracht hatte, dass er uns mit der Peitsche bedroht hatte.

Obervogt Unkraut, der wohl über zweihundert Pfund gewogen hatte und der schwerste Mann weit und breit gewesen war, war nun ein Wicht wie ich. Abgemagert wie eine Stange, dürr wie Reisig, nahm ihn nun Donnerkeil auf den Rücken, während ich ihm assistierte.
Donnerkeil erschöpft, Obervogt Unkraut bloß und fiebrig, kamen wir in unserer Kate der Verbannung an. Er trank ohne Unterlass, und meine Mutter, mit feindlichem Blick, gab ihm dann auch noch trockenes Brot, worauf er kaute. Doch ein Zahn fiel sofort aus dem Kiefer, so dass er den Mund schloss, und erst nach einer Weile nicht mehr das Brot hinunterschlang, sondern es im Mund aufweichte und kaute. Unter den argwöhnischen Blicken meiner Mutter.
Als würde sie ihn ins Moor zurückstoßen wollen!
Er trank, kaute und schlürfte den Rest unseres Breis und unserer Brotsuppe vom gestrigen Abend, er gähnte, und während er sich unmerklich erholte, wurde er müde und fiel dann in tiefen Schlaf, viele Male zuckend in den Beinen, dann am ganzen Körper, und dann lag er still da.
„Ihr werdet noch Ärger mit ihm kriegen“, sagte meine Mutter, „er wird euch verhaften, es war versuchter Mord.“

20.

Zehnmal machte ich den Anlauf, meinem Vater Donnerkeil zu offenbaren, ich sei nicht sein Sohn. Doch ich spürte immer noch die wohltuende Schwere seines Armes um meine Schulter. Ich wollte Lüke mit der Scherbe eines verblichenen Rasierspiegels ein Zeichen geben, für mich eine Flasche gebrannten Korns aus dem Kabinett ihres frischen Stiefvaters zu entwenden, um mit meinem Vater Donnerkeil im Moor auf unsere Versöhung zu trinken. Ich, um Mut zu bekommen; er, um die Wahrheit ertragen zu können.

Mein Vater ging heute nicht zu Bischkopp zum Arbeiten. Er blieb zu Hause.

Er beauftragte mich, gleich ins Dorf zu gehen und die Untervögte von unserem Fund im Moor zu benachrichtigen.

Dann nahm er einen breiten Spaten und eine Schaufel und ging ins Moor, um Torf zu stechen, um Vorrat für den Winter anzulegen und um den Schwarztorf an den Schmied, die Gastwirtschaft, den Sackmacher, den Tuchmacher, den Pferdekötter und andere zu verkaufen oder einzutauschen.

Ich folgte ihm im Abstand von einigen Schritten, immer hinter ihm her zu dem Feld, aus dem er in den letzten Monaten schon so viele Wagenladungen dem Moor entwrungen hatte. Mit einem Auge blickte ich zurück, auf Obervogt Unkraut und meine Mutter, und urplötzlich

kam mir in den Sinn, sie könne an diesem Händel beteiligt sein; und mit dem anderen Auge blickte ich auf meinen Vater und darüber hinaus auf das Dorf, das in der weiten Ferne lag, auf Goldenstedt.
Dort war mein Ziel, und ich wollte ihn entlarven, meinen leiblichen Vater, ihn bloßstellen für seine Sünde, ihn entblößen und rufen: Seht ihr nun, welch ein Mensch unter euch als Heiliger, als Scheinheiliger wohnt!
Oder war ich nur gierig vor Liebe, dass er mich in den Arm nähme wie heute morgen Donnerkeil.
Gegen Mittag, schwitzend in der Sonne, die Arme braungebrannt, den Oberkörper entblößt, saß mein Vater sinnierend auf der Kante, die Beine ließ er in den ausgehobenen Graben hängen, sich mit dem Rücken lehnend an den Torf, den er vor Wochen schon gestochen.
Ich sah ihn an, und stockend stotternd begann ich einige Male zu sprechen, räusperte mich, und dann wagte ich es mit einem riesigen Schwung und sagte: „Vater, ich muss mit dir reden!"
Er blickte mich an, schaute unter den Augenbrauen her auf mich, schob die Stirnfalten noch enger zusammen, und dann entblößte er seine Zähne.
Ich sagte: „Ich muss dir erzählen, was ich weiß!"
„Was du weißt!", fragte er, „das kann lange dauern."
„Ich möchte dir sagen, dass sich etwas verändert hat."
„Verändert?"
„Es hat sich in unserer Familie etwas Grundlegendes

getan."
„Was redest du um den Brei herum!", sagte er, aber ohne Schimpf in der Stimme, wie ich ihn fürchtete.
Ich hustete und sagte: „Ich muss dir gestehen, dass es Unkeuschheit gab, dass..."
Hier unterbrach er mich schroff: „Arme Leute haben Hunger, aber keine Moral."
„Ich wollte sagen, dass es mich und dich angeht. Es geht um unser Blut!", sagte ich.
„Moralisch kann nur sein, wer sie sich leisten kann, die Moral. Deshalb sind wir den Hunden näher", antwortete er, „wir pissen wie die Hunde in jede Ecke."
Ich habe noch jedes Wort genau in meinen Ohren.
Er sagte: „Die Hunde tun's. Die Katzen tun's. Die Armen tun's wie die Kaninchen. Sonst haben sie nichts."
„Und die Reichen?", fragte ich.
„Die Reichen sind moralisch, und moralisch zu sein ist schön."
„Aber Mutter war nicht immer christlich", wandte ich ein und wartete, dass er mir eine Ohrfeige versetzen würde. Doch er brummte Unverständliches in den Bart und sagte: „Deine Mutter ist schön."
„Sie war nicht immer auf dem Weg der Kirche", begann ich von neuem, darauf hoffend, dass er sagte, was ich nicht sagen mochte.
„Ich brauche sie", sagte er. „Ich habe nur sie."
„Aber du hast doch auch mich", antwortete ich tröstend.

„Ich bin Donnerkeil“, sagte er.
„Donnerkeil?“, fragte ich.
„Ab heute sagst du Donnerkeil zu mir wie alle andern auch“, sagte er.
Es war wie gestern fast windstill, nur einige erfrischende Böen. Zu meiner Überraschung war ich ruhig. Ein Schmetterling flog um mich herum, setzte sich auf die blühenden Pflanzen.
„Wenn man ihre Flügel nur mit der Fingerspitze berührt, müssen sie sterben“, sagte Donnerkeil. Er pustete seinen Atem auf einen Kohlweißling, der sich schüttelte und dann weiter flog, zur nächsten Dolde, zur nächsten Heide, bis er unseren Blicken entschwand. Einige Libellen huschten heran, aber nicht diese blau-silbrig Gefärbten. Es waren kleinere, braune, unauffällige Libellen. Harmlose, unbedeutende Flügeltiere in immer größerer Zahl. Sie flogen auf uns zu, hüllten uns fast ein, flogen weiter, doch der Schwarm wollte wie eine Plage kein Ende nehmen. Sie stürzten sich in die Heide wie Lemminge.
„Hast du das schon einmal gesehen?“, fragte ich.
„Nein“, sagte Donnerkeil.
Ich musste die Hand vor die Augen halten, weil ich jeden Augenblick fürchtete, die Invasion dieser Libellen würde größer und größer.
„Du kennst deinen Vater?“, fragte plötzlich in diesem Gezischel Donnerkeil.
„Ja“, entgegnete ich. Ich blickte zu Boden. Voller Scham. Seine Enttäuschung in mir spürend.

Er nahm mein Kinn und drehte meinen Kopf, so dass ich ihm ins Gesicht schauen musste.
„Du hast es mit ihm besprochen?“, fragte er.
„Nein“, antwortete ich.
„Dann geh!“, sagte er.
„Ich soll dich allein lassen?“
„Du kannst mir heute Abend sagen, wie es war!“, sagte er, klopfte auf meine Schulter und stieß mich von sich, damit ich mich auf den Weg mache.

21.

Geradewegs ging ich durchs Moor auf Goldenstedt zu bis zur Toreinfahrt dieses Bauern. Unterwegs gab ich Culemann Bescheid, was mit Obervogt Unkraut geschehen war.
Dann trat ich vor den Bauernhof.
Ich kannte hier jeden Winkel, jeden Zipfel in der Landschaft, die einzige, verloren dastehende Stechpalme des Dorfes, jeden Menschen, die Furchen auf den Äckern und die Namen der Menschen. Nur meinen leiblichen Vater kannte ich bis heute nicht. Ich kannte ihn, aber ich wusste nicht, dass ich ihn kannte.
Ich war der Sohn zweier Väter.
Vor der hölzernen Toreinfahrt mit dem geschnitzten Bogen stand ich nun. Ich ließ mir Zeit, und ich wollte mich auch noch einmal meiner Vermutung vergewissern, und deshalb las ich - Hundegebell vor dem Giebel dieses Bauernhofes - noch einmal alle Buchstaben und Wörter, die ins Holz gemeißelt worden waren: „EX RATIONE ET LABORE FORTUNA"
Und darunter stand das Jahr, in dem dieses Tor gezimmert worden war: M.D.C.C.L.X.V.I.I.I.
Es war das Jahr, in dem auch ich geboren worden war. Darin ein großes schwarzes X.
Und dann - und jetzt schlug mein Herz doch sehr schnell und kräftig - wiederholte ich zum hundertsten Male den lateinischen Satz, der auf dem Deckel der gol-

denen Uhr eingraviert war, und ich sah vor mir alle Buchstaben, die kräftiger als die anderen herausgehoben worden waren.

PATREM AGNOSCET FILIVS
CORPORIS PROVIDENTIAM REVERENS ANIMIQUE
FILIUM AGNOSCET PATER

Diese Buchstaben waren mein Rätsel gewesen all die Jahre, waren der Schlüssel meiner Geburt. Mit ihnen hatte sich mein Vater getarnt all die Jahre.
Es waren die Buchstaben MCILVVDVIIC
Was mochten sie bedeuten? Welche tiefere Wahrheit verbargen sie?
Ich hatte waghalsige, wahnsinnige, geheimnisvollste Botschaften aus ihnen gelesen, doch seit meinem gestrigen Traum war es mir so klar geworden. Ich brauchte die Reihenfolge der Buchstaben nur zu verändern, eine Folgerichtigkeit zwischen ihnen herstellen, und schon offenbarte sich der Name meines Vaters.
Warum war mir Dummkopf die Lösung nicht schon eher gekommen?
Es war so einfach gewesen und auch so schwer. Und hätte der Diepholzer Pastor bei allen seinen Erklärungen über Kryptogramme und Grammatik nicht zufällig erklärt, dass die Römer ein V auch als ein U benutzten und dass zwei VV ein X sein könnten, dass man nach dem Volksmund einem ein X für ein U vormachen könne, ich glaube, ich hätte das Geheimnis nie enträtselt.

Und ich bezeugte Respekt vor dem, der diese Botschaft verschlüsselt hatte.
Im Traum hatte ich plötzlich den Einfall gehabt, oder richtiger gesagt: das Licht des Geistes hatte sich aufgetan. Und dieses Wort „Licht“, das mir der Pastor von Diepholz genannt hatte, war das Wort „LUX“ gewesen, und wer hieß in Goldenstedt „LUX“, gebildet aus einigen Buchstaben des Kryptogramms?
Es war mein Vater.
Es war der Meier Caspar Christian Lux, er war es, und die richtige Reihenfolge verriet ihn:
Meier Caspar Christian LUX
Diese Buchstaben waren in dem Kryptogramm enthalten:
MCILVVDVIIC oder geordnet: MCCLVVV und in deutsch gelesen M C C L U X
Meier Caspar Christian LUX

Ich atmete tief durch, schrieb zur Sicherheit noch einmal alles in den Sand, verglich es mit dem Zettel, den ich angefertigt hatte, steckte ihn in das Hemd und ging wie ein kleiner Triumphator durch das Tor.
Doch dieses Gefühl wurde schnell auf eine harte Probe gestellt; denn seine beiden Hunde stürzten nun auf mich zu. Ich wartete bewegungslos, die Hund sprangen an mir hoch, bellten, bis Ratten Paul, der nun auch auf dem Hof lebte, mich sah, die Hunde zurückrief und mich mit bösartigen Augen musterte.
Lüke stellte sich in die Dielentür, aber sie war nicht wie

sonst froh. Ich grüßte sie und erwartete, dass sie auf mich zuginge, aber sie blickte ganz gegen ihre Art zu Boden, als sei sie verlegen, drehte sich sodann um und trat in die Milchkammer.
Auch die übrigen Mägde nahmen keine Notiz von mir, nur Lina Thiemann, die ehemalige Witwe, die jetzige Lina Lux, schimpfte: „Was willst du Taugenichts hier?“ Doch auch sie ließ mich gehen, und nun ahnte ich, dass mein neuer, leiblicher Vater mich bereits erwartete. Er hatte wie ich anscheinend gespürt, dass die Zeit gekommen war. Es lag in der Luft. Und ich ging weiter, durch die Diele, am Rauchfang vorbei, unter dem Wiem mit den Würsten her, durch die große Küche, und hinter der Küche lag diese Kammer, dieses Kabinett, in das keiner hinein durfte.
Ich klopfte nicht. Diesen ungeheuren Mut, nicht anzuklopfen, besaß ich nun. Ich stieß mit dem Holzschuh gegen die Tür, und diese Geste war viel mutiger, als ich mutig war.
Der Mann, der mein Vater war, saß auf einem Stuhl, nicht im Lehnsessel, wie ich es erwartet hatte.
Er saß auf dem Stuhl, gerade, aufrecht, sein Gesicht ein wenig bleicher, die Falten tiefer, oder täuschte ich mich? Er blickte mich an.

Und nun frage ich: Wer hätte die Strenge des Blickes seines Vaters ausgehalten?

Obwohl ohne tiefere Gefühle, wäre ich ihm am liebsten, wie es in der Bibel steht, um den Hals gefallen, doch plötzlich war dieser Augenblick sinnlos vertan, und mit ihm auch mein Gefühl der Demut. Ich blickte ihn nun klar an. Ich erhob den Kopf, den ich nicht zu Boden sinken lassen wollte, auch wenn es schwer fiel. Ich blickte in seine steifen Augen, und nun erfasste ich, warum Obervogt Unkraut ihn immer einen Janus genannt hatte.

Er hatte das Janusgesicht, er hatte zwei Gesichter. Das eine trug er vor sich her, und es war seine Fassade, und das andere verbarg er auf der Hinterseite seines Kopfes, und es war seine wirkliche Wirklichkeit. Mein leiblicher Vater hatte diesen täuschenden sanften Blick, durch den aber seine Sturheit und Starrsinnigkeit hindurch schienen.

Er wies auf den Lehnsessel, und schon machte ich Anstalten, ihm zu gehorchen und mich zu setzen; mit letzter Gelegenheit aber widerstand ich dieser Verführung, denn ich wäre in den Sessel gesunken, immer tiefer, wie ins Meer, und er hätte seine Hand über mich halten, klein wie ich war, und hätte mich dirigieren können. Also blieb ich stehen.

Er sagte noch immer kein Wort. Ich kannte ihn ja; er war verwegen, aber nicht mit der Peitsche, sondern mit Worten, leisen Sätzen und einem Tonfall, den ich von ihm geerbt hatte. Er konnte seine Worte werfen wie ein Fangseil und mich einfangen, dass es mir die Luft abschnürte, und darum musste ich mich vorsehen.

Ich glaubte, seine Strategie zu durchschauen. Er ließe

mich kommen, mich reden, ließe mich übertreiben, ließe mich vorbei und dann ins Leere laufen, um mir dann in den Rücken zu fallen. Deshalb musste ich dasselbe machen.

Ich wartete, ich stand und war damit größer als er, obwohl wir beide kleiner Statur waren. Keiner sprach, und ich merkte, dass er den längeren Atem hatte. Er hätte geschwiegen, bis ich unverrichteter Dinge hätte weglaufen müssen. Und darum begann ich nun - notgedrungen - mit dem ersten Satz, den ich mir lange ausgedacht hatte.

„Du hast einen Spruch in die Toreinfahrt geritzt. In Latein."

Jetzt hatte ich gehofft, ihn bei seiner Eitelkeit zu packen, indem er den lateinischen Satz zitierte, aber er schwieg wider Erwarten.

Schweigen wie all die Jahre war sein Plan. Also sagte ich den auswendig gelernten Satz: „EX RATIONE ET LABORE FORTUNA"

Und hier war ich sicher, er würde antworten, denn ein ungeschickter Bengel wie ich spielte sich auf, als könne er mehr Latein als er, der Meyer und einer der größten Bauern der Gegend.

Er sprach nicht zu mir.

Da sprach ich den dritten Satz.

„Eine seltene Sprache für einen Bauern", so forderte ich ihn heraus.

„Latein", sagte er schließlich.

Das Eis schien gebrochen zu sein.

„Aus Vernunft und Arbeit kommt das Glück allein“, übersetzte ich frank.
„Latein“, wiederholte er.
„Kein Bauer kann Latein“, provozierte ich ihn, „woher hast du den Satz?“
Er schwieg wieder, und ich spürte die Leere. Ich würde diesen Kampf verlieren können, und deswegen erhob ich den ungeheuerlichen Vorwurf, der ihn zum Reden zwingen würde.
„Abgeschrieben?“, sagte ich und grinste dabei, als wisse ich mehr.
Er zog die Stirnfalten kraus, schaute starr auf mich, dann auf das Fensterkreuz, und seine Unterlippe bebte unmerklich.
„Der Satz kommt von mir“, antwortete er leise, zischelnd zwischen den Zähnen, und verriet sich, hoffte ich.
„Woher hast du Latein gelernt?“, fragte ich.
„Vom Pastor“, entgegnete er, „und vom Borromäum.“
„Du wolltest ein frommer Priester werden?“, fragte ich und versuchte in meiner Stimme Hohn mitschwingen zu lassen.
„Ich wollte Latein lernen“, sagte er.
„Es können nur wenige im Dorf“, sagte ich nun schmeichelnd.
„Es können nur zwei“, meinte er.
„Der Pastor Droste, und sonst fällt mir niemand ein“, untertrieb ich.
„Und ich“, ergänzte er.

„Wer Latein kann, verrät sich manchmal.“ Ich hob meine linke Hand in die Luft und zeigte mit Daumen und Zeigefinger einen Kreis, rund wie eine Taschenuhr.
„Du meinst, der Zeitpunkt sei gekommen?“, fragte er.
„Dir gehört die goldene Uhr“, sagte ich.
„Ich weiß nicht, wovon du sprichst.“
„Von der goldenen Uhr, von der jeder in Goldenstedt weiß“, sagte ich.
„Goldene Uhren gibt es viele.“
„Meine oder besser deine hat eine Gravierung auf der Rückseite. Und sie hat einige Buchstaben, die in der richtigen Reihenfolge einen interessanten Namen ergeben“, sagte ich mit einem sicheren Lächeln um die Lippen.
Und er musste mein Lächeln gesehen haben, das des Wissens.
Denn da nannte er unversehens den lateinischen Satz, leise flüsternd dieses Kryptogramm und den Satz, den ich so verstand, dass Leugnen zwecklos war.
Ich wiederholte ihn auf Latein und dann in Deutsch und betonte die Wörter Vater und Sohn besonders stark.
Er runzelte die Stirn.
Ich war nicht erschüttert, weil ich ja die Zukunft nun voraussehen konnte. Ich blickte in sein Gesicht, auf die rötlichen, geäderten Wangen, auf die Falten neben dem Mund, auf die Falte oberhalb der Nase, die seinen Ärger verriet.
„Du bist also mein Vater!“, sagte ich und wartete.

„Nicht wirklich!“, sagte er.
„Das ist dein erstes Wort als Vater zu mir?“, warf ich ihm vor.
„Nicht wirklich“, entgegnete er, dann räusperte er sich, holte tief Luft, und dann sagte er viele Wörter, deren Inhalt ich nicht begriffen habe, aber so viel verstand, dass meine Mutter ihm den Samen abgerungen habe, dass er ein Opfer der Verführung sei und in eine Intrige, die von Münster gesponnen, geraten sei. Er habe sich nicht aus den Schlingen, die Münster und Vechta ihm gelegt hätten, befreien können, und er sei das willfährige Werkzeug dauernder Pression gewesen.
„Dann bin ich nur ein Kind des Zufalls?“, fragte ich, und er nickte und meinte: „Nur des Zufalls, nicht der Liebe. Deine Mutter war von Anfang an in das Komplott eingeweiht.“
„Und warum sollte sie so etwas machen?“
„Sie wollte Silber und Geld. Woher kam sie denn? Sie kam aus der Armut, und sie wurde gerade vom Hunger befreit. Und dafür bestiehlt ein solcher Mensch wie Blanda sogar den Teufel. Sie ist nur eine frömmlerische Kirchendienerin. Sie steht vor dem Altar wie eine heilige Puppe, aber das täuscht sie nur vor, wie sie mir ihre Liebe vorgeheuchelt hat“, erklärte Meier Caspar Christian Lux, wischte sich über die müden Augen und erzählte dann, dass er die Todsünde vor 18 oder 19 Jahren bis heute nicht habe vergessen können, dass ihn Qualen der Todsünde in nächtlichen Alpträumen aufsuchten und seinen Geist malträtierten. Er hetze allein

im Haus umher und setze sich dann immer, wenn es unerträglich würde, in dieses Kabinett, schließe sich ein und wolle in seiner seelischen Not niemanden sehen, und deshalb dürfe keiner ins Zimmer kommen. Fürchterlich sei die erste Zeit gewesen, da Blanda schwanger gewesen sei - ungesegneten Leibes, wiederholte er mehrere Male, als zeige er mir die Verachtung, wie man sie als gestrandeter Christ gegenüber einem Beelzebub zeigen müsste - damals sei er noch verheiratet gewesen mit seiner seligen Frau Antonia, die vier Jahre später an einer Blutvergiftung verstorben war. In diesen vier Jahren sei er von Blanda unter Druck gesetzt worden, sei erpresst worden, und er habe regelmäßige Abgaben bezahlt.

„Schweigegeld", flüsterte er.

Nach vielen Augenblicken des Schweigens fing er wieder zu sprechen an.

Nichts sei schlimmer als Schweigegeld zahlen zu müssen, denn dann begebe man sich in die Hände anderer. Das habe sich erst nach dem Tod seiner seligen Frau geändert, weil das Eingeständnis seiner Schuld nun, da er Antonia nicht mehr Rechenschaft schuldig gewesen wäre, weniger schwer gewirkt hätte, bis er zu dem Ergebnis des Nachdenkens gelangt sei, dass er gar nicht mehr zu Zahlungen zu nötigen sei, da nicht ein einziger rechtschaffener Mensch in Goldenstedt oder Lutten, in Vechta oder in Barnstorf oder Diepholz einer liederlichen Alten wie Blanda Donnerkeil glauben würde.

„Keiner konnte mir etwas beweisen. Die Erpressungs-

gelder habe ich Pastor Droste und der Todesangstbruderschaft anonym übersenden lassen. Keiner wusste von meiner Existenz", lachte er.
„Und wenn meine Mutter etwas gesagt hätte?", fragte ich.
„Die hatte Respekt vor Donnerkeil, und wer glaubt schon solch einer?", fragte er plötzlich kalt. Und die Antwort war klar.
„Aber die Uhr!", warf ich ein, „sie hätte dich verraten."
„Wer kann Latein? Wer kann das Kryptogramm entziffern? Wer kann die Wörter verstehen? Die breitbeinige Blanda vielleicht?", schrie er nun und verlor die Beherrschung. Doch dann verstummte er wieder, atmete einige Male laut und winkte abfällig mit der Hand.
Ich bebte bei dieser Beschimpfung vor Zorn, galten doch seine hässlichen Worte meiner Mutter, die er eine gedungene Dirne genannt hatte.
„Aber ich war doch auch dein Sohn!", warf ich erregt ein, um Fassung ringend.
„Nicht wirklich", flüsterte er nun wieder und gebrauchte dieselben Wörter, die er auch eben verwandt hatte. Dann erklärte er, dass meine Mutter eine schreckliche Lügnerin sei, dass sie nur aus Lug und Betrug bestünde, dass sie keine Seele habe, dass sie es darauf angelegt habe, aus mir, dem Bastard, ihren Vorteil zu ziehen. Ich sei für sie kein Sohn gewesen, sondern sollte ein Dukatenscheißer sein.
Ich hielt mir angesichts dieser Worte die Ohren zu. Ich schlug mir an den Kopf, sogar mit den Knöcheln, weil

ich Entsetzliches wie diesen Schimpf nicht wahr haben wollte. Ich hatte meine Selbstbeherrschung verloren, war wieder das kleine, hungrige Kind, das schon froh über den abgenagten Knochen war, den ein Fremder ihm übrig ließ.

Und jammernd fragte ich: „Wenn ich nichts für sie bedeute, warum hast du mich dann nicht als deinen verlorenen Sohn adoptiert? Schließlich trugst du die Verantwortung."

„Sollte ich mich mit dem Dreck einer Hure bewerfen?", zischte er, und damit traf er mich ins Herz.

„Dreck? Nur Dreck? Kein Fleisch, kein Verstand, kein Herz, kein Glaube?", schluchzte ich.

„Du warst nur eine Verirrung, ein Versprengter, nicht wirklich", sagte er zischelnd und fuhr fort: „Es war nicht mehr als eine Notdurft auf dem Felde. Und dafür wollte diese Frau mich verantwortlich machen und mich melken wie eine Kuh? Was dachte sie in ihrem Hirn nur? Mir, Meier Caspar Christian Lux, dem größten Meyer auf Hannoveraner Seite, dem treuen Protestanten, mir wollte sie das Himmelreich verwehren! Das konnte ich sehenden Auges nicht dulden. Und deshalb war ich nach den anfänglichen, heimlichen Zahlungen stumm. Und dann war ich mir sicher, dass keiner ihr glauben würde. Denn es entstammte nur ihren Vorstellungen, geboren in der Moorkate, eingetrichtert von Hexen, mit denen sie wahrscheinlich im Bunde steht. Verheiratet mit einem Heiden, dem Donnerkeil, dem keiner glaubt. Nein, ich hatte mich aus der Seelenfessel

befreit und war wieder Herr meiner Sinne geworden."
Während ich nun in Schluchzen ausbrach, fuhr er in gleichem Tonfall fort zu reden. Immer neue Anwürfe, neue Vorwürfe, Entsetzlichkeiten.
Es dauerte eine Zeit, bis ich wieder Fassung gewann und ihn fragen konnte: „Aber warum Intrigen? Warum Münsteraner Intrigen?"
„Intrigen?", wiederholte er, „sie hat mir vorgelogen, dass Münster mit im Spiele sei. Sie werde sich an Münster wenden, wenn ich nicht die Vaterschaft anerkenne oder aber mich zur Zahlung jährlicher Schenkungen verpflichte. Ich entschied mich in der eingebildeten Not für die Zahlungen."
„Also war Münster oder Vechta gar nicht im Spiel?"
„Ich hatte es irrtümlich angenommen. Deine Mutter hat es nur als Druckmittel gegen mich benutzt, dieses hinterlistige Luder"
Ich glaubte ihm und glaubte ihm nicht, und ich merkte seiner brüchigen, heiseren Stimme an, dass er die Wahrheit ein wenig manipulierte. Deshalb fragte ich ihn: „Aber du hast Donnerkeil auch zur Heirat gezwungen. Warum warst du überhaupt dabei?"
„Ich war nicht beteiligt", entgegnete er nun.
„Aber ich habe vom Lehrer Friedrich Schiller gelesen, dass du, der Pastor Droste, der Obervogt Unkraut und einige Untervögte dabei waren, als meine Mutter auf dem Kindbett Donnerkeil heiratete", behauptete ich.
„Der Lehrer ist ein Märchenerzähler."
„Aber alles, was er sonst geschrieben hat, ist wahr. War-

um sollte gerade dies falsch sein? Wir können ja auch zu Pastor Droste gehen."

„An Nebensächlichkeiten kann ich mich nicht erinnern."

„Aber diese Nebensächlichkeit hat mein Leben verändert. Ich habe einen Vater bekommen, der nicht meiner war", sagte ich nun, schon energischer, schon sicherer und fuhr fort: „Und jetzt erwarte ich, dass du Wort hältst. Du hast auf die Uhr geschrieben, dass du mich als Sohn anerkennst, wenn der Sohn den Vater erkennt. Ich habe dich gefunden."

Er knurrte nun und machte eine abweisende Handbewegung, und daraus schloss ich, dass er nicht zu seinem Wort stehen wollte. Und deshalb wiederholte ich, was er geschrieben hatte, das auf mich wie ein Eid wirkte, doch er wurde noch mürrischer, bis ich ihm sogar den Satz in Latein vorhielt:

„PATREM AGNOSCET FILIVS
CORPORIS PROVIDENTIAM REVERENS ANIMIQUE
FILIUM AGNOSCET PATER"

Doch er war stur, sah auf die kostbare Schrankuhr, die schlug, winkte gelangweilt und meinte, es sei nun Zeit für das Mittagessen, und für mich sei es nun Zeit, ins Moor zurückzugehen, und er meinte ins Mittelalter.

Ich blickte ihn nur an, und ich konnte seinen Blick aushalten, und ich gab mich nicht verloren, aber dass mein Vater mich auch jetzt noch nicht als Sohn akzeptieren wollte, verletzte mich tief.

Und ich warf es ihm vor, aber ohne Zorn, und ich blieb

ruhig dabei, und ich bemerkte, dass seine Hände nun ein wenig zitterten.
Dann trat Stille ein.
Ich hoffte.
Inniglich.
Dann sagte er: „Ich möchte, dass du gehst. Ich werde alles abstreiten, was du gegen mich vorbringen wirst, und dann werde ich gegen dich wegen Verleumdung und Ehrabschneidung beim Kadi vorgehen und dir dein Maul verbieten lassen, und du wirst verloren sein, ein Aussätziger."
„Meine Mutter wird mir helfen", sagte ich, „sie wird vor Gericht aussagen."
„Deiner Mutter ist der Sperling in der Hand lieber als die Taube auf dem Dach", grinste er und fuhr fort: „Da habe ich vorgesorgt."
Er wollte aufstehen, nahm diesen Stock, mit dem er in der Hand herumspielte, und hob ihn drohend in die Höhe.
„Ich werde trotzdem mein Recht erstreiten", sagte ich nun, doch er begann zu lachen. „Du hast nichts gegen mich in der Hand. Nichts! Nicht einmal Blanda. Die liebt das Geld mehr als dich. Und damit kann ich umgehen."
Ich ließ mich nicht erschüttern. Ich war so fest, dass ich ihn ruhig, fast kalt fixierte.
Und ich führte meine letztes Argument ins Feld: „Ich werde Obervogt Unkraut davon berichten."
„Dem kannst du im Moor Gesellschaft leisten!", lachte

er.
Und dann triumphierte ich. „Woher weißt du, dass er im Moor ist?"
Er lachte immer noch. „Er ist verschollen, schon seit vielen Tagen."
„Aber im Moor?", fragte ich.
„Wohin sollte sonst einer sich verirren, wenn nicht ins Moor. Und er war doch einige Male dort, hat Donnerkeil verhört und deine Mutter, als sie verschwand. Also ist er im Moor. Womöglich habt ihr was mit seiner Verschleppung zu tun!"
„Er lebt", sagte ich.
„Er ist tot", sagte er.
„Ich habe ihn von den Birken gebunden", sagte ich.
Meier Caspar Christian Lux schwieg, nun aschfahl im Gesicht. Dann stand er auf, schlug aber, weil ihm die Knie versagten, mit dem Kopf auf den Boden. Dort blieb er liegen.
„Du hast den Obervogt Unkraut ins Moor getrieben", sagte ich, „und nur deshalb warst du so sicher. Ich weiß nicht, wie du es gemacht hast, aber du hast deine Helfershelfer gehabt. Du hast auch meine Mutter bewogen, eine Entführung vorzutäuschen, damit du sie bestechen kannst, damit du mit ihr ins Reine kommst und dich ihrer vergewisserst. Ich weiß nicht, wie viele Thaler du ihr gegeben hast, aber ich merke, dass es uns besser geht und dass unsere Blendläden durch Glasfenster ausgewechselt werden und dass es häufiger Speck gibt. Und du hast mich nicht anerkannt, damit du Lina

Thiemann heiraten konntest. Und du willst mich nicht zum Sohn, weil du dich meiner schämst. Lüke wäre dann deine Tochter und meine Schwester. Du willst mich verbannen, und deshalb treibst du mich fort, mit allen Mitteln. Du willst mich nicht in deiner Nähe, weil ich dein Gewissen beunruhige."

Er lag auf dem Boden, und wie ein geschlagener Hund blickte er mich an.

„Ich störe deine billige Ordnung", rief ich.

Ich stieg über ihn hinweg. Und dass ich nicht zugetreten habe, nicht in sein Gesicht getreten habe, lag an meiner tieferen Schwäche.

Ich ging nun in der festen Absicht, alles öffentlich zu machen. Ich wollte Pastor Droste benachrichtigen und den Küster Gerhard Hermann Holtmann, und dann sollte es nach den Buchstaben des Gesetzes gehen.

Ich suchte Lüke; doch sie verbarg sich vor meinen Augen. Alle stierten mich auf dem Hof an, keiner sprach - wie bei einer Trauerprozession - ein Wort. Sie hatten die Arbeit eingestellt. Die Hunde hatte Ratten Paul an der Leine.

Als ich das Tor erreichte, ließ er sie los, und sie stürzten hinter mir her. Nur mit einem Sprung über das Gitter gelang ich in Sicherheit.

Das Grinsen in meinem Rücken. Obwohl ich es nicht sah, nahm ich es wahr.

Und Lüke. Sie drehte sich um und sah in den Giebel,

obwohl ich sie auch nicht sah.
Was nun?
Ich ging an der Kirche vorbei, weiter, schloss die Augen, ging versunken in Gedanken weiter, stand plötzlich wieder vor der Kirche, ging weiter. Der Schmied Dünnreb Snessek warf ein glühendes Hufeisen in den Sand, um es zu härten. Ich wollte weinen, doch die Tränen waren trocken.
Die Welt stand Kopf. Nicht ich ging, ich wurde gezogen, als würden seine Worte mich nun im Nachhinein erschlagen. Ich rang um Luft, atmete heftig, hechelte, und dann stand ich wieder vor diesem Eichentor mit dieser Inschrift: „EX RATIONE ET LABORE FORTUNA“
Eine Verlogenheit.
Und ich suchte in meiner Not Lüke. Der Hof war mir versperrt, denn das Tor war mit einem Riegel verschlossen. Im nahen Holunderbusch versteckte ich mich, verfolgte neugierig ängstlich die Schritte auf dem Hof, das Klappern der Geräte, einer ging, einer kam, - jedes Mal wurde das Tor für Augenblicke geöffnet - der evangelische Kirchenprovisor Bredemeyer kam zu Fuß - und verdächtigerweise - mit einem Pferd des Meier Caspar Christian Lux ritt er davon. Ratten Paul hielt ab nun die Hunde an der Leine, und wie ein Wachposten ging er am Zaun des Hofes entlang - dann endlich Lüke.
In der Ferne.
Mein Herz klopfte - mit ihr musste ich sprechen - ich winkte, sie stutzte, ich winkte und rief, da erkannte sie

mich.
„Lüke“, rief ich.
Sie stand auf dem Hof vor der Dielentür; sie blickte sich um, schaute nach allen Seiten, und ich war sicher, sie käme. Dann blieb sie stehen.
„Lüke“, rief ich noch einmal.
Sie hob den Blick, und nur an ihrem Mund konnte ich ihre stille Antwort lesen. Sie sprach nicht, sie öffnete den Mund, nicht einmal flüsterte sie, sie sprach ohne Stimme leer, und doch so vernichtend klar: „Nein!“
Sie drehte sich um, ging durch die Dielentür und verschwand, und ich habe sie viele Jahre später nur einmal noch in meinem Leben wiedergesehen.
Ich setzte mich an die Hunte, heulte vor verlorener Liebe, und als es dann vorbei war, versuchte ich meinen Kopf zu ordnen. Jedes Wort war mir in Erinnerung, und mir kam alles wie eine Verschwörung vor, in der ich als einziger von nichts zu ahnen schien. Ich stierte auf das Wasser, auf die Ringe, die die Mücken erregten; auf das wehende Schilfrohr und hörte sein hölzernes Rauschen. Ich konnte nicht wie sonst über die kleine Sandbank der Hunte gehen, das fußtiefe Wasser unter meinen Füßen, und mit dem Rist schlug ich nicht wie sonst das Wasser wie einen Regenbogen empor in die Luft, dass ich mir immer wie ein tanzendes Pferdchen vorkam.
An mir fuhren über den Sandweg jetzt einige Ackerwagen vorbei, vorbei auch eine jagende Kutsche, zwei Reiter. Der Schuster, der Rinderleder auf den Schultern trug, blieb bei mir stehen, kaute auf seinem Priem und

spuckte ins Gras.
Ich hatte Lüke verloren, das wusste ich; und ich gehörte nicht zu den Kämpfern, sie neu zu umwerben, wiese man mich einmal ab. Ich hatte auf sie gehofft, doch seit sie zur Stieftochter geworden war, war sie so spröde geworden.
Der Küster schlurfte in die Kirche und begann zu läuten.
Wer war gestorben?
Ich stolperte über die Pflastersteine.
Als ich zu Hause ankam - der Nachmittag ging fast in den Abend über, es dämmerte - stand mein wirklicher Vater - Donnerkeil - im Graben und hob den Torf. Sein Atem ging schwer, als er den Torf mit der Schippe aus dem tiefen Graben mit großem Schwung herauswuchtete. Ich blickte zu ihm. Dann stieg er aus der Senke, was er meinetwegen nie getan hatte, winkte mich zu sich, ganz nahe, wischte sich den Schweiß von der Stirn und sagte: „Meier Caspar Christian Lux ist dein Vater."
Ich nickte.
„Deine Mutter hat von ihm Geld bekommen", meinte er, „die Entführung."
Ich nickte.
„Dort hat er es geregelt. Er wusste Bescheid. Er ahnte, dass du ihm auf die Schliche kommst", erklärte er.
Ich nickte.
„Geld ist echter als Blut", sagte er.
Ich hob die Augenbrauen.
„Obervogt Unkraut wird nie wieder so, wie er war",

sagte er. „Ich habe ihn nach Goldenstedt gebracht. Er kommt durch, und es wird ruhig um ihn bleiben."
„Ruhig?"
„Er ist gezeichnet."
„Wer hat es getan? War er es?"
„Werde nicht wie er, der es veranlasst hat!", sagte mein Vater.
„Was geschieht mit Meier Caspar Christian Lux?", fragte ich.
„Es ist das Beste, wenn du Goldenstedt verlässt", riet er mir, winkte, ging ins Haus, öffnete die Schranktür, während meine Mutter von der Türschwelle zuschaute, holte die goldene Uhr mit dem Riss im Glas hervor, holte eine Schatulle, die nicht zu unserem Hausrat gehörte, öffnete sie, und darin lagen viele Thaler und ein Brief, ein Dokument, das er mir in die Hand drückte; ich überflog die Zeilen, las das Wort Vertrag, las Stillschweigen, las Hamburg, las Amerika und Cincinnati.
„Cincinnati? Was soll das?", fragte ich.
„Die erste Anlaufstelle für Deutsche. Das lässt er dir mitteilen", sprach mein Vater.
Er hielt mir eine Feder hin, die mit Tinte in der Schatulle lag, und sagte: „Schreib und dann geh!"
„Für immer?"
Er hob die Schatulle höher.
Ich holte einige Male Luft, verstand die Welt nicht, verstand meinen Vater nicht, meine Väter nicht: Donnerkeil oder Meier Caspar Christian Lux, ich blickte auf meine Mutter, die ohne Teilnahme die Hände in der

Schürze abtrocknete, dann die Hände in die Hüfte stellte und so tat, als ginge ich sie nichts an.
Donnerkeil stieß mir in die Rippen.
„Es ist das Beste so für uns alle. Unterschreib und geh!", sagte er.
„Und Lüke?", fragte ich.
„Eine Schwester kann man nicht lieben. Mach dir keine Hoffnung! Der Arm der anderen ist länger."
„Was soll aus mir werden?", fragte ich.
Er wickelte das Geld ein, holte einen Koffer mit neuen Kleidern, sogar Lederschuhen, und als ich nun durch den Fensterladen hinter unser Haus blickte, stand dort ein Pferd mit einer Kutsche. Ratten Paul auf dem Kutschbock, und nun wusste ich endgültig Bescheid, wer hinter allem stand.
Ich tauchte die Feder in die Tinte und unterschrieb, und die Unterschrift verwässerte durch die Träne, die in meinen Vornamen Ranzen fiel. Donnerkeil nahm den Vertrag, schüttelte ihn in der Luft, damit er trockne, und würde ihn heute noch dem Meier Caspar Christian Lux geben.
Meine Mutter sagte zwischen Tür und Angel: „Es wird Zeit, Donnerkeil, du musst den Torf noch ringeln."
Sie nahm mich nicht in den Arm, sondern ging auf die Diele. Donnerkeil nahm mich an die Hand, dann gingen wir zusammen zur Kutsche, er stellte den Koffer auf den Bock und wollte mich in die Kutsche schieben. Ich hatte schon das rechte Bein aufs Trittbrett gesetzt, da zog er mich zurück, schaute mir in die Augen - dann

Christa Kessens

nahm er mich in den Arm und drückte mich eine Ewigkeit und ich ihn, dann hob der kräftige Mann mich wie eine Feder in die Kutsche, klopfte dem Pferd auf die Hinterbacken, und es ging los.
Auf meiner Jacke an der Schulter, dort wo sein Kopf gelegen hatte, war ein feuchter Fleck. Seine einzigen Tränen für mich.
„Aus dir wird was werden!“, rief er mir nach.

Bernd Kessens

Freiheit und gebratener Speck

Roman

Anno Domini 1824:

Nach Jahren des Hungers und der Hörigkeit in Deutschland,
nach neunwöchiger Fahrt auf einem Segelschiff über den Atlantik,
auf der Suche nach Land in Amerika,
verwickelt in die Feindseligkeiten zwischen den landhungrigen Einwanderern und machtgierigen Amerikanern,
macht sich Friedrich - der Held aus dem Roman **„Rabenfluch“** - an die Verwirklichung seines Traumes.

BERND KESSENS
Rabenfluch
ROMAN

taurino verlag

Dieser packende Roman ist wie ein faszinierender Blick in das Geschichtsbuch einer bewegten Zeit.

Eine rabenschwarze Zukunft prophezeit der Schuster des Dorfes dem jüngsten Sohn eines Heuermanns, dem rothaarigen Friedrich. Doch dieser wehrt sich gegen den Fluch und will sich nicht wie die Dorfbevölkerung unterkriegen lassen. Mit Anna, seiner von Männern bedrängten Schwester, träumt er den Traum "Amerika".

Der Roman spielt vor dem historischen Hintergrund der Jahre 1803 bis 1848; in einer Zeit, in der die Leibeigenschaft endgültig aufgehoben wird.

BERND KESSENS

Die Angst des Stierkämpfers vor der Spitze des Horns

Roman

taurino verlag

Dieser packende Roman wirft einen faszinierenden Blick in die Seele des jungen Stierkämpfers Pedro de Benalup.

Pedro, Sohn eines armen Landarbeiters, aufgewachsen in kargen, engen Verhältnissen, lebt zu Anfang dieses Jahrhunderts in dem kleinen andalusischen Dorf Benalup de Sidonia, in dem sich kaum einer der Dorfbewohner ein Stück Fleisch leisten kann.
Als er einmal nächtens auf den Weiden des Don Felippe einen seiner Stiere tötet, muß er flüchten, um nicht wie sein Vater für dieselbe Tat ins Zuchthaus eingesperrt zu werden.
Er geht nach Sevilla, schläft unter Brücken und bettelt sich sein Leben zusammen, aber immer in der Hoffnung, ein Matador zu werden.
Er stiehlt sich in die Stierkampfarenen hinein, hofft auf den großen Erfolg und auf Angelina, die Tochter Don Felippes.
Und eines Tages scheint er es geschafft zu haben.
Wenn es da nicht diese Angst des Stierkämpfers vor der Spitze des Horns gäbe.

BERND KESSENS
TATORT
MAISFELD
Detektivroman
nicht nur
für Jugendliche

Eine Bande von fünf unternehmungslustigen Jungen hat fast nichts anderes als Streiche im Kopf. Doch urplötzlich werden sie in einen lebensgefährlichen Umweltskandal verwickelt, der sie heftig bewegt. Fast aussichtslos ist ihre Situation.
Doch da taucht die tolle Tina auf.
Um den Täter zu entlarven, entwirft sie zusammen mit den Jungen einen phantastischen Plan.
Was in diesem Roman erzählt wird, ist im wesentlichen tatsächlich passiert. Wer will, kann vieles in der Zeitung dieses Raumes nachlesen.
Er braucht nur zu blättern.

Ein Umweltkrimi für Jugendliche, spannend und amüsant geschrieben, aber nicht nur das. Ein Denkanstoß zugleich für alle, der Massentierhaltung mit ihren katastrophalen Folgen für die Natur Einhalt zu gebieten. "Tatort Maisfeld" ist deshalb auch ein politisches, ein aufklärerisches Buch - und nicht nur für Jugendliche.

Jürgen Krogmann im "Norddeutschen Rundfunk"

"Tatort Maisfeld" - man sollte den Roman einfach mal in die Hand nehmen. So schnell legt man ihn dann nicht wieder weg - und das gilt für Jugendliche wie für Erwachsene.

Andreas Kathe, Oldenburgische Volkszeitung

. . . ein Detektivroman, der selbst einem Kalle Blomquist Hochachtung abgenötigt hätte.

Hans J. Oestmann, Germanist

taurino Verlag Vechta

BERND KESSENS

GETANZTE LIEBE
Flamenco

ROMAN

Ein Student, der lieber malt als studiert, der lieber liest als arbeitet, verschwindet Hals über Kopf aus Münster, um in Andalusien die spanische Sonne zu genießen.
Doch er bleibt in Salamanca hängen, wo er Anna, eine Flamencotänzerin trifft, die sich anschickt, den Flamenco-Wettbewerb von Spanien zu gewinnen.
Die Freundschaft, die Liebe, die leicht und beschwingt beginnt, stößt auf spanische Widerstände, auf den Stolz, auf die Tradition, und was so beginnt, ist voller Spannung.

Goethes Werther gescheitert: Selbstmord
Plenzdorfs Werther gescheitert: Stromschlag
Kessens stellt ihn wieder auf die Füße.
Hans Joachim Oestmann, Germanist

Anna weint nicht, sie tanzt Flamenco. Was wie eine Brise beginnt, endet im Sturm. Ich habe das Buch nicht einen Moment aus der Hand gelegt. Selten nur blickt eine Frau so tief ins Innere eines Mannes.
Imke Figura, Universität Heidelberg